Companaich
Boireann
Sreath Slàn

Cruinneachadh Erotic
Taboo

Erika Sanders

Companaich Seòmar Boreiann
Sreath Slàn
(Erotic Taboo)

Erika Sanders
Serie
Cruinneachadh Erotic Taboo 25

Synopsis

Dà nighean leamh, beagan deoch làidir agus lorg dha chèile ...

Companaich Seòmar Boreiann (Erotic Taboo) tha sgeulachd a 'buntainn ris a' chruinneachadh Taboo Erotic, sreath de nobhailean le susbaint àrd erotic air cuspairean taboo.

(Tha na caractaran uile 18 bliadhna no nas sine)

Nota air an ùghdar:

Tha Erika Sanders na sgrìobhadair ainmeil gu h-eadar-nàiseanta, air eadar-theangachadh gu còrr air fichead cànan, a tha a 'soidhnigeadh na sgrìobhaidhean as erotic aice, air falbh bhon rosg àbhaisteach aice, leis an ainm maighdeann aice.

Clàr-amais:

COMPANAICH SEÒMAR BOREIANN
(EROTIC TABOO)

ROOMIES

"Hey, a bheil thu cho trang 's a tha mi?"

Choimhead Julia Carraux suas agus rinn i gàire air a' cheann dhonn a bha air a bhualadh san doras aice. "Ma tha thu a' faighneachd a bheil ceann-latha agam a-nochd, 's e 'Chan eil' am freagairt. Chan eil ann ach mise agus na leabhraichean matamataigs agam. Dè mu do dheidhinn?"

Chrath Andrea Martin a ceann gu borb agus i a' tighinn a-steach don t-seòmar agus a' leum air an leabaidh aig an robh an t-seòmar aig Julia. Nas àirde na còig troighean a ceithir aig Julia le faisg air ceithir òirlich, bha Andrea caol agus cas fhada, an cumadh foirfe airson ruitheadair. Bha a falt aotrom donn na b' fhaide na bhiodh dùil aig lùth-chleasaiche, a' tuiteam ann am brathan timcheall a guailnean, ach sin mar a chòrd e rithe.

Air a pàirt, rinn Andrea sgrùdadh air an nighean a bha na suidhe aig an deasg, chaidh a cathair air ais agus a casan tarsainn air mullach an deasg. Bha falt goirid dubh aig Julia, bha i beag, agus cho grinn ris a' phutan seanfhacal, Dh' fhaodadh cuid a bhith den bheachd gu robh a sròn ro gheur agus suathadh ro fhada. Rinn Anndra gàire. Bha a sròn fhèin na spot goirt. Bha i an-còmhnaidh a' smaoineachadh gu robh e mòr gu leòr gus am b' urrainn dhi neapraigear a chleachdadh mar sgàilean.

Bha an dithis air coinneachadh ann an Aonadh nan Oileanach air a' chiad latha de chlàradh tuiteam. Is dòcha gur e am faireachdainn gur e daoine bhon taobh a-muigh a tharraing an dithis còmhla, aon Canada agus aon US a Deas, le chèile a' faireachdainn caran a-mach à àite anns an sgoil fhada bhon dachaigh anns an robh iad le chèile air sgoilearachd. Ge bith dè an adhbhar, thàinig iad gu bhith nan caraidean agus nan luchd-earbsa. Chaidh iad air cinn-latha dùbailte còmhla agus chroch iad a-mach. Fhuair iad a-mach gun do rinn iad deagh chom-pàirtichean cluich chairtean aig an dà chuid Spades agus Bridge, a bha coltas gun robh geamannan a' ruith gun stad aig Aonadh nan Oileanach. gu dearbh, chuireadh iad ris na cuibhreannan aca le bhith a' cluich Spades airson sgillinn sa phuing fad na bliadhna.

Na seasgadan no nach eil; le Free Love agus na taisbeanaidhean agus a h-uile càil eile, bha structar sòisealta gu math teann ann fhathast dha na h-oileanaich boireann. Thàinig an dithis nighean bho chùl-raon clas-obrach. Bha cliù aig Julia mar "Brain" ach bha a comas lùth-chleasachd air àite a chosnadh dhi air an dàrna sgioba a bha a' brosnachadh sgioba. B' e lùth-chleasaiche a bh' ann an Andrea ach b' e prìomh ealain theatar a bh' innte agus bha deagh chliù aig an roinn dhràma airson a bhith na tèarmann dha cuid de na daoine as neònach air an àrainn. Cha robh aon seach aon dhiubh air bròn a reubadh ach bha an dithis ag àireamh charaidean ann an cuid den fheadhainn as cliùitiche. Ann an ùine ghoirid, bha iad gu ìre mhòr ann an clas leotha fhèin, agus chòrd e riutha mar sin. Dh' fhaodadh iad a dhol far an robh iad ag iarraidh agus rud a dhèanamh a bhuail am miann nuair a ruigeadh iad ann gun a bhith draghail mu na dh' fhaodadh duine eile a ràdh.

Phut Andrea i fhèin suas agus choimhead i air a caraid. "O, feuch Julia. Cuir do leabhraichean suas agus rachamaid."

"Rach càite?" Dh'fhaighnich Julia, eadhon nuair a dhùin i na leabhraichean aice, sheas i agus shìneadh i.

"Mar sin chan eil cinn-latha againn agus chan eil sinn a' faireachdainn mar phàrtaidh mòr, fuaimneach. Gabhamaid mo chàr, faigh botal fìon agus rachamaid a phàirceadh air an druim. Is urrainn dhuinn èisteachd ri fuaimean suirghe a' dol air adhart agus geasan mu dheidhinn a h-uile duine a chì sinn shuas an sin."

Rinn Julia gàire gu math. "Tha thu air adhart."

B' e samhradh brèagha Innseanach a bh' ann anmoch feasgar, dìreach ceart airson na h-aodach a bha cha mhòr co-ionnan air an dithis nighean. Bha an dithis air lèintean-t sgaoilte, briogais ghoirid agus sandals leathair. Bha jeans gearraidh air Julia agus paidhir de na shorts ruith aice air Andrea

Choisich iad sìos gu raon-pàircidh nan oileanach agus dhìrich iad a-steach do Dodge a bha caran-bacaidh aig Andrea. Chaidh iad a-steach don bhaile, a' stad aig stòr air ceàrnag a' bhaile nuair a cheannaich iad botal fuarach de fhìon Strawberry. Às an sin chaidh iad air adhart chun an droma os cionn na colaiste. Mu thràth bha grunn chàraichean air am pàirceadh ann an diofar àiteachan timcheall air an raon mhòr fhosgailte. Chaidh cuid a shlaodadh a-steach do chuaran beaga anns an duilleach mun cuairt.

"Bidh na càraichean sin a' rocadh mus bi an dorchadas ann," thuirt Julia agus Andrea a' slaodadh mun cuairt agus a 'dol air ais gu àite a thug dhaibh sealladh math den sgìre.

"Agus cuid ron uairsin," thuirt Andrea agus i a' comharrachadh carbad stèisein ghorm a bha mar-thà a' nochdadh comharran gu robh gnìomhachd a' dol air adhart a-staigh.

Rinn Julia gàire còmhla ri a caraid agus dh'fhosgail e am botal fìon. Thug iad seachad e air ais 's air adhart, gun a bhith a 'cur dragh air cupannan. Bhruidhinn iad agus bhruidhinn iad mu na làithean eadar-dhealaichte aca. Shuidhich am feasgar agus an uairsin chòmhdaich dorchadas gealach iad agus iad a' coimhead càraichean a' tighinn agus a' falbh agus a' toirt iomradh air cò a chunnaic iad. Uaireannan dh'fhuirich an luchd-tadhail airson greis, uaireannan bha iad air falbh ann am beagan mhionaidean.

"Tha sin a' dol Todd Danielstan," thuirt Andrea. "Cha do ghabh sin fada."

"Chuala mi nach eil e idir," fhreagair Julia.

Bha aon bhuidheann air teine a thogail anns an t-seann àth a bhiodh tric na àite cruinneachaidh. Chaidh pìosan de dh'òrain a ghluasad chun dithis nighean.

"A bheil thu airson a dhol a-null an sin?" dh'fhaighnich Julia.

Chaidh Andrea sìos gu comhfhurtail ann an suidheachan beinne a' chàir. "Chan e, tha mi math an seo." Chùm i suas am botal fìon, a-nis còrr is leth falamh. "A bheil thu a 'smaoineachadh gum bu chòir dhuinn fear eile dhiubh sin fhaighinn?" Ghabh i seilcheag mòr agus choimhead i air a-rithist.

"Chan ann mura h-eil sinn a' dol a choiseachd air ais dhan champas, no a dhol air turas le cuideigin a tha air mhisg na tha sinn. A bharrachd air an sin, chan eil mi airson snàgadh dha na seòmraichean againn."

"A' bruidhinn air seòmraichean," shuidh Andrea suas agus choimhead i air a caraid. "Tha Julia a 'fàgail na sgoile."

"Dè? Cuin? Carson?" Chuir Julia iongnadh air. Bha an companach seòmar sàmhach aig Andrea na oileanach math agus na dhuine snog.

"An ath sheachdain. Agus chan eil," chùm Andrea suas a làmh. "Chan eil i trom no rud sam bith mar sin. Tha trioblaidean an teaghlaich aice agus chan urrainn dhomh bruidhinn mu rudeigin a dh'innis i dhomh le misneachd, eadhon dhutsa."

"Uill, gu dearbh chan eil." Leig Julia leis an naidheachd a dhol fodha agus an uairsin shuidh i suas le toileachas. "A bheil sin a' ciallachadh..."

"Tha thu a' cur geall gu bheil. Faodaidh tu gluasad a-steach ceart. Cha bhi dragh air a' cholaiste agus tha fios agam nach eil Daphne agus thu fhèin air a bhith a' faighinn air adhart. 'S dòcha gun cuidich i thu a' gluasad."

"Wow." Bha Julia air a bhith measail air seòmar Andrea bhon chiad uair a thadhail i an sin. Suidhichte ann an dorm nas sine, bha an seòmar oisean farsaing agus bha an seòmar-ionnlaid aige fhèin. Air an dàrna làr, bha e a' coimhead a-mach thairis air an àrainn agus bha craobh daraich mòr fo sgàil air.

"Uill?" Thog Anndra mala.

"Is e cùmhnant a th 'ann!" Lean Julia a-null agus phòg i a caraid agus a companach seòmar.

"Bha sin a' faireachdainn math, na stad, "rinn Andrea gàire. "Tha e nas fhuaire na bha dùil agam." Chrath i beagan. "Co-dhiù shìos gu deas tha sinn an dùil gum fuirich e blàth airson beagan uairean a-thìde às deidh dha dorchadas."

A' crathadh a ceann le aonta, ghluais Julia na suidheachan. Cha mhòr gun mhothachadh, dhùin an dithis nighean an t-astar a bha eatorra, a' spùtadh sìos an t-suidheachan aodaich gus an robh an

taobhan a' suathadh. Nuair a bha na casan rùisgte aca a' suathadh, rinn
Andrea gàire agus thilg i a cas thairis air Julia, a fhreagair gus an robh an
dithis chan ann a-mhàin air an casan a cheangal ach air an neadachadh
ann an gàirdeanan a chèile.

"Tha sin nas fheàrr," thuirt Anndra.

"Tha gu dearbh," dh' aontaich Julia a chuir am botal fion suas agus
a ghlac slugadh domhainn. A' gàireachdainn, lean i oirre. "Tha e cha
mhòr falamh Andrea. Tha thu ga chrìochnachadh." Chùm i am botal
gu bilean a caraid agus thuirt i, "Tha bonn suas!"

Aig an àm seo bha fior dhroch chùis aig an dithis nighean. Bha
e coltach gur e beachdan goirid na fealla-dhà as èibhinn a chaidh a
shamhlachadh a-riamh. Bha iad a' bualadh air a chèile ann an oidhirp
cumail bho bhith a' sleamhnachadh far an t-suidheachain a-steach do
na bùird làr. An uairsin dh' fhosgail Andrea a ceann gus beachd eile a
bha coltach ri boillsgeach a thoirt do Julia agus fhuair i a-mach nach
robh na h-aghaidhean aca ach òirlich bho chèile.

Bha coltas gu robh an ùine a' stad fhad 's a bha an dithis charaidean
a' coimhead a-steach do shùilean a chèile. Bha na h-aon
fhaireachdainnean air an nochdadh an sin; troimh-chèile obann,
mì-chinnt, agus faireachdainn a bha a' sìor fhàs a bha coltach ri bhith
gan tarraing eadhon nas fhaisge. Bha gàirdeanan air an teannachadh
agus suathadh am bilean.

Eadhon trithead bliadhna às deidh sin, cha b' urrainn dha duine
a ràdh cò a thòisich a' phòg. Ach aon uair 's gun do thòisich e, aon
uair' s gun do thachair a 'chiad suathadh de bhilean fionnar gu bilean
fionnar, dh' fhàs e dìoghrasach sa bhad. Bha an dithis nighean a' strì an
aghaidh a chèile, am beul fosgailte agus an teangannan a' rannsachadh
le fiabhras. Thuit làmh Andrea gu broilleach Julia agus bha i a'
faireachdainn gu robh an nipple a bha mar-thà cruaidh a' teannadh fo a
corragan. Ràinig Julia sìos druim Andrea agus shleamhnaich a corragan
fo chòmhlan elastagach shorts na h-ìghne a b' àirde agus suathadh i ri
sèid a' chnap làidir an sin.

Bha Andrea gu ìre mhòr a' snàgadh air mullach Julia nuair a chuir slamadh obann an dorais agus fuaim àrd orra. Chaidh iad às a chèile mar gum biodh iad air an tarraing le uèirichean, dìreach airson faochadh fhaighinn nuair a thuig iad gu robh na fuaimean a' tighinn bhon ath chàr a-null.

"Sin Jo Williams," thuirt Andrea, mar gum biodh eagal oirre gun tarraingeadh i aire an t-àrd-sgoilear mhòir amh thuca. "Feumaidh gu bheil i a' coimhead airson fear ùr."

"Uill, innis dhi nach eil gin a-staigh an seo," rinn e gàire air Julia, a guth rud beag mì-chinnteach agus i a' feuchainn ri bhith neo-chaochlaideach.

Còmhla bha iad a' coimhead fhad 's a bha am boireannach àrd a' fosgladh doras càr às deidh a chèile, a 'coimhead a-staigh gus an lorg i fear a bha coltach rithe agus a' dìreadh a-steach còmhla ri a cliathaich Ashlie. Sheall solas a-staigh a' chàr targaid dithis ghillean òga, gun teagamh fir ùra, an aghaidhean a' sealltainn an dileab. Bha iad gu bhith air an cur nan laighe, ach bha cliù aig an dithis bhoireannach a bha a' sreap a-steach airson a bhith a' fàgail an leannain leth-thoileach 's gann a b' urrainn dhaibh coiseachd.

Nuair a dhùin na dorsan, sheall Andrea agus Julia air ais air a chèile. An turas seo, dhiùlt an sùilean coinneachadh. Bha sàmhchair neònach ann a bha coltach gu robh e a' sìneadh airson uairean mus do bhris Andrea e mu dheireadh.

"Tha mi creidsinn gum bu chòir dhuinn faighinn air ais don àrainn."

"Tha mi creidsinn gu bheil."

Bha an turas air ais sàmhach. Bheireadh fear no fear eile beachd goirid ach dh'fhalbhadh an còmhradh an uairsin. Às deidh do Andrea an càr a phàirceadh choisich iad gus an do dhealaich na slighean gu na diofar dorms aca. Bha beannachdan murt ann agus gun dad a bharrachd.

An ath sheachdain ghluais Julia a-steach do rùm Andrea mar a bha dùil. Dh'fhàs an teannachadh eatorra. Cha do bhruidhinn gin dhiubh mu na thachair an oidhche sin sa chàr. Bhiodh e na iongnadh do gach fear faighinn a-mach gun robh am fear eile a 'leantainn air adhart a' tionndadh nan tachartasan sin a-rithist agus a-rithist na h-inntinn, a 'faighneachd dè a dh' fhaodadh a bhith air tachairt mura biodh iad air am briseadh. Cha b' urrainn aon seach aon dìochuimhneachadh suathadh làmhan an neach eile, blas bilean an neach eile. Ach mì-chinnteach airson a 'chiad uair nan càirdeas, chunnaic iad aonta gun ghuth gun a bhith a' bruidhinn mu dheidhinn.

Mu dheireadh ghabh iad fois gu leòr airson a dhol air ais dha na seann dòighean aca. Bha suirghe, sgrùdadh, gnìomhachd sgoile gan togail agus chùm iad an aire. Chuir iad earbsa gu tur ann an càch a chèile air a h-uile càil. A h-uile càil ach an aon oidhche sin.

Chaidh sin air adhart gus an do rinn Fate eadar-theachd oidhche eile. Bha Julia air tuiteam faisg air bùth-obrach theatar Andrea agus bha i air fuireach mu dheireadh, air a bheò-ghlacadh leis an t-seata a bha iad a' togail agus mar a chaidh a dhèanamh. Cha robh leabhraichean aca idir, agus mar sin nuair a ghlac an stoirm ris nach robh dùil iad san fhosgladh cha robh dad fliuch ach iad. Bha iad air am bogadh fad na slighe chun a' chnàimh.

Bhris Andrea a-steach don t-seòmar aca, le Julia dìreach air a cùlaibh. Thòisich an dithis a' rùsgadh aodach fliuch an uair a dhùin an doras air an cùlaibh. Chaidh brògan, jeans, lèintean agus fo-aodach ri taobh a' bhùird. Dàibheadh Andrea a-steach don t-seòmar-ionnlaid agus thàinig i a-mach le dòrlach de thubhailtean. Nuair a bha i a' feuchainn ri fear a phasgadh timcheall oirre fhèin choimhead i a- null air Julia agus chunnaic i a caraid a' crith. A' dìochuimhneachadh an tuáille aice fhèin, bhris i chun neach-seòmar aice agus chuir i a-steach i anns an tuáille as motha agus as siùbhlach sa bhun agus thòisich i air a suathadh.

Mean air mhean sguir Julia de shivering. Chaidh làmhan Andrea nas slaodaiche, ach cha do stad iad. Ghluais Julia a-rithist, ach an turas seo chan ann bhon taiseachd. Sheas Julia fhathast, a sùilean stèidhichte air an dealbh air a 'bhalla as fhaide air falbh gun a bhith ga fhaicinn. Cha mhòr nach do stad a cridhe nuair a thuit an searbhadair gu a casan. Is gann gun do bhean làmhan Andrea air a taobhan agus dh'fhairich i anail na h-ìghne eile air cùl a h-amhaich. Airson ùine fhada cha do ghluais gin dhiubh. Bha fios aig an dithis gun robh iad air a bhith a' dol suas gu seo bhon latha a choinnich iad. Thug an oidhche anns a' chàr air an aghaidh iad, a' geurachadh am biadh, agus dh'fhiosraich iad le chèile gu'n robh an uair so a' tighinn. Bhiodh iad a 'crochadh air an oir, a' blasad an togalaich cho fada 'sa ghabhas.

An uairsin ghoid corragan Andrea timcheall meadhan Julia gus an do chuir a làmhan gu slaodach a' chùram làidir, còmhnard. Bhuail dà phuing chruaidh ri cùl Julia, ag ainmeachadh gun tàinig cìochan a' bhrùnette. An uairsin bha e coltach, ann an cabhag obann, gun do chuir corp Andrea cumadh air Julia. Dh' èirich làmhan gu cupa agus buillean cìochan beaga. Bha teanga a 'ruith bho oir thall gualainn Julia suas air a h-amhaich agus an uairsin suas gu cluais feitheimh.

"O Dhia, Julia," ghealaich Andrea, a h-anail teth ann am poirdseachan cluais Julia. "Chan urrainn dhomh a chreidsinn na tha mi ag iarraidh ort."

Lean Julia air ais an aghaidh corp a companach seòmar. Bha a corragan a' lùbadh agus a' leantainn loidhnichean cnapan Andrea agus a' dol sìos gu na casan fada fèitheach air an robh i a' smaoineachadh airson seachdainean. Suathadh i a bonn air Andrea, a 'bleith a h-asail gu socair ann an cearcallan beaga an aghaidh an taiseachd a bha i a' faireachdainn mu thràth a 'faicinn bho eadar casan a h-seòmair.

Thionndaidh i a ceann agus thog i e, a 'feuchainn ri beul Andrea a ghlacadh leatha. Bhris am bilean thairis air a chèile agus thòisich corragan Andrea a' magadh air a nipples le prìnichean beaga agus rolagan.

Rinn Julia gearan air ais, "Chan urrainn dhomh a chreidsinn dè cho fada 'sa thug e oirnn faighinn an seo!" Thionndaidh i ann an gàirdeanan na h-ìghne eile gus an robh i mu choinneamh a caraid a b'àirde. "Agus chan eil mi a' feitheamh riut nas fhaide." Ghlas i a gàirdeanan timcheall amhaich Andrea agus phòg i i.

Bha a' phòg na rud teine, cho fiadhaich agus cho dìoghrasach ri aon dhiubh. Cha robh nighean sam bith seòlta nan àrdachadh. Làmhan air an cleachadh le bonn, corragan air an glùinean, cìochan air am pronnadh ri chèile. Rinn Julia strì gus a glas a chumail air an nighean as àirde. Shìn i air a òrdagan. Gu h-obann ann an aon ghluasad fiadhaich, chaidh a corp le trèanadh cheerleader suas agus phaisg i a casan timcheall meadhan Andrea.

Bha an lùth-chleasaiche donn air a stad ach chùm i grèim air corp Julia agus lean i ga phògadh gu fiadhaich. Rinn i ceum air ais cho beag de cheumannan a bha a dhìth gus an leabaidh as fhaisge a ruighinn. A' tionndadh, thuit i air a h-aghaidh, a' putadh a leannain nas lugha fodha agus iad a' tuiteam chun na leapa a bha air a dèanamh suas gu grinn, a' sgapadh nan còmhdach fhad 's a bha an dithis nighean a' roiligeadh air ais is air adhart.

Cha mhòr nach do chuir Andrea bacadh air Julia fo a h-inntinn. Bha làmhan Julia a' cumail beul Andrea glaiste oirre agus an teangannan a' dannsadh gu fiadhaich còmhla. Tharraing Andrea a glùinean fodha, eadhon nuair a dhiùlt Julia a greim a leigeil ma sgaoil air torso a seòmarie. Air a sgaoileadh gu farsaing, cha mhòr nach do rinn Julia sgreuchail a-steach do bheul Andrea fhad 's a bha an nighean eile gu h-obann a' bualadh a cnapan air adhart, a 'draibheadh a pussy donn a-steach don phreas dhubh fodha.

Bhris a' phòg nuair a chaidh aig Julia gu cruaidh air dòigh air choireigin air a glaodh de thlachd a mhùchadh fhad 's a bha a companach seòmar a' leantainn oirre a 'sèideadh suas is sìos na h-aghaidh, nighean a' fucking i. Dhùin sùilean Andrea mar a thog a ceann, an gàire air a h-aodann air a thoinneamh leis na h-oidhirpean gus i fhèin a bhleith an aghaidh a caraid. Bha dìreach àite gu leòr eadar na cuirp aca airson cìochan Andrea a ghluasad air ais is air adhart an aghaidh Julia. Chaidh na nipples cruaidh a sgrìobadh air ais is air adhart. Chaidh asal Julia a thogail san adhar, cha mhòr nach do chuir a corp air ais air fhèin oir chleachd Andrea a corp fhèin gus punnd nas cruaidhe agus nas cruaidhe, a 'bualadh an dà phussy còmhla gus am biodh gach fear a' faireachdainn cho fliuch 'sa bha an sruth eile eatarra.

"O fuck, fuck, fuckkkkkkkkkk," dh' èigh Andrea a-mach.

"O fuck, gu dearbh, tha, Andrea, fuck mi," rinn Julia squealed fhad 's a bha a companach seòmar ag obair nas cruaidhe agus nas cruaidhe na h-aghaidh. Gu h-annasach mar a bha iad ann an gaol le boireannach eile, bha fios aca air na cuirp aca fhèin agus dè a chòrd riutha fhèin. Thog Andrea a làmhan suas is a-mach gus i fhèin a cheangal air a' bhòrd-cinn. Ghabh Julia an cothrom bho ghluasad Andrea gus a ceann a thogail agus a beul a dhùnadh air broilleach na h-ìghne eile.

Bha sùilean Andrea fosgailte agus a' coimhead air a' bhalla os cionn a' chinn-chinn. Bha an leabaidh gu lèir a 'crathadh agus a' sreap oir bha na h-oidhirpean aice fhèin, le taic agus taic bho Julia, ga phutadh nas fhaisge agus nas fhaisge air an oir. Thàinig fuaim sgith na cluasan agus thuig i gu robh e a 'tighinn bhon dà choille a' bogadh pussies fliuch a 'suathadh air ais agus air adhart air a chèile. Bha Julia a' deoghal a broilleach mar gum biodh i a' feuchainn ris an orb gu lèir a shlugadh.

Julia a' drumaireachd air druim Andrea agus an nighean lithe Canèidianach ga phutadh fhèin suas. Còmhla ris a' bhrùthadh thug casan daingeann an cheerleader gu robh e gu leòr airson Andrea a chuir a' tuiteam thairis air an oir. Dh' èirich a ceann agus thug i grunn bhuillean làidir eile le a cromagan mus do thuil i a companach seòmar le a sùgh agus gun do thuit i. Lean Julia an deise, a' cromadh dhan leabaidh agus a' leigeil a greim air Andrea.

Bha an dithis nighean a' magadh gus an robh iad suidhichte ann an gàirdeanan a chèile. Leis gu robh Andrea na b' àirde, bha e coltach gu robh e ceart dha Julia a ceann a chluasag air gualainn a caraid.

Shleamhnaich gàirdeanan timcheall a chèile agus lìon osna thoilichte an seòmar.

Airson ùine mhòr, cha do ghluais aon nighean, agus cha do bhruidhinn. An uairsin thionndaidh Julia a ceann gus coimhead suas air Andrea.

"Bha sin iongantach." Bhris Andrea am falt dorcha air falbh bho aodann a caraid agus rinn i gàire. "Bha, nach robh?"

"A bheil thu a 'smaoineachadh gu bheil seo a' ciallachadh gur e lesbians a th 'annainn?" Dh'fhaighnich Julia. Bha i beagan leisg ach cha robh i uabhasach troimh-chèile.

"Chan eil mi a' smaoineachadh sin, "fhreagair Anndra gu smaoineachail. "Tha mi fhathast a' planadh mo cheann-latha le Robbie a-màireach agus ma thèid cùisean gu math tha mi fhathast an dùil a dhol dhan leabaidh còmhla ris." Phòg i maoil Julia. "Tha mi a' smaoineachadh gu bheil sinn dìreach air rudeigin ùr a chuir ris na th' againn mar-thà."

"Bha sin na sheòrsa de mo smuaintean," dh'aidich Julia. Rinn i gàire agus sùilean Andrea a' fosgladh gu farsaing fhad 's a bha an neach-togail a' sleamhnachadh a làmh sìos eatorra, a corragan a' brùthadh thairis air curls fliuch an ruitheadair. "Ach tha planaichean agam cuideachd a bheir a-steach thu fhèin agus mise agus an leabaidh seo gu cunbhalach. Agus cò aig tha fios cò eile san dorm seo a dh' fhaodadh sinn a chur ris?"

Rinn Andrea gàire, a làmh fhèin a' gluasad sìos druim Julia gus suathadh air a' chrann làidir. "Chan eil fhios 'am fhathast. Ach tha mi cinnteach gum faigh sinn a-mach."

A' CADAL

Chòmhdaich Andrea Martin a beul fhad 'sa bha i a' gèilleadh. Golly, bha i sgìth. Ged nach robh mòran a bha eòlach air brunette coed agus a companach seòmar Julia Carraux air a chreidsinn, cha robh i sgìth de bhith a' partaidh an oidhche roimhe. An àite sin, bha i fhèin agus Julia air fuireach fadalach ag ionnsachadh, rudeigin a rinn iad fada na bu trice na chaidh creideas a thoirt dhaibh. Bha deuchainn Calculus air leth cruaidh aig Julia an-diugh agus bha Andrea air a dhol an aghaidh prìomh dheuchainn Saidheans Poilitigeach. Mar sin bha iad air na leabhraichean teacsa a bhualadh an àite nan taighean bràithreachais. Feasgar a bha seo cuideachd bha iad air a dhol an aghaidh an gnìomhan sgoile eile. Bha coinneamh sgioba slighe aig Andrea agus ùine ghoirid airson obair a-mach. Bha Julia agus an sgioba cheerleading an dùil cleachdadh a chaidh ionnsachadh o chionn ghoirid a chleachdadh. Bha iad air aontachadh às deidh a h-uile càil gur e stuth "sròin don chlach-ghràin" a bha iad airidh air a dhol a-mach airson lionn is piotsa a-nochd, ge bith dè na calaraidhean a chaidh ithe. Shaoil iad gu robh iad airidh air.

Ach, b' e nap gu cinnteach a' chiad rud air inntinn Andrea. Thug i sùil air an uaireadair aice. Bha e mu cheithir, a' toirt dhi uair no dhà mus robh feum aice air ullachadh airson fealla-dhà dealbhaichte na h-oidhche. Bha i fhèin agus Julia air aontachadh air sin, agus mar sin mus deach i a-steach don t-seòmar-cadail aca stad i agus chuir i dheth a brògan mus do rinn i deuchainn gu socair air cnap an dorais.

Chaidh a ghlasadh, an dòigh a dh'fhàg iad e mar as trice. Cha b' e mèirle nan taighean-dubha mòran na dhuilgheadas anns a' bhliadhna seo de 1967. B' e an rud a bu mhiosa a thachair mar bu trice ionnsaigh air briosgaidean stash bhon dachaigh. Bha a h-uile duine air an ùrlar seo eòlach gu leòr agus b' urrainn dhaibh a bhith air a cunntadh gus sùil dall a thionndadh gu cùl-mhùtaireachd bràmair gu seòmar. Chan e gu robh i an dùil ris, ach cha robh an soidhne falaichte a dh' fhalbh i fhèin agus Julia gach fear gus innse don fhear eile gu robh iad trang le aoigh an làthair. Mar sin cha robh aig Andrea ri dragh a bhith aice ach a caraid a dhùsgadh.

No mar sin smaoinich i. Nuair a shleamhnaich i gu sàmhach tron doras, ga dhùnadh gu faiceallach air a cùlaibh, fhuair i a-mach gu robh Julia gu dearbh anns an leabaidh, leatha fhèin, ach nach robh i na cadal. Gu dearbha, dh'fhaodadh Andrea innse gu robh a caraid as fheàrr agus uaireannan a leannan dùisgte, ged a bha a sùilean dùinte.

Bha Julia air na còmhdaichean a bhreabadh agus chuir i nude air an leabaidh a bhiodh an dithis nighean gu tric a' roinn. Bha a glùinean air an lùbadh agus air an sìneadh gu gach taobh, buinn a casan air an tarraing suas agus a' suathadh. Bha aon làmh eadar a casan, a 'cromadh a tom. Tro na curls dubha tais, chitheadh Andrea gu robh meur-chlàr Julia air a dhol à bith na broinn fhèin.

Phump an nighean air an leabaidh a làmh, gu slaodach an toiseach, agus an uairsin nas luaithe. Her hips squirmed agus leig i a-mach beag gasp mar a chuir i a meadhan meur a-steach a pussy. Bha an làmh eile a' falbh air ais is air adhart thairis air na cìochan beaga, daingeann, an toiseach a' bruiseadh na nipples cruaidh agus an uairsin a' stad gus gach fear a shealg air ais is air adhart mu seach.

Leum Andrea a glùinean, gu sàmhach a' suidheachadh a baga gym air an làr. Lean i air ais an aghaidh frèam an dorais, a sùilean glaiste air a caraid. Bha i air frasadh às deidh a h-eacarsaich agus cha robh i a' caitheamh dad a bharrachd air na shorts sgioba aice agus mullach beag teann leis a 'bhonn air a ghearradh dheth, a' nochdadh a stamag rèidh. Cha do dhearbh an dàrna cuid cnap-starra sam bith do mheuran ceasnachaidh a' bhrùnette.

Bidh corragan crolaidh air an dubhadh fo gheàrr-chunntasan giorraichte, gan tarraing suas agus a 'toirt làn chothrom do Andrea air a pussy, mar-thà fliuch bho bhith a' coimhead Julia. Bha a nipples mar-thà cruaidh an aghaidh a mullach cotain teann, a 'leigeil leatha dèideag a dhèanamh leotha nuair a thòisich i ag aithris air gnìomhan a caraid. Chrath i grunt nuair a shleamhnaich i dà mheur suas a-steach don phussy aice agus thòisich i gam pumpadh a-steach is a-mach às a h-aghaidh gu slaodach. Bhrùth i a pailme an aghaidh a broilleach, ga suathadh timcheall ann an cearcallan mòra còmhnard.

Bhuail an cheerleader falt dubh grunn thursan le a cromagan agus i a' draibheadh a corragan gu domhainn. An uairsin shlaod i agus tharraing i iad às a pussy. A' togail a làimhe, shèid i na corragan sin fo a sròn, a' toirt a-steach am fàileadh. Rinn i gàire, agus shleamhnaich i gu slaodach fear, a' gnogadh le cnag, na beul. Shuidh i e, agus chuir i am fear eile ris. Thàinig gàire bruadar thairis air a h-aodann mar gum b' e neachtar a bh' ann fhèin.

Chuir Julia iongnadh air Andre a-rithist. Shreap a làmh air ais sìos a corp agus eadar a casan. Gu h-obann slapped i pussy le luath pop na làimh. A-rithist, agus a-rithist thug i a pailme gu cruaidh na h-aghaidh fhèin. Thainig maoth-chrith uaithe mar a bha a lamh eile a' bruthadh a broillich, agus a h-òrdag agus a meur a' toirt a' chuthag chruaidh agus ga phronnadh.

Thrèig Andrea a suidheachadh beagan neònach agus spìon i a làmh sìos air beulaibh a shorts, a' sgaoileadh a casan gus làn chothrom a thoirt dhi fhèin air a gnè fliuch bog fhèin. Bha an clit aice gun chòmhdach agus a 'bualadh eadhon ron chiad suathadh. Cha b 'urrainn dhi a chreidsinn gun robh Julia fhathast a sùilean dùinte. Bhrùth a companach seòmar a casan ri chèile agus ghluais i air ais i, a 'fosgladh a pussy gu tur dha na slaps beaga sgiobalta a bha i a' lìbhrigeadh dhi fhèin.

"O, mmm, a Dhia tha," rinn Julia gearan. Leig i sìos a ceann gus a nipple a reamhrachadh fhad 's a thog i a broilleach beag daingeann gu a beul. Bhuail i gu geur, cha mhòr cruaidh, aon uair, dà uair, trì tursan agus an uairsin thòisich i gu fiadhaich a 'suathadh a sgoltadh farsaing fosgailte.

Bha làmh Anndra fhèin a' gluasad cho luath eadar a casan fhèin is i a' smaoineachadh gum faodadh i a dhol na theine mura b' ann airson an tuil de a sùgh a bha a' sruthadh bhuaipe mar-thà. Bhrùth i a corragan bog an-aghaidh a clit, a 'roiligeadh agus a' cnagadh agus ga chùram, eadhon mar a bha i a 'coimhead air an t-seòmar bheag aice a' dèanamh an aon rud ris an neamhnaid chruaidh aice. Bha an lùth-chleasaiche òg a' dol an-aghaidh frèam an dorais leis gu robh sealladh a caraid fiadhaich masturbating a' dèanamh a h-oidhirpean fhèin air àirdean ruigheachd fèin-thoileachas air nach robh i ach air bruadar.

Thòisich Julia a 'bualadh air an leabaidh, a' gluasad taobh ri taobh. Dh'fhàs a caoineadh na bu mhotha nuair a bha a corp a 'dol a-steach don adhar. Dhùblaich Andrea na h-oidhirpean aice fhèin, agus i an dòchas an ìre as àirde aice a ruighinn aig an aon àm ris an nighean eile.

Dìreach an uairsin, dh' fhosgail sùilean Julia. Airson ùine fhada thug iad sùil air a caraid gun aithne sam bith. An uairsin leudaich iad ann an iongnadh.

"Oh CRAP," thionndaidh Julia dearg. Dh' fheuch i ri stad, no co-dhiùbh a lamhan a shlaodadh, ach bha i air a glacadh cho mòr ann an luaith na tuinne a bha ri teachd 's nach b' urrainn i.

"Air sgàth Dhè, Julia," thuirt Andrea. "Na stad a-nis." Chuir a' chaileag bhrùideil a shorts sìos agus a mullach gu h-àrd, ga nochdadh fhèin dha a leannan rùisgte. "Dèan thu fhèin, Julia. Feuch. Tha e cho fucking hot. Dèan thu fhèin cum agus cumaidh mi còmhla riut."

Cha b' urrainn dha Julia a dhèanamh ach a bhith a' gearan mun aonta aice agus a' maidseadh gluasad doilleir corragan a caraid leatha fhèin. Chaidh nipples a phronnadh, sliseagan fosgailte a bhualadh agus clits a' smeòrach air an suathadh gus an do dh' èigh Julia an toiseach agus an uairsin dh' èigh Andrea ann an toileachas fhad 's a thug iad iad fhèin gu orgasm.

Mar a thill an dà nighean le anail faisg air an àbhaist, chaidh Andrea a-steach don doras agus ghabh Julia fois anns an t-suidheachadh anns an robh i. Sheachain iad a bhith a 'coimhead air a chèile, a' fuireach sàmhach gus mu dheireadh rinn Julia gàire.

"Chan urrainn dhomh a chreidsinn gun do sheas thu ann agus gun do choimhead thu mi!"

"Dè tha thu a' ciallachadh 'faire'?" Fhreagair Anndra. "Air eagal' s nach do mhothaich thu, agus tha mi creidsinn gum faodadh tu mathanas fhaighinn mura do rinn thu sin, bha mi a' feuchainn ri stròc a mhaidseadh riut airson stròc. " Bhris i. "Cha robh mi a' ciallachadh, tha mi a 'ciallachadh, bha mi a' smaoineachadh gu robh thu nad chadal agus bha mi airson a bhith sàmhach, agus an uairsin chunnaic mi thu agus cha b 'urrainn dhomh stad." Nuair a thuig i gu robh i ri leanaban, ghabh Andrea anail domhainn, agus an uairsin rinn i gàire.

"Agus air sgàth neamh, tha thu fhèin agus mise air a bhith a 'cadal còmhla bhon bhliadhna sgoile an-uiridh. Chan urrainn dhomh a chreidsinn gu bheil seo a' cur nàire orm."

"Bha, uill, bha nàire orm cuideachd," thuirt Julia. "Ach sa mhòr-chuid cha mhòr nach tug thu grèim cridhe dhomh nuair a dh' fhosgail mi mo shùilean agus a chunnaic mi thu nad sheasamh an sin. "

" Teagaisg dhuit na sùilean bòidheach sin a chumail fosgailte." Gu smaoineachail, "Chan eil cuimhne agam ort a bhith a 'dùnadh do shùilean nuair a tha sinn a' dèanamh gràdh, co-dhiù."

Shuidh Julia suas, gun oidhirp sam bith air an duilleag a tharraing suas timcheall oirre. "Dè? A-nis tha thu a 'gabhail notaichean?" Lean gàire eile. "'S dòcha gu bheil thu a' dèanamh dossier?"

Chrath Andrea a ceann, tharraing i na shorts aice suas agus a mullach sìos, agus choisich i chun na leapa, "Chan e droch bheachd a th' ann. Ach airson a-nis an gluais thu a-null. Ma tha sinn a' dol a-mach a-nochd feumaidh sinn an cnap sin bha mi a' smaoineachadh gu robh thu Tha duine glè ghrinn bho sgioba slighe nam fear a tha airson faighneachd dhut. Leis gu bheil e air a shàrachadh leis a' bheachd a bhith air a dhiùltadh, feumaidh tu bualadh a-steach dha a-nochd aig a' phàrtaidh frat a gheibh sinn cuireadh a bhith an làthair."

Chaidh an dà choille còmhla. Tharraing Julia an duilleag suas thairis air a' chàraid aca.

"Ceart gu leòr, uair a thìde ma-thà," thuirt Andrea.

"Chan urrainn dhomh tuigsinn mar as urrainn dhut an-còmhnaidh dùsgadh nuair a dh' innseas tu dhut fhèin.

"Mise an dàrna cuid."

Mar a ghluais na boireannaich òga air falbh, phaisg Andrea gàirdean timcheall air Julia agus rinn i gearan, "Uaireigin bidh sinn a' dol a dhèanamh seo a-rithist. "

"An ath thuras bidh mi gad fhaicinn an-toiseach," thuirt Julia mus do chuir an dithis aca stad air.

A' COIMEAS LUCHD-SPÒRS R'A NERDS

"Oh, oh, tha ."

Julia Carraux a sùilean air falbh agus i ag èisteachd ris na grunts agus na h-osnaich a' tighinn bhon fhear a bha air a mullach. Bho na fuaimean a bha e a 'dèanamh bhiodh neach-èisteachd air a bhith a' smaoineachadh gu robh coileach aige cho mòr ri rionnag film damh agus bha e ga stiùireadh cho domhainn a-steach don choille dhubh is gu robh e a 'tighinn a-mach às a h-aghaidh. Uill, cha robh. Agus ma bha i a' togail suas 'na aghaidh cho cruaidh 's a b' urrainn i, b' ann mar oidhirp a bha e air a thoirt a stigh innte.

Cha b' e gu robh e air a ghiorrachadh no rud sam bith mar sin. B 'e dìreach nach robh an rionnag a bha a' ruith air ais bho sgioba ball-coise na colaiste aig a 'char as lugha de bheachd air mar a dhèanadh e gràdh ceart. Gu fìrinneach, bha e dha-rìribh gòrach fuck.

Is dòcha gu robh e air a bhith a 'pàrtaidh ro chruaidh mus do chrìochnaich iad anns an t-seòmar-cadail seo de thaigh na bràithreachais far an robhar a' cumail an fhèis. Mar cheerleader cùl-taic, suidheachadh a bha i air a dhol às deidh barrachd airson an eacarsaich a thug e dhi na adhbhar sam bith eile, bha i air iomall an "Cool Set". Cha robh dragh aice mu dheidhinn sin, ach thug e cothrom dhi fhèin agus a companach seòmar Andrea Martin faighinn gu pàrtaidhean fìor mhath.

Bha am fear seo air a bhith làn leann agus ceòl math agus dope. Bha dannsadh is dèanamh a-muigh ann agus deagh bheusan. Cha robh e cha mhòr cho uamhasach ris a' phàrtaidh sgioba aig a' chlub dràma o chionn ghoirid a thug Andrea, prìomh theatar, thuige o chionn beagan sheachdainean ach bha e math gu leòr.

Uaireigin, ann an ceò beag air adhbhrachadh le deoch-làidir sa mhòr-chuid, bha Larry, no is dòcha Gary mar ainm air, air tighinn thuice. Bha fios aice gur dòcha nach robh e a' coimhead ach ri sgòr le neach-brosnachaidh eile ach heck, b' e seachdain slaodach a bh' ann agus dh'fheumadh am prìomh mhatamataig a bhith air a chuir sìos cho dona sa rinn an jock. Cha robh i dìreach a 'smaoineachadh gum biodh e dona SEO.

Cha do mhair Foreplay ach cho fada 's a thug e air a sgiorta a thogail suas agus a panties sìos. Bha e air a cìochan a bhualadh tron geansaidh aice airson timcheall air deich diogan, an uairsin tharraing e a zipper sìos agus chuir e a-mach a choileach. Bhon dòigh anns an do chùm e e, bha Julia den bheachd gu robh dùil aice ri rioban gorm a cheangal timcheall air, ach cha do chuir e a-steach e ach gu pròiseil airson mionaid mus tuit e air a mullach agus a' crathadh a chinn a-steach innte.

Is dòcha gun do rinn a h-uile duine eile e dha, bheachdaich Julia. Gu cinnteach bhiodh i air a dhol am bàrr nam biodh fios aice dè cho neo-sgileil sa bha e san dreuchd seo. Bha i an dòchas gun robh Andrea a' faighinn fortan na b' fheàrr le Todd, an quarterback a thug a h-seòmar nas àirde, caol bhon phàrtaidh agus gu seòmar cadail eile.

Chaidh aice air a h-inntinn a tharraing air ais chun an latha an-diugh oir bha Harry (bha i gu math cinnteach gun do chuimhnich i mu dheireadh air) a bhith a 'toirt a-mach seòrsa de dh' èigheach agus a 'losgadh rudeigin fliuch agus steigeach a-steach don phussy aice. Cha robh i faisg air a bhith riaraichte, ach gun a bhith ag iarraidh seo a dhol air adhart, chuir Julia a-mach orgasm fuaimneach. Tharraing Harry a-mach gu toilichte, dribble air a sliasaid agus tharraing e suas na pants aige.

"Canaidh mi riut," ghlaodh e thar a ghualainn agus e a' dol a-mach air an doras.

"Feuch nach dèan thu bagairtean," rinn Julia gàire agus i aodach. Lorg i an t-slighe air ais don phrìomh sheòmar. A 'faicinn a caraid as fheàrr, a bha a' coimhead dìreach mar a bha i a 'faireachdainn, chuir Julia a ceann a dh'ionnsaigh an dorais aghaidh. Chrath Anndra agus shleamhnaich an dithis aca a-mach.

"Uill, dè do bheachd air Todd?" Dh'fhaighnich Julia dha a companach seòmar, aon uair 's gu robh iad air an sgìre faisg air làimh fhuadach.

"Uill...," tharraing Andrea am facal a-mach fada seachad air riatanas sam bith bhon stràc a Deas aice. "Chuir e nam chuimhne fear a leugh mi mu dheidhinn aon turas ann an leabhar mu ghillean is caileagan a Deas. Mar a tha fios agad 's dòcha gu bheil am fireannach geal àbhaisteach mu dheas, gu h-àraidh fear dùthchail, air ainmeachadh mar 'shean bhalach math'. Mar as fheàrr a chuimhnicheas mi, thuirt e gu bheil an seòrsa sin 'a' fàgail a dhreuchd mòr còig diogan deug às deidh dha an t-slighe a-steach mòr aige a dhèanamh fhad 's a tha e a' bragadaich mu dheidhinn dè am boireannach a th' ann.'. Rachamaid air ar glanadh agus rachamaid gu Ionad nan Oileanach feuch an lorg sinn geama chairtean."

Dh'aontaich Julia. "Bhiodh sin nas spòrsail."

Trithead mionaid às deidh sin, chaidh an dithis nighean a-steach don togalach mhòr a bha na àite oifigeil dha na h-oileanaich. Mar as àbhaist, bha e gu math falamh. A 'coimhead anns a h-uile cromag agus crannies chaidh iad tarsainn air dithis ghillean a' cluich tàileasg.

"Hello, Andrea," thuirt fear òg le sealladh gu diùid.

"Hi Dennis," rinn Anndra gàire. " Tha e math d'fhaicinn." Stad i agus choimhead i sìos air a' bhòrd tàileisg a bha cothromach eadar an neach-labhairt agus an cluicheadair eile. "Ciamar a tha an geama a' dol? Agus nach eil farpais agad a' tighinn?"

" Tha e a' dol math, agus tha," bha iongnadh air Dennis, "Tha geam mòr againn anns a' phrìomh bhaile an latha às deidh a-màireach. Tha iongnadh orm gu robh fios agad."

"O uill, is toil leam a bhith a' cumail sùil air rudan. Gur math a thèid leat Dennis."

"Tapadh leat."

Nuair a bha an dithis nighean a 'coiseachd air falbh, ghlac Julia grèim air gàirdean a companach agus thuirt i, "A-nis THA fear ann a tha a' brùthadh ort."

"A bheil thu a 'smaoineachadh sin?"

"Tha fios agam mar sin." Rinn Julia sgrùdadh air a companach seòmar. "Do chuideigin cho soilleir riut fhèin, tha e iongantach na tha a' dol seachad ort. Gabh..."

"Ceart gu leòr, ceart gu leòr," stad Andrea. "Na toir sinn sin suas a-rithist." Bha i a' coimhead smaoineachail. "Chan eil thu a 'dèanamh dad an latha an dèidh a-màireach a bheil thu?"

"Dìreach a' dol dhan phrìomh-bhaile leat, tha mi creidsinn. Dè a bhios ort airson farpais tàileasg?"

Oidhche Haoine leum na caileagan a-steach do Dodge Dart le bataraidh Andrea agus rinn iad an turas uair a thìde chun an Ionad Chatharra a tha suidhichte ann am meadhan meadhan prìomh-bhaile na stàite. Lorg iad àite ann am pàirce-parcaidh air a lasadh gu soilleir agus air a lìonadh le iongnadh agus lorg iad an talla anns an robh farpais tàileasg ga chumail. Leis nach robh an geam air tòiseachadh fhathast, stiùir Andrea Julia air tòir Dennis.

Nuair a lorg iad e, bha Dennis sròn ri sròn le fear àrd, trom-sheata a dh' fheumadh a bhith air a chuideam a bharrachd dhà ri aon. Bha an cluicheadair tàileasg a bu mhotha, ged a bha e caran reamhar, a' magadh air Dennis.

"Bu chòir dhut faighinn air ais dhan sgoil agus ionnsachadh tàileasg a chluich, a ghille bhig. Tha mi a' dol gad chuipeadh mar as àbhaist."

Bha Andrea air a reubadh eadar a bhith a 'gàireachdainn nuair a chunnaic cuideigin a' faireachdainn mar a bha iad ann an sgiobaidhean farpaiseach anns a 'mhionaid mu dheireadh mus do thòisich an Rose Bowl agus a' coiseachd a-null agus a 'brùtadh beul àrd anns a' chrann. An àite sin, cha do rinn i idir.

"Denis!" Ghlaodh i gu h-àrd agus ruith i thairis air an làr, dìreach a' seachnadh a h-uile duine eile a bha nan seasamh an sin. Chuir i a gàirdeanan timcheall air. " 'S coma leam a bhi 'm fèile anmoch. Rinn an car an gniomh."

Sheas a h-uile duine, gu h-àraidh an sgioba tàileasg farpaiseach, le am beul fosgailte. Mu dheireadh dh'fhaighnich fear dhiubh "Cò thusa?"

"Dè tha thu a' ciallachadh, cò mise?" Fhreagair Anndra le fearg. "Is mise leannan Dennis."

Ma ghabhas e dèanamh, chaidh beul beàrnach sìos eadhon nas fhaide. Mar gum biodh e ceangailte le uèirichean neo-fhaicsinneach, shiubhail a h-uile paidhir shùilean suas is sìos corp Andrea. Bha lèine-t gun sleeve oirre, briogais ghoirid lùth-chleasachd agus brògan teanas, agus chuir iad sin uile cuideam air a casan fada tarraingeach. Agus leis gu robh an lèine ro mhòr agus a 'dol sìos sa mheadhan nuair a chrom i agus a phòg i an Dennis as giorra, dh' fhàs e follaiseach nach robh bra air a bhith mar phàirt den sgeama aodaich aice.

Mu dheireadh fhuair am beul àrd a bha air a bhith a 'togail air Dennis beagan mì-mhisneachd agus chaidh e air adhart. Thilg e a ghàirdean timcheall gualainn Anndra agus rinn e gàire, "Uill, bu chòir dhut tighinn còmhla ri fìor dhuine ma-thà, an àite... OWWWW!"

Ann an aon ghluasad luath bha Andrea air grèim fhaighinn air an làmh oilbheumach agus air falbh bho a ghàirdean. Rug i air dà mheur agus chrom i air ais iad. Chaidh am fear a rinn an fhuaim gu sgiobalta air a ghlùinean, a' caoineadh a phian.

"Na bean thu rium a-rithist, no ri nighean sam bith eile nach toir cuireadh dhut. Agus is dòcha nach bi sin ach glè bheag. A bheil thu a' tuigsinn?"

"Tha," thàinig am freagairt gheur.

Lùghdaich Andrea an cuideam ach cha do leig i a-mach an grèim. "Tha thu fortanach, fhios agad." Chrath i air Dennis. "Dh'ionnsaich e dhomh a h-uile seòrsa gluasad mar seo. Mura biodh mi air freagairt, bhiodh e air do ghortachadh. MÒR." Leig i sìos a ghàirdean agus ceum air ais. Chaidh an duine gu a chasan gu slaodach agus chaidh e air ais.

Chruinnich Dennis, a charaid, agus Julia uile timcheall Andrea. Ghlan Dennis a sgòrnan. "Anndra, cha do theagaisg mi a leithid dhut a-riamh. Chan eil mi fiù 's eòlach air gluasadan armachd sam bith."

"Tha fios agam, ach smaoinichidh e gu bheil thu a 'dèanamh agus ga ghiùlan fhèin bho seo a-mach."

"Càit an do dh'ionnsaich thu sin Andrea agus an urrainn dhut mo theagasg?" Rinn Julia beagan swivel hip agus bhuail i caraid Dennis. "Is dòcha gun tèid am fear seo a-mach às an loidhne."

A' fosgladh a bheòil airson diùltadh tàmailteach, rinn am fear òg eile gàire gu h-obann. "Is mise Seòras, agus ged nach eil mi nam ghille de sheòrsa 'faighinn a-mach às an loidhne', dhutsa b' fhiach e."

Julia gàire. "Uill, a Sheòrais, chan eil fhios agad. Cluich air falbh a-nochd ma-thà. Tha gaol agam air buannaiche." Thug i sùil air ais air Anndra. "Bha thu ag ràdh?"

"Uill, tha fios agad gu bheil m ' athair ann am Feachd an Adhair." Nuair a dh'iarr Julia lean i oirre. "Is e an rud nach do dh'innis mi dhut gur e Commando Adhair a th' ann."

Shuidhich na caileagan sìos anns an roinn le àireamh-sluaigh gann a bha glèidhte dha daoine nach robh nan cluicheadairean agus choimhead iad. Cha b' e cluicheadair tàileisg a bh' ann an dàrna cuid, ach bha iad le chèile tuigseach agus an cùl-fhiosrachadh coitcheann leis gu robh cluicheadairean Bridge air luach ro-innleachd a theagasg dhaibh. Thog iad gu sgiobalta cuid de na gambits a bu fhollaisiche agus fhuair iad a-mach gun do chòrd an taisbeanadh gu lèir riutha.

Chluich Dennis le fòcas làidir. Ach nuair a cheadaicheadh an geama, bheireadh e sùil air na standan aig Andrea. Mhothaich Anndra gun robh Seòras a' gabhail a h-uile cothrom sùil a thoirt air an t-slighe aca cuideachd. Cha robh i a' smaoineachadh gu robh e a' coimhead oirre. Sheall sealladh air an taobh barrachd air aon uair Julia a' crathadh ri Seòras.

Bha an geama mu dheireadh eadar Dennis agus an nemesis àrd-bheul aige. Cha robh e a-nis na nemesis dha Dennis, a chuir às don neach-dùbhlain aige anns a' chiad dhà den t-sreath as fheàrr a-mach à trì. Às deidh dha cupa na duaise a bhuileachadh, thàinig Andrea, agus Julia gu dlùth, gu crìch gus a leannan sealach a phlugadh agus meal-a-naidheachd a chuir air.

"Tapadh leat, Andrea," rinn Dennis gàire, cho toilichte 's a chunnaic i a-riamh e. "Bha fios agam a-riamh gum b' urrainn dhomh am fear sin a bhualadh, ach bha mi an-còmhnaidh a 'leigeil leis eagal a chuir orm. An turas seo, nuair a bha mi a' faireachdainn mar a bha e, choimhead mi a-null thugad agus bhiodh tu a' gàireachdainn no a' gàireachdainn agus bhithinn air mullach an t-saoghail. cha b' urrainn dhomh a bhith air chall le taic a thoirt dhomh mar sin.

Phòg Andrea Dennis a-rithist. "Math dhut. Tha thu dìreach a' cumail a' chuimhne sin agus ga cleachdadh nuair a dh'fheumas tu. 'S e deagh ghille a th' annad Dennis . Thig a-mach às an t-slige sin beagan agus tha mi a' smaoineachadh gum faigh thu a-mach gum bi barrachd nigheanan air an tàladh thugad."

"Tapadh leibh airson sin cuideachd." Ghabh e osna. "Ach cho iongantach sa bha seo, tha fios agam gu bheil an oidhche anns a bheil thu nad leannan agam seachad."

"Uill, a Dennis, chan eil mi a' coimhead airson bràmair idir, chan ann an-dràsta co-dhiù. Tha mi airson a bhith saor a dhol far a bheil mi ag iarraidh agus cò leis a tha mi ag iarraidh, co-dhiù airson an ama ri teachd." Bha a sùilean a' deàrrsadh agus dh'èigh i na chluais. "Ach chan eil an oidhche seachad fhathast, agus gus am bi mi fhathast AM do leannan. Mar sin dèan mar a dhèanadh buannaiche fuil-dhearg sam bith," thuirt i ris agus e a 'toirt sealladh mì-chreidsinneach oirre, "Agus thoir leat do leannan. dhan leabaidh."

Leis a sin phòg i e, an uairsin shleamhnaich i a làmh na bhroinn agus thug i a-mach às an t-seòmar e agus a dh' ionnsaigh an àrdaichear. Rinn Dennis, na bu mhisneachail na bha e a-riamh na bheatha, gearan gu làidir.

"Ach Andrea, Seòras, bidh an companach seòmar agam ann. Agus thusa, dè ma thig fios air ais chun àrainn mu do chuir seachad an oidhche còmhla ri fear de na nerds as motha san sgoil? An tè mu dheireadh a chuala mi gu robh thu nad chadal, mearachd, tha mi a' ciallachadh le, Todd. Danielstan , an quarterback."

Tharraing Andrea Dennis a-steach gu àrdaichear fosgailte. "Dè an làr mas e do thoil e?" Nuair a fhuair Dennis air stad a chuir air a fhreagairt, bhrùth Andrea am putan ceart agus an uairsin chuir e iongnadh air a' bhuidheann rionnagach a lean iad bho thalla na farpais.

Rè an t-slighe suas agus an coiseachd sìos an talla chun an t-seòmair, mhìnich Andrea.

"An toiseach, chan eil Seòras gu bhith ann a-nochd. Tha an t-seòmar agam, Julia, air a ghiùlan gu seòmar an taigh-òsta againn. Tha mi an dòchas gun urrainn dha coiseachd sa mhadainn," dh'ainmich i. "San dara h-àite, chan eil dragh agam dè a tha daoine eile ag ràdh, a 'feadalaich no ag èigheach mum dheidhinn. San treas àite, cha bu chòir dhomh dad a ràdh mu neach sam bith eile leis an do chaidil mi, ach leig leam a ràdh gu bheil cliù Todd nas motha na a bhuachaille a chomasan gnèitheasach air iomadachadh le chèile."

Dh' fhosgail i an doras a bha e air fhosgladh. A 'toirt a dhà làmh na h-aonar, chaidh i a-steach don t-seòmar. Dhùin i air an cùlaibh e agus cheangail i leis an t-slabhraidh e. Choisich i chun na leapa as fhaisge. A 'tionndadh gu h-aghaidh Dennis, chuir i dheth a sandals.

Leum Dennis a bhilean, a 'coimhead air an nighean lùth-chleasachd roimhe. "Aon rud eile, Andrea," thuirt e gu cruaidh. Cha b' e an uisge-beatha a b' urrainn dha a làimhseachadh, bha amhach cho tioram. "Cha robh mi riamh, uill, dha-rìribh air a bhith còmhla ri nighean roimhe. Tha fios agad, mar seo."

"O MAITH," fhreagair a leannan aon-oidhche. "An uairsin cha bhith thu air na droch chleachdaidhean a thogail no am faireachdainn gur e tiodhlac Dhè a th' annad do bhoireannaich. " Chrom i a meur. " Thig an so, a bhalaich mhoir." Chaidh i suas gu Dennis agus chaidh an gàirdeanan timcheall a chèile fhad 's a phòg i e, an turas seo le a bilean air a sgaradh agus a teanga a' putadh na bheul.

Bha Dennis na phòg gu math math, lorg Andrea. Bha a làmhan buailteach a bhith caran garbh agus ro gharbh ach cha robh sin na iongnadh agus gu cinnteach cha robh e na bu mhiosa na am fear mu dheireadh aice. Cheum i air ais beagan agus rug i air a lèine-t ri taobh an hem agus tharraing i thairis air a ceann i.

Ghlas sùilean Dennis air cìochan Andrea, a' breabadh beagan roimhe. An uairsin thuit an sealladh aige nas fhaide fhad 's a bha i a' rùsgadh a shorts agus a panties sìos casan a ruitheadair, gam breabadh air falbh agus a 'seasamh rùisgte air a bheulaibh.

"A Dennis," thuirt i, "Nach eil thu a' dol a dh'fhaighinn aodach?"

Cha mhòr gu meacanaigeach thug Dennis dheth a chuid aodaich, a shùilean fhathast glaiste air an nighean caol a bha roimhe. Sprang a choileach a-mach cho luath 's a tharraing e a pants sìos. Thug Andrea fa-near le toileachas gur e fad gu math measail a bh' ann, mu 7 òirleach agus meadhanach tiugh. Cha robh e ro thiugh ge-tà, rud a bha math. Bha dùil aice gum biodh e coltach gum biodh e gu math luath nuair a chaidh e a-steach innte agus gum feumadh i a tharraing gu cruaidh a-rithist. Chan e gun robh inntinn aice sin, gu dearbh.

Ach ge-tà, bhiodh e math an ùine a thoirt chun na h-ìre sin. Shuidh i air an leabaidh agus chuir i am bobhstair ri thaobh. "Suidh sìos a Dennis, dìreach ri mo thaobh." Aon uair rinn e, "Thoir dhomh do làmh," thuirt i. Le bhith ga ghabhail chuir i thairis air a broilleach e. "Feuch mo bhroilleach Dennis. Cùm e. Chan eil e gu bhith a' ruith air falbh. Cùm e gu socair, tha e mothachail. Faodaidh tu a bhrùthadh, ach na cuir maol air. Aig amannan thig àm nuair a thèid cùisean a ghiùlan air falbh agus faodaidh garbh a bhith dìoghrasach. , ach cha tòisich gràdh mar sin."

Bha sùilean Dennis a' deàrrsadh le toileachas agus e a' leantainn stiùiridhean Andrea.

"A-nis ma-thà, cleachd d' òrdag air an nipple agam. Cuir am ball air a' mhullach agus brùth gu aotrom. Mmmm, sin agad e. A-nis cuir timcheall air agus mun cuairt e. Chan fheum mòran a bhith ann, dìreach cearcall beag bìodach. Am bi thu a' faireachdainn tha e a' fàs nas duilghe fo do cheangal?"

Gheàrr Dennis a cheann suas is sìos. "Tha," dh' èigh e. Thug e sùil air Anndra. "Anndra, an urrainn dhomh a phògadh?"

Mar fhreagairt, phòg Andrea Dennis a-rithist. Nuair a bhris i a' phòg, chrom i air a h-ais, a' lùbadh air a làmhan. Ghluais Dennis a làmh chun a broilleach eile agus rinn e a-rithist na gnìomhan a chaidh a theagasg dha. Bha a theanga a' suathadh ris a' nipple stiff a bha e dìreach air a bhith a' suathadh. A' feuchainn gun a bhith a' call smachd, chleachd e a theanga oir bha e air òrdag a chleachdadh, a' roiligeadh an nipple timcheall is mun cuairt.

Rinn Andrea gàire le toileachas. Fhathast ga cumail fhèin suas le aon làimh, bhuail i a cheann leis an làimh eile, a 'ruith a corragan tro fhalt. "Tha sin a' faireachdainn cho math a Dennis. Gabh nad bheul a-nis e. Faodaidh tu a bhith beagan nas dùbhlanaiche, beagan nas duilghe a-nis."

Shluig Dennis broilleach Andrea, ga deoghal. Shuidh i gu dìreach, a 'toirt a làmh eile agus ga ghluasad sìos a stamag agus eadar a casan.

"Cuir fios thugam an sin," thuirt i. "Gu socair a-rithist. Leig le do chorragan sgrùdadh." Rug i air a chaol-dùirn. "Chan eil e ro luath, na sgoltadh do chorragan annam, chan eil fhathast." Ghluais i, a 'sgaradh a casan barrachd. "Cleachd do chorragan airson mo sgaradh. Is iad sin mo labia, na bilean gu mo phussy. Lorg an t-sgoltadh eatarra. A 'faireachdainn mar a tha e a' stiùireadh do chorragan chun an t-slighe a-steach agam. Ach tha na caileagan againn a 'còrdadh ris a' bhrosnachadh an sin cuideachd. Stròc suas is sìos. "

Ghluais Anndra. "SIN. Aig a' mhullach. An robh thu a' faireachdainn an nubbin beag cruaidh sin?" Thàinig gearan brònach de dh 'aithneachadh a dh' fhaodadh a bhith ann bho Dennis, a bheul fhathast a 'còmhdach broilleach Andrea. "Sin an clitoris agam. SIN mar as urrainn dhut boireannach a dhràibheadh fiadhaich. Cuir fios gu faiceallach, is e seo am pàirt as mothachaile de mo chorp. Dìreach mar a rinn thu le mo nipple, ach a-mhàin eadhon nas faiceallach."

Roimhe seo bha Dennis air bhioran air Andrea 's a bha i o chionn fhada. Ghluais e air ais agus air adhart o aon bhroilleach beag daingeann chun an eile, a' ruith a bhilean agus a theanga thairis orra. Bha bàrr a mheòir a' cur dragh air a' chlit thogte aice, ga tapadh agus ga roiligeadh. Mu dheireadh, b' e Andrea am fear nach b' urrainn feitheamh na b' fhaide. A 'toirt gearan dùbhlanach, ghluais i air a druim, a' tarraing Dennis air a muin.

"Denis, mas e do thoil e." Bha a làmh eatorra, a' cumail a choileach. Fhad 'sa bha i a' sìneadh a-mach agus a 'gluasad, gan slaodadh le chèile fad na slighe chun na leapa, threòraich i ceann a choileach eadar a labia.

"A-nis, a Dennis. Tha an t- àm ann dhut a bhith annamsa."

Ge bith an robh e air a dhèanamh dha-rìribh no dìreach air fhaicinn ann an irisean, chrom Dennis e fhèin air a ghàirdeanan, ghluais e a chorp eadar casan Andrea agus thòisich e air putadh. Bha i cho fliuch is gu robh e sìmplidh dha sleamhnachadh fad na slighe a-steach innte ann an aon ghluasad sgiobalta.

"O Dhé, tha sin a' faireachdainn cho math, "thuirt Dennis.

"O tha, tha," thuirt Andrea ag aontachadh. Ghluais i a casan, a 'tarraing a glùinean suas agus a' cur a casan gu daingeann air an leabaidh. "A-nis, thoir air faireachdainn eadhon nas fheàrr Dennis. Gluais timcheall a-staigh orm. Cleachd na cromagan agad. Chan ann dìreach suas is sìos ach air gach taobh."

Fhreagair Dennis le tiomnadh. Shlaod e a chromagan, air uairean mu'n do chuir e sith, air uairean nuair a bha e cho fada stigh innte 's a b' urrainn e. Cha robh na gluasadan aige rèidh idir. Ann an dòigh air choreigin bha seo a' togail inntinn nas motha na sin do Andrea, leis gun do chùm e a' dol às a geàrd le gluasad obann nuair nach robh dùil aice ris.

Mar a bha i air a ràdh gu h-inntinn, cha b 'fhada gus an do thòisich Dennis a' caoineadh agus a 'fàs nas cruaidhe, agus an uair sin falamh a-steach innte. Le bhith ullamh, cha do leig i leis a bhith air a nàrachadh mun astar leis an robh cum aige. Gu sgiobalta chuir i thairis iad, ga tharraing fhèin dheth agus a' sleamhnachadh sìos a chorp. Mus b 'urrainn dha fiù' s gasp bha i air a choileach a ghabhail na beul. Rinn e blasad mìorbhaileach, am measgachadh de na sùgh aice agus a cum blasta dhi. Dhùin i a bilean thairis air a chas agus thòisich i air a ceann a phumpadh suas is sìos. She did love sucking cock. Rinn Dennis roiligeadh agus osnaich, cha mhòr gun chuideachadh fo a ministrealachd. Ann an ùine sam bith, bha i a 'faireachdainn gu robh e a' tòiseachadh a 'dol suas agus a' fàs nas cruaidhe a-rithist.

Leig i ma sgaoil e agus shlaod i a corp timcheall. A 'coimhead thairis air a gualainn aig Dennis, ghluais i a bonn air.

"Glùin air mo chùlaibh Dennis." Nuair a bha e air sgrìobadh gu a ghlùinean eadar a casan lean i oirre. "Gabh mo chasan." Rug a làmhan oirre gu dùrachdach. Ràinig i air ais eadar a casan agus rug i air a choileach a-rithist. Thog i an ceann agus chuir i an aghaidh a pussy fliuch.

"A-nis!"

Cha robh feum aig Dennis air tuilleadh brosnachaidh. Chrom e a chromagan air adhart agus chaidh fad a choileach a-steach do Anndra. A' tarraing air ais gus nach robh ach an ceann innte, leum e air adhart a-rithist. Agus a-rithist. Agus a-rithist.

"O mo Dhia," ghlaodh Anndra. "Denis, thoir dhomh cruaidh e, leanabh. Seo nuair a dh'fhàsas tu garbh. Tha mi uile agad a-nis airson a chleachdadh. Fuck ME!" Chrìochnaich i le gàire.

Rinn Dennis gàire agus dhùblaich e na h-oidhirpean aige. Cha robh duine a-riamh air faireachdainn mar seo a thoirt dha. Bha e airson an aon tlachd iongantach a thoirt dha Andrea a bha i a' toirt dha. A' sgoltadh a cromagan, bhuail e an aghaidh teann a h-asail. Chaidh na bàlaichean aige suas fodha, a' bualadh air a sliasaid. Mar a bu duilghe a chuir e air adhart, 's ann as duilghe a dh'iarr i air sin a dhèanamh.

Dh'èirich ceann Andrea agus rinn i squealed nuair a thiodhlaic Dennis a choileach innte. Ghluais i air ais le neart a bodhaig òig, a' dèanamh cinnteach gach uair a ruigeadh e nas doimhne agus nas doimhne a-steach innte. An uairsin leig i sìos a ceann gus sgreuch a chuir anns na cluasagan fhad 's a bha tonn na h-uachdar ga toirt.

Cha do rinn Dennis a-riamh slaodach. Cha do bhrosnaich ionnsaighean Andrea ach e gu barrachd oidhirpean. Bha i an sàs ann an iomadach orgasms, aon a 'leantainn an tè eile. Thuit a gàirdeanan, a 'putadh a h-asail eadhon nas àirde. Dh' fhosgail sùilean Dennis gu farsaing agus thug e an t-ainm oirre a-rithist is a-rithist agus e mu dheireadh a' dol na bhroinn agus a' losgadh dàrna luchd domhainn na pussy. Thuit an dithis oileanach colaiste. Leis an lùth mu dheireadh aca chaidh iad còmhla agus thuit iad nan cadal.

Nuair a dhùisg Dennis, bha a' ghrian a' sruthadh tro uinneagan seòmar an taigh-òsta. Airson mionaid, bha e a 'smaoineachadh gu robh e air a bhith an sàs ann am bruadar èibhinn eile, mar a bha e air a bhith airson ùine. An uairsin phòg paidhir de bhilean fionnar a shùilean agus dà shùil uaine a 'dealachadh fhad' sa bha iad a 'coimhead a-steach dha.

"Madainn mhath ceann cadail." Thuirt Anndra gu sunndach. Shuidh Dennis suas, a 'mothachadh gu robh i air a h-èideadh mu thràth agus gu robh a falt fliuch. "Bha thu a-mach às. Tha Seòras air gairm mar-thà gus innse dhomh gu robh e air an t- slighe suas. Feumaidh tu grèim fhaighinn air fras agus gluasad air adhart. Feumaidh mi a dhol a dhùsgadh Julia. Thuirt Seòras rium gun do dh'fhàg e i na cadal."

"Anndra?" Rinn Dennis stad air agus an uairsin fhuair e air ais e fhèin. "Tapadh leibh. Tha fios agam nach eil sin mòran, ach, taing."

"Hey," shuidh Andrea air oir na leapa agus ghlac e a làmh. "Ma tha thu fon bheachd nach robh deagh àm agam a-raoir, tha thu ceàrr. Bha e sgoinneil. Tha thu gu math dèidheil air."

"Am faod, an urrainn dhomh do ghairm uaireigin?"

"Uill, tha thu nas fheàrr! Gu dona, dèan. Is dòcha nach bi mi an-còmhnaidh ri fhaighinn. Ach ma chanas mi 'Chan eil', is e sin a h-uile càil a bhios e a 'ciallachadh', Chan eil airson an oidhche no an tachartas sin 'agus chan e' Cha tèid mi a-mach leis. thu.."' Sheas i agus rinn i gàire. "A bharrachd air an sin, tha do bheatha shòisealta gu bhith a' togail aon uair 's gun leig mi a-mach am facal mu dheidhinn dè an stud a th' annad. " Chrom i agus phòg i a-rithist e. "Gealladh!"

Air an t-slighe air ais don rùm aice, chaidh i seachad air Seòras anns an trannsa. Rinn an dithis gàire air a chèile ach cha do stad an dàrna cuid. Dh' fhosgail Anndra doras an t-seòmair, stad i agus rinn i gàire ris an t-sealladh a bha air thoiseach oirre.

Bha Julia air a sprawled aghaidh sìos air an leabaidh, gu tur nude. 'N uair a cliuir an dorus air a dhùnadh, gun a ceann a thogail, rinn i gnothuch, " Cha'n ann a rithist Deòrsa. Feumaidh mi beagan cadail fhaotainn."

Rinn Andrea gàire, choisich i suas chun a companach seòmar agus bhuail i a caraid air a h-asal beag grinn, teann. "Dùisg! Tha e faisg air 10 uairean agus feumaidh sinn sgrùdadh a dhèanamh ro 11."

" Noooooooooo ," caoineadh Julia, a 'dol a-null agus a' tilgeil a gàirdean thairis air a sùilean.

Rug Andrea air a caraid air a h-adhbrannan agus thug i far an leabaidh i. Bhuail Julia air an làr agus dh'fheuch i sa bhad ri tarraing air ais suas air a 'bhobhstair. Chrath Andrea a ceann agus rug i air Julia timcheall a mheadhan. Gu math tric, ann an dìomhaireachd an t-seòmair-cadail aca, dh'adhbhraich seo spòrs dlùth, ach an-diugh cha do dhrog an nighean as àirde ach am fear eile chun fhras, phut i a-steach i agus thionndaidh e an t-uisge. Fuachd.

Às deidh don èigheach socrachadh, dh' atharraich Julia an t-uisge agus ghabh i fois fo bhlàths socair an t-srutha. Dhìrich i a-mach gu deònach agus thiormaich i dheth. Chaidh i dhan leabaidh, chladhaich i aodach ùr às a poca agus chuir i aodach oirre.

"'Tha thu a' coimhead mar gum biodh ùine fìor mhath agad, "thuirt Andrea ri a companach seòmar agus iad a' togail na rudan aca agus a 'dèanamh sìos a choimhead.

Sheall Julia air ais air Andrea tro shùilean fala. Nuair a ràinig iad an càr, dhìrich an nighean a bu ghiorra a-steach don t-suidheachan cùil agus chrom i suas. "Na dùisg mi gus am faigh sinn air ais don àrainn."

Thionndaidh Andrea agus choimhead i thairis air a gualainn. "Chan eil e coltach gu bheil' Fìor Mhath 'eadhon a' tighinn faisg. "

"Mo Dhia," thuirt an nighean dubh. "'S dòcha nach robh mòran aig Seòras, heck, AON chleachdadh le rud sam bith ach a dhòrn roimhe, ach tha e math a thighearna ag ionnsachadh gu luath. Rud sam bith a sheall mi dha rinn e dà uair, trì tursan ma bha e a 'faireachdainn math dhuinn le chèile. Agus is urrainn dha pussy ithe cha mhòr Ma bhios e ri fhaotainn an deigh dhomh ceumnachadh 's docha gu'm pòs mi e. A nis dùin suas agus leig dhomh cadal."

Rinn Anndra gàire. Dh'atharraich i an sgàthan sealladh cùil agus thug i sùil gheur air a caraid mus do thòisich i air a 'chàr agus a' tarraing a-mach às a 'phàirce. Fhad 's a bha i ag ath-shuidheachadh an sgàthan chun àite cheart airson draibheadh, cha mhòr gun tug fuaim obann bhon t-suidheachan cùil i leum.

Chrath Andrea a ceann le iongnadh. Bha Julia a' srann.

TIODHLAC CHEUDNA

Bhuail Andrea Martin air doras aghaidh flimsy an trèilear, tharraing i sgàineadh fosgailte e agus thuirt i "A bheil thu ceart?"

"Uill," thàinig guth fireann, "Tha sinn air ar n-èideadh co-dhiù." Chuckling, chaidh am brunette coed a-steach.

"Hi, Andrea. Tha thu dìreach ann an àm airson lòn," thuirt Scott White, gille caol bàn na fhicheadadan tràth.

"Cho fad 's gu bheil thu ga chòcaireachd, gu dearbh." chuir Jerry Carter ris, am fireannach seata nas dorcha, trom na shuidhe air an leabaidh.

Rolaig Andrea a sùilean agus choimhead i le meas air an dithis. Bha an dithis nan deagh charaidean agus nan co-oileanaich theatar. Bha Scott gu sònraichte an sàs ann an fuaim agus solais agus bha Jerry na phrìomh shaor agus na neach-stiùiridh togail seata. Bha an dithis nan seann daoine agus bha iad air an obair cùrsa agus deuchainnean a chrìochnachadh. Ann an dà latha, feasgar Didòmhnaich, cheumnaich iad.

"A bheil dad ann a bharrachd air lionn agus air fhàgail thairis air piotsa?" dh'fhaighnich i do Andrea agus i a' dol a-steach don chidsin, a' sealltainn air an fhuaradair mar a rinn i.

" Gu fìrinneach tha mi a' smaoineachadh gu bheil," fhreagair Scott.

Dh'fhosgail Anndra an doras agus choimhead i a-steach. Chuir i iongnadh oirre lorg i a h-uile dad a dh'fheumadh i airson grunn bhiadhan eadar-dhealaichte a chòcaireachd. Cho-dhùin i air Chicken Parmesan. A' toirt dheth na brògan teanas a bhiodh oirre, chruinnich i bathar-bog agus sheal i tro na preasan airson spìosraidh.

"A-nis gur toil leam fhaicinn," thuirt Jerry. "Corrruisgte agus anns a' chidsin." Sheall Anndra thairis air a gualainn agus i na sìneadh gus am paprika a ruighinn agus rinn i fuaim mì-mhodhail air.

"B' fheàrr dha-rìribh a bhith ann am paprika," thuirt i, "Agus chan e poit. Mura h-eil càil eile ann, tha thu uile ro fhaisg air ceumnachadh airson a bhith air do bhriseadh an-dràsta."

"Crois mo chridhe," gheall Jerry. "Chan eil againn ach lionn agus botail fìon no dhà."

"Ceart gu leòr," fhreagair Anndra. Dh' fhàs i trang, ach chaidh a h-inntinn air seachran fhad 's a bha a làmhan ag obair leotha fhèin. Bha sin inntinneach. Bha Jerry air a bhith a' coimhead air a casan nuair a rinn e am beachd sin. Bha i a' faighneachd carson. Bha e fhèin agus a leannan Nicole air a bhith còmhla airson an dà bhliadhna a dh' fhalbh agus cha robh e a-riamh air fìor ùidh a nochdadh ann an duine sam bith eile. A-nis Scott, bha a bilean a' lùbadh le gàire. Bha uimhir de spòrs aig Scott agus ise a' suirghe agus a' magadh air a chèile is gun robh iad air cleachdadh àbhaisteach a leasachadh nach robh i a-riamh air smaoineachadh air dragh a chuir air le bhith a' dol còmhla ris, mòran nas lugha a' dol dhan leabaidh còmhla ris.

"Càit a bheil Julia?" Bhris faclan Scott a-steach do na smuaintean aice.

"Tha i air falbh leis an sgioba ball-basgaid, farpaisean roinneil," thuirt i. Ghluais a smuain chun a companach seòmar dorcha aice agus leudaich an gàire beag a bha a' slaodadh a bilean.

"A bheil thu ag ionndrainn i, huh?"

An àite sin le iongnadh, choimhead Andrea air Jerry. Gu robh i fhèin agus a companach seòmar glè dhlùth, FÌOR dlùth gu dearbh cha b' e dìomhaireachd a bh' ann ach cha b' e rud a bh' ann a bha iad a' lasadh. Bha beatha shòisealta làn agus eadar-dhealaichte aig an dithis aca agus thug iad ceann-latha air mòran. Dh' fhaodadh gum biodh an dàrna cuid uaireannan a' tighinn nas fhaisge na bhathas a' gabhail ris san fharsaingeachd do bhoireannach eile, agus gu tric ri chèile ann an dìomhaireachd an t-seòmair-chòmhnaidh aca, rud nach robh i a' smaoineachadh a bha na eòlas poblach.

Cha do nochd sùil air Jerry dad ach ùidh neo-àbhaisteach. Cho-dhùin Andrea gu robh e dìreach a' ciallachadh na thuirt e.

Seadh, gun duine airson suirghe ris air an oidhche agus gun duine airson mo chumail ag ionnsachadh nuair a b' fheàrr leam a bhith a' goofing dheth. Ach bidh i air ais Dimàirt." Dh'atharraich i an cuspair. "A 'bruidhinn air an sin, càite a bheil Nicole? Chan fhaca mi i ann an seachdain no dhà."

Bha sàmhchair fada gu leòr airson gun do thuig Andrea gu robh rudeigin ceàrr, eadhon mus robh jerry, ann an guth ìosal ag ràdh "Bhris sinn suas."

"O, gosh, tha mi cho duilich Jerry." Chuir Andrea dàil air, a' smaoineachadh air faighneachd dha Jerry an robh e airson bruidhinn mu dheidhinn. Cho-dhùin i nach b' e còmhradh trì-shligheach an dòigh air a dhol mu dheidhinn. Cha do chuir aghaidh chloiche Jerry bacadh air faighneachd co-dhiù, co-dhiù airson an-dràsta.

Dh'fhan cùisean sàmhach gus an deach am biadh a dhèanamh agus dh'ith an triùir aca. Rinn na balaich na soithichean fhad 's a bha Andrea a' gabhail fois ann an cathair fhurasta làn, a casan a' lùbadh fodha. Às deidh don chidsin a bhith air a ghlanadh, thug Andrea an aire a thug an dithis ghille dà uair cho fada 's a bhiodh e air a thoirt leatha fhèin, chuir iad iad fhèin sìos air an raon-laighe.

" Mar sin planaichean sam bith airson an deireadh-sheachdain mu dheireadh agad sa cholaiste.

"Chan eil," thuirt Scott, agus e a' cromadh air ais an aghaidh nan cuiseanan. "Tha mi a 'smaoineachadh gum bi sinn dìreach a' gabhail fois agus a 'crochadh a-mach an seo." Choinnich a sùilean ri Andrea agus leugh i na faclan gun fhacal. Cha robh Jerry a' faireachdainn suas ri rud sam bith agus mar a bha a charaid Scott deònach gnìomhan sam bith a chumail còmhla ris. Chòrd sin rithe. Sheall e doimhneachd càirdeas eadar dithis ghillean gun robh Andrea a-riamh air beachdachadh air dà ghille fìor mhath.

Gu math coimhead cuideachd, an dithis aca. Bha Jerry fèitheach agus bha am falt dorcha a bha a 'còmhdach a ghàirdeanan agus a' coimhead bho mhullach a lèine air a bhith a 'toirt dha mathan mòr, toilichte. Agus Scott, uill, bha coltas caol agus beag air, agus bha e an-còmhnaidh a' coimhead neo-chiontach anns na sùilean gorma soilleir sin a bha air tàladh ann am barrachd air aon bhoireannach air an robh Andrea eòlach. Ach bha Andrea fhèin an-còmhnaidh air a' mhì-mhisneachd fhaicinn a' dannsa air cùl nan sùilean sin. Gun a bhith droch-rùnach, bha Scott na ghille ro mhath airson sin, ach diabhal beag a bhruidhinn a' gealltainn do dhuine sam bith a chitheadh e agus a bheireadh suas air.

Thàinig faireachdainn iongantach, neo-chùramach thairis air Andrea. Leig i sìos a ceann, an dòchas nach robh an diabhal na sùilean uaine fhèin air mothachadh. Ag èirigh, chaidh i tarsainn air an leabaidh.

"Tha fios agad," thuirt i gu cas, agus i na seasamh eadar an casan a-muigh. "Cha mhòr nach do dhìochuimhnich mi an làthair ceumnachaidh agad."

"An d'fhuair thu tiodhlac dhuinn?" arsa Scott le iongnadh.

"Cha robh agad ri sin a dhèanamh," thuirt Jerry.

"Tha fios agam, ach bha mi airson. A-nis ma tha, tha e na iongnadh, agus mar sin feumaidh tu do shùilean a dhùnadh. Rach air adhart," thuirt i, a' gàireachdainn fhad 's a rinn i sin leis a' mhì-chinnt obann anns an dà aghaidh aca, "Bhuannaich e na bi gad bhìdeadh."

"Ceart gu leòr," thuirt Jerry agus dhùin e a shùilean gu h-umhail. Thug Andrea tapadh air a cas-rùisgte.

"Fad mar a Scott, tha mi gad fhaicinn a 'coimhead."

" Chan eil, chan eil," thuirt e ris a' ghuth bog, neo-chiontach a bha a' freagairt air aodann, agus a tharraing grunn nigheanan dhan leabaidh còmhla ris thairis air na ceithir bliadhna a dh' fhalbh.

"Scott!"

"Ceart gu leòr, ceart gu leòr. Gesh ," rinn e gàire agus e a' sgreuchail a shùilean teann.

Às deidh dearbhadh sgiobalta gun robh Jerry air a leithid a leantainn, ghluais Andrea. Am b' urrainn dhi seo a dhèanamh? B' e spionnadh obann a bh' ann, beachd a bha dìreach air tighinn a-steach na h-inntinn. An uairsin thug i rabhadh dha na gaothan. Carson nach biodh? Ann an aon ghluasad sgiobalta tharraing i a lèine-t thairis air a ceann agus thilg i air a 'chathair far an robh i na suidhe. Lean na geàrr-chunntasan agus na pants jeans aice. Leis gun tug i dheth a bhrògan ro lòn, b' e na trì rudan sin a bha oirre.

Rinn Andrea gàire nuair a choimhead i sìos air an dithis charaidean aice. Bha iad coltach ri gillean beaga a' feitheamh pìos cèic co-latha-breith. Uill, ruith i a làmhan thairis air a corp caol lùth-chleasachd, bha iad gu bhith a 'faighinn pìos rudeigin ceart gu leòr.

A' tuiteam air a glùinean eadar an dà phaidhir de chasan sìnte a-mach, lean i air adhart. A' gabhail anail domhainn agus a' gàireachdainn air a h-aodann a bha a' dol o chluais gu cluais, ràinig i a-mach agus rug i gu daingeann air an dithis ghillean dìreach eadar an casan.

B' e an toradh a h-uile dad a dh' fhaodadh i a bhith an dòchas. Chaidh an dà sheata de shùilean fhosgladh le iongnadh. Choimhead an dithis ghillean oirre, a' glùinean rùisgte eatorra agus dh' fhàs an sùilean gu bhith coltach ri sàsaichean.

"ANDREA!"

"Ceart gu leòr, a bhalaich, a bheil thu ag èisteachd?" Dà cheann a' leum suas is sìos. Bha Anndra an dòchas gun robh iad ag èisteachd, bha na bulges air a dhol suas gu leòr mu thràth, an àite a làmhan a bhith a' gabhail fois far an robh iad air tighinn air tìr, bha a corragan a-nis a' dèanamh cearcallan timcheall air dà chruaidh- chruaidh a bha a' fàs .

"Leis nach robh thu uile a' dealbhadh dad, dèanamaid planadh air fuireach an seo airson an ath dhà fhichead 's a h-ochd uairean." Bha na bulges a' cur cuideam air jeans Jerry agus briogais ghoirid Scott a-nis. "Rè na h-ùine sin, nuair a bhios tu ga iarraidh, ge bith dè a tha thu ag iarraidh orm, faodaidh tu a bhith agam, is ann leatsa a tha mi." Chrath dithis cheann ri chèile mar gum b' e ìomhaighean sgàthan a bh' annta agus cha b' urrainn dhi cuideachadh ach gàire a dhèanamh. "A-nis ma-thà, cò an toiseach?"

Thug Scott a ghàire comharra-malairt dhi agus dhùisg e. An uairsin sheas e suas. A 'gluasad gu Andrea, bhean e ri a gualainn, ga tionndadh gu Jerry.

"Tha e."

A 'coimhead suas air Jerry, dh' fhalbh Andrea mu seach. Rug a corragan air zipper a jeans agus tharraing i sìos e. Aig an aon àm lean i air adhart agus chuir i stad air a chrios. Thog tarraing sgiobalta air an fho-aodach aige agus chaidh a choileach an-asgaidh, dìreach airson a dhol à sealladh sa bhad eadar bilean Andrea agus a-steach do a beul. Chrom i i fhèin le a làmhan air gach taobh dheth agus thòisich i air a ceann a phumpadh.

An toiseach cha mhòr nach do ghluais i. Chaidh gach boban beagan na b' fhaide sìos mus tàinig i air ais suas, a' cumail dìreach a' chinn na bilean. Gach uair a dh' èirich i bha a teanga a' sleamhnachadh thairis air rèidh a' chlogaid agus a' cuir strìochag air an t-slit. An uairsin chaidh i sìos a-rithist. Agus a-rithist. Agus a-rithist.

Leis an rùn fhad 's a bha i a' sucking coileach Jerry, cha mhòr nach robh i ag ionndrainn suathadh aotrom iteach eadar a casan fhèin. Airson mionaid chuir i às dha mar thoradh air a mac-meanmna, air a thoirt air adhart leis an àrdachadh aice fhèin. An uairsin dh'fhàs an suathadh nas fhollaisiche. Leudaich a sùilean nuair a thuig i gum feumadh Scott a bhith.

Rinn i gàire. Gu cinnteach b' e teanga a bh' ann a' bualadh suas is sìos an toiseach taobh a-staigh aon sliasaid agus an uairsin am fear eile. Bha e a 'seachnadh dha-rìribh a' suathadh a pussy. An àite sin dh'imlich e a casan, a' lorg nan sgoltagan far an do thòisich a bonn, agus an uair sin dh'obraich e sìos cùl a casan.

Thug gearain ghearain bho Jerry an aire air ais thuige agus thòisich i a' suirghe air a choileach. Bha a lamhan air a ceann a nis, direach a' gabhail fois an sin, gun a bhi deanamh oidhirp air a putadh sios, ach dh'fhairich i fhathast an èiginn a bha annta agus iad a' crith air a falt.

Chaidh i fad na slighe sios air ann an aon ghluasad luath, ag adhlacadh a h-aodainn air gus nach rachadh i ni b' fhaide.

Mheudaich Andrea suidse a beul air coileach Jerry. Rol i a ceann mun cuairt, a' faireachdainn gun robh an ceann swollen a' suathadh ri cùl a beul. Cha b' e uilebheist a bh' anns a choileach, ach lìon e a beul gu math snog, a' putadh an aghaidh fosgladh a h-amhaich. Agus Scott, a dhia, bha a theanga eadar a casan a-nis agus bha e a' bualadh a slit fhosgailte. Chuir i a cromagan air ais na aghaidh agus chaidh a theanga a-steach innte.

Cha robh a ceann ach a' breabadh air Jerry a-nis. Theann i greim a beòil air a chas slic agus chuala i e a' caoineadh le aonta. Bha a làmhan a' marcachd cùl a cinn agus thòisich a chromagan air togail bhon leabaidh thuice. Lorg teanga Scott a clit agus aon, an uairsin chaidh dà mheur a-steach innte. Phump iad a-steach thuice anns an aon ruitheam agus a ceann a 'bualadh air a' choileach a bha a-nis na at. Rinn i gearan agus feumaidh gur e an sàsachadh na guth brònach an t-strì mu dheireadh airson Jerry.

Airson a' chiad uair, phut a làmhan a ceann sìos air a choileach. Lìon a' chiad luaith a beul agus rinn i gul gus a cumail bho bhith air a bhàthadh. Lean e air cum, an leaghan teth a 'ruith sìos a h-amhaich. Uill, bha i an dùil a shlugadh co-dhiù, ach feumaidh mart naomh, Nicole agus esan a bhith air an taobh a-muigh, co-dhiù gu feise, airson còrr is seachdain no dhà. Bha i gu mòr a' strì ri cumail suas ris an tuil, eadhon nuair a thòisich a corp fhèin a' gluasad fo cheangal Scott.

Ghluais Jerry agus gu h-obann bha e air falbh. Dh' fhosgail Andrea a sùilean agus chaidh i fodha. Càit an deach e? An sin bha dà ghàirdean brùideil timcheall oirre agus bha i air a togail suas chun an leabaidh agus air a cur sìos gu faiceallach air a druim. Leudaich làmhan a casan agus shleamhnaich Scott air a muin. Le aon ghluasad siùbhlach chaidh a chromagan air adhart agus chaidh a choileach a-steach thuice.

Coltach ri Jerry, cha b' e uilebheist a bh' ann an Scott, ach lìon e i gu snog agus b' e sin a dh' iarr i a-riamh. Agus mar a b' fhaide a bha e innte, 's ann a bu mhotha a shaoil i gu'n robh e airidh air a chliù cianail. Chleachd Scott a chorp gu lèir oirre. Ghluais e a chromagan, ag atharrachadh astar, doimhneachd agus ceàrn a bhuillean. Bha a bhroilleach rèidh a' suathadh air ais 's air adhart thairis air a cìochan, a' togail na nipples. Bha a bheul a' goirteachadh an seo agus an siud, a-nis a' cnagadh a gualainn, a-nis a' reamhrachadh taobh a h-amhaich agus a' ruith suas gu a cluais.

Fhreagair corp Andrea agus thòisich i air gluasad air ais an aghaidh Scott. Rug i air an iarla 'na bilean, agus chum a gàirdeanan 'na h-aghaidh, eadhon mar a bha a ghàirdeanan fèin a' sleamhnachadh mu'n cuairt. Bha na cromagan aige a 'pumpadh a-nis, fhathast a' gluasad mun cuairt fhad 'sa bha e a' dol nas luaithe agus nas luaithe, a 'toirt a choileach cruaidh a-steach thuice. Chrath i a casan, a' cleachdadh neart casan a ruitheadair gus coinneachadh ris gach turas. Bha i a' faireachdainn gu robh e a' dol suas agus bha fios aice gu robh e air an oir. Toradh luath agus a casan glaiste timcheall air. pinning e na h-aghaidh agus a-steach i mar a thàinig e gu domhainn a-staigh i, tuil a pussy le a hot cum.

Às deidh dhaibh an deireadh-sheachdain a chuir air bhog le brag, lean na bangs airson a' chòrr den ùine. Rinn Andrea gaol le gach fear dhiubh a-rithist Dihaoine. Bha an dà thuras vanilla, fear air a' mhullach, ach spòrsail. Bhris iad e madainn Disathairne, nuair a lorg Scott Andrea a' còcaireachd bracaist agus e a' caitheamh barrachd air aon de na lèintean-t aige. Bha aig bracaist ri feitheamh fhad 's a thog e i air muin a' bhùird, a' sgapadh na soithichean fhad 's a bha e a' cumail adhbrann anns gach làimh. Rug Jerry oirre a' lùbadh thairis air gàirdean an t-sòfa agus mus robh fios aice air bha na shorts aice dheth agus bha i air a lùbadh fada a-null agus e a' dol a-steach innte bhon chùl. Chan e gun robh inntinn aice.

Feasgar Disathairne bha i fhèin agus Scott air frasan còmhla. Roimhe seo bha i a 'fàs beagan tairgse agus mar sin chaidh i air a glùin agus thug i dha obair sèididh mar an cùrsa uisge blàth sìos an cuirp.

Bha i air a' chiad oidhche a chuir seachad ann an seòmar Scott, chuir i seachad oidhche Shathairne ann an Jerry's. An turas seo fhuair i air a' mhullach agus thug i an dithis aca gu àirde agus i a' breabadh gu làidir air a chas gheur.

Nuair a dhùisg i madainn na Sàbaid, thionndaidh i gu deuchainneach a corp. Uill, rinn i gàire rithe fhèin, na h-uairean sin uile air an t-slighe; bha an sìneadh, na suidhe-suas, na laps a ruith gach seachdain air pàigheadh dheth. Dh' fhaodadh i gluasad fhathast, ged a bha i teagmhach gum faodadh i falbh latha slàn eile mar a bha am fear mu dheireadh. Ach bha Ceumnachadh ceart às deidh lòn agus bha i fhathast deiseil gus tlachd fhaighinn às a' mhadainn an-diugh.

Ràinig làmh socair i gus aghaidh a thoirt air Jerry. Phòg e i, rinn e gàire agus bhuail e a h-aodann. "Feumaidh mi a ràdh, eadhon ged a gheibh mi càr spòrs bho mo phàrantan agus turas don Roinn Eòrpa, chan eil e gu bhith a' freagairt ris na thug thu dhomh, leis na SA."

Cha mhòr nach robh Andrea a' blush. Thog i air a h-aodann agus phòg i e. "Mar sin," rinn i gàire, "A bheil sin a' ciallachadh gu bheil thu a-mach à lùth? " Thug i sùil air a' ghleoc air an dreasair. "A 'planadh air snuggling gus am bi an t- àm ann falbh?"

"O chan eil." Tharraing Jerry Andrea a-null air a cheann. "Chan eil thu a' faighinn air falbh às aonais crìoch a bhios air a chuimhneachadh airson bhliadhnaichean. "

"Càit a bheil Scott?" Sheall Anndra air an doras.

" Bithidh e comhla."

Chaidh Andrea thairis air Jerry a-rithist, a 'faireachdainn gu robh a choileach ag èirigh aon uair eile an aghaidh taobh a-staigh a sliasaid. Shleamhnaich a choileach air an t-slit fhosgailte aice, a' sleamhnachadh air ais is air adhart, a' toirt cothrom dhi fàs fliuch a-rithist agus cuideachd toirt air lubed ceart. Chuir i a làmhan air a cromagan agus thog i i fhèin, an dùil gun stiùir e e fhèin a-steach thuice.

Rinn e, ach aig an aon àm chuir e iongnadh oirre. Nuair a chaidh e a-steach thuice, ghlac Jerry i air a guailnean agus tharraing e sìos i thuige. Nuair a phòg e i, chùm e an torso aice na aghaidh. "A-nis ma-thà," thuirt e nuair a chuir a bheul a-mach i, "Bha thu a 'faighneachd càit an robh Scott. Uill, tha e an seo." Chriothnaich an leabaidh agus ghluais e fodha iad. Dh' fheuch Andrea ri a ceann a thionndadh oir bha i a' faireachdainn gu robh cuideigin a' gluasad air a cùlaibh ach chùm Jerry i dlùth.

Suathadh dà làmh làidir a cnap teann, a-nis a 'togail beagan dhan adhar. Bhuail iad thairis air a gruaidhean, agus shleamhnaich fear eatorra, ga sgaradh. Ghluais i le iongnadh oir bha i a' faireachdainn fliuchadh fionnar na sgoltadh. An uairsin thòisich meur air an fhliuchas sin a massage an aghaidh an tuill eile aice. Ghluais i beagan nas luaithe an aghaidh Jerry, bha a choileach fhathast a 'lìonadh a pussy mar a bha an cuideam socair air a' fhàinne anal aice a 'toirt a toradh agus bha meur Scott a' dol a-steach don asal aice.

"O dhia," thuirt Andrea nuair a thòisich Scott air a mheur a thoinneamh innte, ga lubadh agus ga sìneadh gu socair fhad 's a bha e a' pumpadh a- steach agus a-mach. Chaidh oidhirp a rinn i air a bhith a' sreap air Jerry a luathachadh le grèim làidir an duine sin air a guailnean. "Chan e, chan e, na dèan cabhag. Chan eil mi a 'tighinn gus am bi sinn le chèile annad."

Bha Scott air a lùbadh thairis oirre agus air feadaireachd na cluais eile. "Anndra, tha sinn gad iarraidh mar seo, eadar sinn, Jerry nad phussy agus mise nad asal. Tha fios againn gun tuirt thu ge-tà bha sinn gad iarraidh, ach cha chùm sinn thu ris an sin, gu seo, mura h-eil thu ag iarraidh. Cha bhiodh duine againn gu bràth a' toirt ort rudeigin mì-chofhurtail no rud sam bith a dhèanamh nach robh thu airson a dhèanamh."

Bha Anndra a' dol fiadhaich. Cha b' urrainn dhi gluasad, a bhith a 'crathadh air coileach Jerry no air a' mheur iongantach sin a 'sgrùdadh a h-asail, cha do rinn i ach a bhith a' gearan, "Air sgàth Dhè Scott, na dèan mo mhealladh. Gabh mi!"

" A' cur dragh ort ? Carson nach deanadh mi sin gu bràth." Lean am meur singilte a' dol a-steach innte. Thuit barrachd lube na h-aghaidh agus dh'obraich i a-steach innte. An uairsin dh'fhalbh a' mheur agus dh'fhairich i ceann coileach Scott na àite. Bha a làmhan a 'ruith suas is sìos air a druim, a' bualadh oirre, eadhon nuair a bha e gu cùramach a 'bruthadh na h-aghaidh. A dh'aindeoin a mì-fhoighidinn gutha agus na h-oidhirpean aice ri rocadh air ais air, oidhirpean a bha air am bacadh le ceithir làmhan seasmhach, dh' obraich Scott na h-asail gu math slaodach. Eadhon an dèidh don cheann a bhith làn a-staigh agus e a' dol fodha fad a chas a-steach innte, chaidh e mean air mhean, a' leigeil leis a chuideam an obair a dhèanamh, seach a bhith a' cleachdadh a chromagan. Ach mu dheireadh bha Anndra a' faireachdainn gu robh a groin a' tighinn gu fois an aghaidh gruaidhean a h-asail.

Cha robh i a-riamh air a lìonadh cho iongantach anns na fichead bliadhna aice. Cha b 'e seo a' chiad eòlas aice le gnè anal ann an dòigh sam bith, ach cha robh i riamh roimhe air a dùblachadh. Bha an dà choileach a' teannadh innte. Dh' fhaodadh i faireachdainn gu robh iad cha mhòr a' suathadh na broinn.

"Anndra?" Chuir guth Scott dragh oirre.

" THA!, " fhuair i air tachdadh air ais.

"A-nis tha sinn deiseil a 'magadh. A-NIS tha sinn a' dol a chuir fuck ort."

Thòisich Scott, air a ghlùinean air a cùlaibh, a làmhan a 'greimeachadh air a cromagan, a' gluasad. Mar gum biodh comharra air a dhol seachad, thòisich Jerry air a togail san adhar le a chromagan agus a chasan làidir, ga putadh air ais gu Scott gach turas. Bhreab an aon ghluasad sin i suas is sìos air a choileach fhèin. Bha a làmhan air beulaibh a cromagan, ga toirt suas eadhon nuair a chaidh Scott sìos.

Airson mionaid chaidh an dithis ghillean air adhart agus bha co-chomhairle ann an uisge-beatha gu robh Andrea, eadhon ged a bha i eatorra, ro chall anns na faireachdainnean a bha a corp a' faireachdainn a thuigsinn. An uairsin chaidh an triùir aca gu aon taobh, cha do chaill Scott agus Jerry a-riamh an corp aice.

"Tha sin nas fheàrr," thuirt Jerry. "Is gann gum b' urrainn dhomh anail a ghabhail an sin airson mionaid. "

Làmhan air an glacadh aig cas àrd Andrea, ga thogail dhan adhar. Bha beagan mì-chinnt ann nuair a bha na balaich ag atharrachadh an ruitheam agus an uairsin chaidh iad air adhart a dh'fhaicinn am b 'urrainn dhaibh Andrea a spùtadh eatorra. Shleamhnaich coileach a-mach às a corp gus nach robh ach na cinn fhathast innte, agus an uairsin chaidh am bualadh air ais na broinn. Lìon smeòrach domhainn, cruaidh i agus b' e am balla caol feòil eatorra gach nì a chùm iad o choinneamh.

Chuir làmhan Jerry timcheall oirre agus thug i grèim air a h-asal. Chuir làmhan Scott cupa a cìochan. Chleachd an dithis an grèim air a bodhaig mar luamhan gus na coiseachan aca a thiodhlacadh gu tur innte, a' putadh a bodhaig suas an leabaidh eatorra mar gum biodh i a' lìonadh tiùb poca fhiaclan. An uairsin thug an greim aca air ais i agus dh'ullaich i airson an ath thuras aig an aon àm.

Thàinig Anndra. Thàinig i ann an cabhag, a 'toirt a h-aonta dha na bha a caraidean a' dèanamh. Cha do rinn iad a-riamh slaodach. An coileach na pussy, an coileach na h-asal, an dithis aca a 'bualadh a-steach oirre, chuir i suas i suas am balla. Rinn i sgreuchail, bhuail i air druim Jerry le a làmh an-asgaidh, bha dàrna orgasm aice. Chaolaich an saoghal gu dìreach an dà ghille a bha ga ceapaire agus dè bha iad a' dèanamh rithe. Gach uair a tharraing coileach Jerry air ais gu leòr, dhòirt tuil den fhliuch aice bhuaipe.

Cha mhair e ach cho fada. Eadhon leis a h-uile gnè a bha na balaich air a bhith a' faighinn thairis air an dà fhichead sa h-ochd uairean mu dheireadh bha iad air an ìre as àirde a ruighinn. Thàinig Jerry an toiseach, a' gabhail grèim air a cnapan ann an greim a dh' fhaodadh a bhith air bruthaidhean fhàgail mura robh smachd gu leòr aige airson an leigeil ma sgaoil eadhon nuair a dh'fhalamhaich e e fhèin innte. Bha

Scott air tòiseachadh nas fhaide air adhart ach chuir cho teann sa bha an fhàinne anal aice agus am brùthadh a chuir na fèithean asail air a choileach air na lannan aige agus bha i air a lìonadh le steigeach fliuch air a' chùl agus air a bheulaibh.

Dhùin Andrea a sùilean fhad 's a bha an dithis ghillean a' maothachadh choileach a 'tarraing bhuaipe agus iad a' snuggladh faisg oirre. Cha robh i a' ciallachadh ach na sùilean sin a dhùnadh airson mionaid, ach nuair a dh' fhosgail i iad, dh' innis an gleoc air an dreasair gur ann beagan uairean a thìde a bha e.

"Eirich, èirich!" Bhris Anndra gu dìreach eatorra. "Feumaidh tu uile fras a ghabhail agus aodach a dhèanamh." Thionndaidh i an toiseach aon dòigh agus an uairsin an taobh eile, a 'roiligeadh gach fear mu seach às an leabaidh agus air adhart chun an ùrlair.

Cha mhòr nach robh gnìomhachd cho fiadhaich na an còrr den deireadh-sheachdain às deidh sin. Chaidh aig an dithis cheumnaiche a bha ri thighinn air glanadh gu sgiobalta, an trusgan a chaitheamh agus ruith airson na càraichean aca. Cha robh mòran ùine ann airson pògan cabhagach no dhà oir bha na gillean, an dithis a' coiseachd caran boghach, a' dèanamh air an àrainn.

Chaidh Andrea air ais dha na seòmraichean-cadail agus thòisich i air na siotaichean a thoirt às na leapannan. Dhump i iad ann am baga nigheadaireachd mòr agus chuir i ann an stoc a' chàir aice e. An uairsin, mus deach i chun an laundromat, thug i an ùine airson fras fada, glè bhlàth, gu math socair. Às deidh na h-uile, cha b 'e Jerry agus Scott a-mhàin a bha a' coiseachd mar gum biodh iad air am marcachd fad an deireadh-sheachdain.

LAOIDHEAN

Ghluais Anndra Màrtainn gu cadalach an aghaidh a' chuirp bhlàth air an robh i an sàs. Rinn i gàire agus thòisich i air rudeigin a mhùchadh don neach-seòmar aice Julia Carraux mu rud sam bith a bha iad air a bhith a' dèanamh a-raoir nuair a thuig i rudeigin.

Bha an corp a bha i a' cur na h-aghaidh gu cinnteach boireann. Ach, bha am bonn a chaidh a bhrùthadh anns a' mheadhan-roinn aice gu math nas cruinne agus nas buige na cnap cheerleader teann a companach. Bha cìochan Julia beag mar a bha i fhèin. Bha an orb fialaidh a bha aice na cupa na làimh mòran na bu mhotha na am fear a dhùisg i gu tric.

Thog Andrea i fhèin suas air a h-uilinn, a' coimhead sìos air a' bhodhaig a bha na laighe ri thaobh. "Gu dearbh chan e Julia," smaoinich i. Chrath i a ceann. Chan eil dad air a mhealladh. Mar sin is dòcha nach robh i crochte, dìreach cadal. Rinn i sgrùdadh air an t-seòmar cho math ris a 'chorp cadail ri thaobh.

Gu ceart, bha cùisean a 'tighinn air ais, ann an soilleireachd criostail gu dearbh. B' e seo dachaigh a caraid Eric, a thug cuireadh dhi saor-làithean an Earraich a chaitheamh còmhla ris. Agus mar sin, b' e màthair Eric, Eilidh, am boireannach a bu shine seo a bha san leabaidh còmhla rithe.

Ach mo. Ach MI. OH MI. Ciamar a thàinig i gu crìch ann an suidheachadh mar seo? Theich a smuaintean air ais timcheall air dà sheachdain air ais gu paidhir de chathraichean comhfhurtail ann an seòmar-suidhe aonadh oileanach na colaiste shuas an staidhre.

"Dè tha thu dol a dhèanamh ma-thà?" dh'fhaighnich a rùm. Bha an nighean le falt bàn air a casan a thogail fodha, a' taisbeanadh dealbh a bha Andrea a' smaoineachadh a bha chan ann a-mhàin air leth grinn ach cha mhòr do-chreidsinneach sexy. Uill, dh' fhaodadh an smuain sin feitheamh gus am biodh iad air ais san rùm aca.

"Chan eil fhios 'am, Julia. Le mo phàrantan air taobh eile an t-saoghail leis an obair ùr aig m' athair , chan eil mi a 'faicinn a bhith a' dol dhachaigh a dh'fhuireach còmhla ri piuthar m'athar agus m' uncail.

Agus tha mi a' cur luach air an tairgse agad ach tha mi a' chan eil an t-airgead agad airson tiogaid plèana a Chanada còmhla riut agus feuch nach innis thu dhomh gum pàigh na daoine agad air a shon. Is toil leam iad gu mòr agus tha fios agam gu bheil iad comasach air a phàigheadh ach chan eil."

Ghluais Anndra. "Tha an aon rud a' buntainn ri bhith a' gabhail turas dhan tràigh. Feumaidh mi m' airgead a shàbhaladh. Fuirichidh mi an seo."

"Agus dè?" dh'fhaighnich Julia, gu sàmhach ag aideachadh an argamaid don nighean as àirde.

"Is dòcha gu bheil mi dìreach ag ionnsachadh, mar a tha prìomh matamataig sònraichte a 'cur nam chuimhne gum feum mi dèanamh nas trice. Tha mi an teagamh gun cuir e às dhomh, a' gabhail ris nach dèan mi cus dheth."

Rinn an dithis nighean gàire agus ghluais iad an còmhradh. Chuir e iongnadh air Andrea ge-tà, uair no dhà às deidh sin thàinig caraid fireann thuice.

"Anndra?"

"Hi Eric. Seadh?"

"Tha mi an dòchas nach smaoinich thu gu robh mi a 'cluinntinn, ach chuala mi thu fhèin agus Julia a' bruidhinn air saor-làithean an Earraich agus a bhith a ' fuireach an seo anns an sgoil. Bha mi a' faighneachd am biodh tu airson tighinn dhachaigh còmhla rium agus Irene?"

Bha iongnadh air Andrea. Bha i eòlach air Eric agus a leannan fad-ùine Irene, ach gu cas. B' e caraidean a bh' annta, ach cha robh iad cho faisg 's nach do chuir an cuireadh dheth i. Dh'fhaighnich i carson a dh'fhaighnicheadh e.

Feumaidh gun robh an troimh-chèile air a h-aodann oir thuirt Eric gu sgiobalta, "Ceart gu leòr, chan eil e gu tur mì-mhodhail. Tha Irene a' dol dhachaigh còmhla rium, agus uill, tha sinn airson a' mhòr-chuid den ùine a chaitheamh ann còmhla. ALONE còmhla. Bha mi a' smaoineachadh is dòcha gu bheil thu Tha fios agam gu bheil sin caran tacky, ach tha i air a bhith gu math aonaranach bhon a dhealaich i fhèin is m' athair agus bha mi a' smaoineachadh gun toireadh e toileachas dhi companaidh air choireigin a bhith aice. mun cuairt." Rinn e leisg agus rinn e gàire. "O golly, tha e coltach gu bheil mi a 'feuchainn ri toirt ort a bhith nad chompanach no rudeigin. Gu dearbh, chan eil mi. Chan eil mi a 'smaoineachadh gum bu chòir dhut am fois a chaitheamh an seo. Mura buail thu e. dheth còmhla ri mo mhàthair, tha thu gu cinnteach saor rud sam bith a tha thu ag iarraidh a dhèanamh." Stad e. "A bheil mi a 'dèanamh a' chuid as lugha de chiall an seo no a bheil mi a 'tighinn a-steach mar mharan?"

"Is dòcha a h-uile rud gu h-àrd," fhreagair Anndra. "Ach heck, chan eil mi dha-rìribh ag iarraidh fuireach an seo. Tha fios agam ort uile. Is dòcha gun tèid do mhàthair agus mise air adhart gu ainmeil."

Mar a thàinig e a-mach, bha màthair Andrea agus Eric, Eilidh, a 'còrdadh ri chèile aig a' chiad sealladh. Bha Eilidh mu àirde Andrea, le falt ruadh fad gualainn agus sùilean gorma. Bha a corp na bu truime na corp Andrea, le cìochan nas coileanta agus cromagan cruinn. Bha Anndra den bheachd gu robh na notaichean a bharrachd a bha am frèam aig a' bhoireannach as sine air leth math, a' toirt lùban fialaidh dhi. Gu dearbh, bha neach-tadhail na colaiste den bheachd gu robh màthair Eric chan ann a-mhàin gu math tarraingeach, ach gu dearbh gnèitheach.

Gu dearbh, cha robh beachd aig Andrea air na smuaintean sin a leantainn, cha robh annta ach sealladh. Às deidh na h-uile, cha d 'fhuair duine cuireadh fuireach airson seachdain aig taigh caraid agus tòiseachadh le bhith a ' dèanamh pasan aig a mhàthair. Ach bha e a' coimhead mar gum biodh e math Eilidh a bhith na caraid. Bhòidich Anndra a' chuid as fheàrr a dhèanamh dheth, mar a rinn i sa mhòr-chuid de shuidheachaidhean.

Fìor dha na faclan aige, is ann ainneamh a bha Eric agus Irene rim faicinn. Dh' fheuch iad ri co-dhiù aon sealladh a dhèanamh gach latha, ach bha Anndra agus Eilidh nan aonar còmhla a' mhòr-chuid den ùine. Dh' innis Andrea dha Eilidh mu deidhinn fhèin, uill, am fiosrachadh poblach co-dhiù. Dh' fhàg i an suidheachadh cadail aice le a companach seòmar, gu dearbh cha mhòr a h-uile beatha feise gnìomhach aice, ach gu sònraichte am pàirt mu bhith a' còrdadh ri boireannaich eile.

Airson a pàirt, bhruidhinn Eilidh beagan mu deidhinn fhèin, ach a-mhàin gun do dhìochuimhnich i bruidhinn mu athair Eric agus an sgaradh-pòsaidh. Cho-dhùin Andrea nach robh an sgaradh air tachairt o chionn fhada agus a rèir coltais cha robh e gu sònraichte càirdeil. Dh'aidich Eilidh nach robh i air feuchainn ri tilleadh a-steach don t-saoghal suirghe, agus i mì-chinnteach dhith fhèin agus gu dearbha ciamar a bu chòir a dhol air adhart, air a bhith faisg air 20 bliadhna bho bha i singilte. Dh'aidich i gun deach faighneachd dhi uair no dhà ach gu ruige seo bha i air diùltadh.

Bha Anndra a' smaoineachadh gur dòcha gu robh e doirbh faighinn air ais a-steach do ghluasad rudan, ach a thaobh faireachdainn Eilidh nach robh i breagha, uill, bha Andrea a' smaoineachadh, bha sin gòrach. Bha Eilidh gu math tarraingeach. Agus ion-mhiannaichte. B' e an rud a bha a dhìth oirre, cho-dhùin Andrea, preas-aodaich ùr, ath-nuadhachadh, agus sealladh de fhèin-mhisneachd.

Bha an dithis bhoireannach air a bhith a' ceannach còmhla agus air adhart bhon chiad latha de thadhal Andrea, ach an latha seo nuair a thadhail iad air ionad bhùthan ann am meadhan a' bhaile chaidh Anndra a-mach. Dhrog i Eilidh bho aon stòr gu fear eile, a' ceannach aodach ùr. Fhuair i a caraid as sine chun ghruagaire agus chuir i seachad còrr is uair a thìde aig a' chunntair maise-gnùise. Dh' fheuch Eilidh ri gearan a dhèanamh a h-uile ceum den t-slighe, ach dh' innis Andrea gu robh am boireannach as sine air leth toilichte leis na toraidhean.

"Andrea. Chan urrainn dhomh seo a chreidsinn, ach tha mi uile air mo cheannach a-mach," rinn Eilidh gàire. Bha an dithis bhoireannach a' greimeachadh air pocannan le ceannach ùr, a' mhòr-chuid dha Eilidh.

"A Eilidh, tha fios agam, ach tha mi a 'faicinn aon àite eile a dh'fheumas sinn a dhol." A' freagairt air na rinn i ris na faclan aice, ghabh Andrea làmh Eilidh agus tharraing i a-steach i gu stòr a bha gu sònraichte a' dèanamh aodach boireannaich den t-seòrsa a bu dlùithe. Rinn Eilidh gearan, ach caran lag, leis gun tug Andrea i gu aon raca às deidh fear eile a' lorg diofar chulaidh. Air a brosnachadh leis a' bhoireannach a b' òige, cheannaich Eilidh grunn sheataichean de dh' fho-aodach a bha uamhasach dàna agus eadhon "aodach-cadail" ris an canar a bha an dùil rud sam bith a dhèanamh ach cuideachadh le cadal. Gu tur an aghaidh, gu dearbh.

A' ruith dhachaigh leis na h-ulaidhean ùra aca, chaidh an dithis bhoireannach suas an staidhre gu seòmar-cadail Eilidh agus thòisich iad a' cur a-mach na rudan a bha iad a' ceannach airson a bhith measail. Bha Andrea fhèin air dà chulaidh a thaghadh a thuit gu math taobh a-muigh a buidseit, dìreach airson gun robh Eilidh ag iarraidh an ceannach dhi.

"Feuchaidh sinn cuid dhiubh sin air adhart," mhol Andrea. Bha Eilidh a' gearan airson beagan, dìreach airson a bhith air a cuir thairis a-rithist le argamaid Andrea, mura biodh iad gam feuchainn air an-dràsta, cuin a bhiodh iad agus dè nam biodh iad den mheud ceàrr? A 'gèilleadh, ghabh Eilidh an seata bra agus panty a thairg Andrea dhi agus thill i dhan t-seòmar-bìdh aice. Cha b' urrainn do Andrea a dhol na aghaidh, gu sgiobalta fhuair i a-mach às a h-aodach fhèin agus chuir i aodach geal peek-a-boo nightie air nach robh mòran a bharrachd air pìosan lace agus a dh' fhalaich cha mhòr dad.

"Tha e iomchaidh," thàinig an gairm bhon taigh-ionnlaid. "Lorg dhomh fear eile airson feuchainn air."

"O chan eil," fhreagair Anndra. "Chan fhaigh thu air falbh cho furasta sin. Thig a-mach agus faic mi."

"Anndra, cha b' urrainn dhomh!"

" O thig," fhreagair a' bhean òig. " Is e dìreach sinne nigheanan."

"Ceart gu leòr, ach gealltainn nach dèan thu gàire."

" Is e cùmhnant a th 'ann."

Dh' fhosgail doras an t-seòmar-ionnlaid agus thàinig Eilidh a-mach. Bha smuaintean sam bith a dh' fhaodadh a bhith aig Andrea ann an cùl a h-inntinn a bhith a' gàireachdainn air an sguabadh air falbh sa bhad. Bha an roghainn fo-aodach aig Eilidh dubh, agus gu dearbh sgith. Chitheadh Andrea seallaidhean de a nipples agus an aureole mòr donn tron bra. Bha dorchadas preas Eilidh follaiseach, le curls air seachran a' teicheadh bho na panties teann. Mar a bha a' chailleach a bu shine a' dol thairis gu diùid chun sgàthan làn-fhaid, dh'òl Anndra na casan rèidh, sealladh gruaidhean asail Eilidh a' dòrtadh bho na panties. Bha eadhon an fhàinne bog de na notaichean a bharrachd sin timcheall air a meadhan eireachdail. Bha Andrea a' faireachdainn gu robh miann ag èirigh innte agus bha fios aice gu robh i ag iarraidh a' bhoireannaich seo.

B' e aon fheart a chuir ris a' cho-dhùnadh obann gur e a-nis an t-àm nuair a shiubhail sùilean na tè bu shine thairis oirre gu sgiobalta nuair a thàinig i a-mach às an taigh-ionnlaid. Gu dearbha, bha Andrea a' faireachdainn cinnteach gu robh sùil Eilidh air a bhith a' fuireach air iomall giorraichte na h-oidhche, a sheall chan e a-mhàin casan làidir làidir Andrea, ach nach do chòmhdaich gu tur an dàrna cuid gruaidhean a cnap no an triantan dorcha eadar a casan.

"Tha thu a 'coimhead àlainn, Eilidh. Tha thu dha-rìribh a' dèanamh," anail Andrea.

"Tha mi a' coimhead caran snog nach eil?" Chuir Eilidh a làmhan air a cromagan agus thionndaidh i air ais is air adhart, a 'coimhead air a meòrachadh.

"A bheil fios agad dè a tha a dhìth ort?" Chaidh Andrea a-steach gu clòsaid Eilidh agus spìon e paidhir de shàilean àrda dubha bhon taghadh bhrògan an sin. Thug i air ais iad agus glùinean air beulaibh Eilidh. Thog i an toiseach aon chas, an uairsin an cas eile, a 'cuideachadh a' chailleach a bu shine gus a casan a shìneadh a-steach do na brògan. Bha corragan Andrea a' laighe air adhbrannan is laoigh Eilidh is i gu daingeann a' cumail a sùil sìos, agus fios aice nan leigeadh i le a sùilean gluasad suas gu snaim casan Eilidh gun cailleadh i a h-uile smachd. Chan e nach robh i ag iarraidh sin, ach cha robh an t-àm ann airson sin. gidheadh.

"O tha, tha sin math!" Mhol Eilidh. Chrath i a làmhan air a cromagan, a 'putadh a' bhroilleach beagan a-mach agus bhuail i suidheachadh. Bha beul Anndra gu math tioram. Shleamhnaich i faisg air cùl Eilidh fhad 's a bha am boireannach a bu shine ga meas fhèin san sgàthan, a' tionndadh beagan an toiseach chun làimh chlì agus an uairsin air an làimh dheis.

"Tha thu a' coimhead eireachdail," thuirt Andrea.

"A bheil thu dha-rìribh a 'smaoineachadh sin?" dh'fhaighnich Eilidh. An turas seo ge-tà, bha e coltach gun do ghabh i ris a' mholadh. A' reubadh airson mionaid, dh' fheuch i ris a' bra atharrachadh. "Chan eil thu a 'smaoineachadh gum bu chòir dhomh feuchainn ris an turas seo a bhith nas àirde? Brùth mi suas cuid?" Ghluais i beagan. "No 's dòcha a tharraing sìos gus beagan dealachaidh a nochdadh?"

Ghabh Anndra an cothrom aice. Cheum i dìreach air cùl Eilidh agus shleamhnaich i a gàirdeanan timcheall a' bhoireannaich eile, a' cabadaich mar a rinn i sin gus suathadh iongantach a làmhan a lughdachadh. Feumaidh gun do dh'obraich e, leis nach do rinn Eilidh a-riamh sleamhnachadh, eadhon nuair a chuir làmhan Anndra fois air a stamag agus gun tug i air ais i gu socair an aghaidh a' bhoireannaich a b' òige.

" Hmmm , chan eil fhios agam." Thuirt Andrea nuair a bha a corragan a' suathadh ris an lace dhubh. "Tha e a' coimhead mìorbhaileach, ach 's dòcha dìreach beagan atharrachaidh. Chan eil mi cinnteach, chì sinn." Chuir i cupa air cìochan Eilidh, a h-òrdagan agus a corragan a' dèanamh chearcaill a bha a' suathadh ris na nipples dorcha donn. "Feuch an toir sinn am bra sìos beagan, gus am bi na nipples agad cha mhòr a' nochdadh. "

A' coimhead gu faiceallach san sgàthan, shiubhail sealladh Andrea thairis air corp na boireannaich as sine. Aig an àm seo bha coltas beagan gun fhòcas air sùilean Eilidh. Bha i a 'lùbadh air ais an aghaidh Andrea, a ghluais a corp caol lùth-chleasachd gu slaodach an aghaidh nan lùban slàn a bha a' bualadh oirre. Bha a corragan trang a' suathadh oirean lace na bra dhubh air ais is air adhart air nipples Eilidh, a' toirt orra seasamh a-mach. Lean brùthadh socair fo stiùir an deise atharrachadh a' tarraing Eilidh nas teinne thuice. Bha cnapan Anndra a' sàthadh beagan a-nis, mar gum biodh an inntinn aca fhèin.

Bha anail an dithis bhoireannach air luathachadh. Dh'fhairich Andrea buille-cridhe Eilidh tro a pailme agus bha i cinnteach gum b' urrainn don bhoireannach a bu shine a buille-cridhe fhèin a mhothachadh. Bha i gu mòr airson Eilidh a phògadh, ach cha robh i cinnteach an leigeadh màthair Eric na gluasadan as dlùithe sin fhathast, eadhon ged a bha a corp a 'tòiseachadh a' gluasad an aghaidh Andrea. An àite sin, ghluais i gu slaodach air ais, a 'tarraing Eilidh còmhla rithe.

"Càit a bheil sinn a' dol?" dh'fhaighnich Eilidh, ann an guth a bha coltas cha mhòr cadalach agus neo-fhiosrach.

"Tha mi gad thoirt dhan leabaidh," fhreagair Anndra.

"O." Stad Eilidh airson mionaid mar gum biodh i duilich a bhith a' tuigsinn na bha Andrea ag ràdh mus lean i oirre. "Dè tha sinn a 'dol a dhèanamh anns an leabaidh?"

A-nis bha an dithis bhoireannach aig oir leabaidh Eilidh. Bha bilean Andrea ceart an aghaidh cluais Eilidh. Shleamhnaich a làmh chlì air ais sìos corp Eilidh, a' suathadh a bolg ann an cearcallan rèidh, bàrr nan corragan a' brùthadh an aghaidh iomall nam panties dubha. Chaidh a làmh dheas eadar na cìochan cruinn, a' cluichdeadh leis a' chromag eatorra.

"Tha mi a' dol a thoirt gaol dhut," thuirt am boireannach òg.

Bha mala Eilidh air a chlaoidh. "Ach is nighean thu."

"Tha. An do phòg nighean eile Eilidh a-riamh thu ?"

"Chan eil."

Thionndaidh Andrea Eilidh gu faiceallach gus a h-aghaidh. Ghluais a làmh dheas beagan na b 'ìsle, a' bualadh mullach tom Eilidh. Thug i a bilean gu beul na boireannaich bu shine, gam bruiseadh gu socair mus lorg iad an dealbh le bàrr a teanga. Rinn Eilidh osna agus phòg Andrea i a-rithist, bàrr a teanga a' sleamhnachadh a-steach do bheul Eilidh airson mionaid.

"A-nis tha agad," thuirt Anndra gu socair. Thog a corragan agus leig bra Eilidh a cìochan troma a-mach. Ruith Anndra a teanga ri taobh giallan Eilidh, suas chun chluais gus a bhith a' feadaireachd aon uair eile.

"An do bhean nighean eile ri do bhroilleach?" Nuair a chrath Eilidh a ceann, phòg Andrea sìos amhaich na boireannaich bu shine, agus an uairsin droga a teanga sìos chun an dà orbs slàn air a beulaibh. Thug i na làmhan iad, a 'gabhail tlachd às an lànachd agus a' bruthadh a h-aodann eatorra. Phòg i peitean cruaidh, agus shleamhnaich i a beul thairis air, ag òl a-steach uiread de bhroilleach bog geal Eilidh 's a b' urrainn dhi a beul a lìonadh. Shuidh i e, gu socair an toiseach, na bu duilghe leis mar a thàinig gealaichean ìosal bho shuas. Leig i ma sgaoil e, a' leigeil leis cha mhòr sleamhnachadh air falbh mus do ghlac i am putan a tha a-nis ro-chruaidh na fiaclan.

Gu h-aotrom, cha mhòr gu socair, thuit Andrea sìos, an nipple a' cromadh na fiaclan. A-nis bha làmhan Eilidh a' suathadh ri a falt agus bha a' caoineadh na bu mhotha. Mheudaich a' choille an cuideam beagan agus chrath i a ceann dìreach beagan mus deach i a-steach don bhroilleach eile agus a rinn i a-rithist.

Fhad 's a bha bilean Andrea trang, cha robh a làmhan air fuireach leisg. Bha a corragan a' ruith thairis air lùban na boireannaich a bu shine, a' lorg dealbh nan cnapan fialaidh, ag èaladh mun cuairt gu socair a' sgrùdadh a' bhonn gu lèir. Bhris meur ceasnachail eadar gruaidhean asail Eilidh airson sa bhad, agus mar thoradh air sin bha gasp agus jerk de na h-aon chromagan sin nuair a bha bàrr a' mheòir a' suathadh ris an toll dorcha puckered sa mhionaid. An uairsin bha làmhan Andrea a' sleamhnachadh sìos cùl casan Eilidh, eadhon mar a thòisich a glùinean fhèin a' bucall, cho mòr le toileachas agus a miann an ath cheum na mealladh a ghabhail.

"O Dhia, Andrea," rinn Eilidh gearan. " De tha thu deanamh riumsa ? Bu choir dhuit stad." Ach chaidh na briathran a ràdh gun fhìor dhìteadh sam bith.

Bha Anndra air a glùinean a-nis. Bha a corragan a' magadh air na spotan bog air cùl glùinean Eilidh. Phòg i bolg Eilidh , an uair sin sèid a toinne mus do choimhead i suas aon turas eile.

"A Eilidh," thuirt i, a guth cho brònach ri a palms a' bualadh laoigh na boireannaich as sine. "An do phòg nighean eile thu a-riamh an seo?" Chuir i pòg bheag bhog, milis air panties dubha Eilidh, a bha mar-thà tais le sùgh, agus thug an t-àileadh air Andrea giddy.

"Nooo, chan eil duine," thuirt Eilidh. "Andrea, tha seo air a dhol ro fhada, Na dèan, cha bu chòir dhut." Làmhan air am putadh aig guailnean Andrea ach gun fheachd sam bith. A dh'aindeoin a briathran, shleamhnaich na casan air a beulaibh às a chèile.

Gu buadhach, ghlac corragan Andrea mullach an sgrap ghoirid de lace a' còmhdach a h-amas mu dheireadh. Ann an aon ghluasad luath tharraing i panties Eilidh sìos a casan rèidh. Eadhon mus b' urrainn don bhoireannach bu shine crìoch a chuir air ceum a-mach bhuapa, bha Andrea air a beul acrach a bhrùthadh gu preas dòrainneach aimhreiteach Eilidh. Chòmhdaich i pussy na boireannaich as sine agus rinn i deoghal, ag òl anns na sùgh a bha a 'sruthadh mar-thà. Dhealaich a theanga eòlach an labia puffy agus laigh i gu sunndach suas is sìos.

Chuir làmhan an ruitheadair òg grèim air asal aibidh Eilidh, a' cur ìmpidh oirre nas fhaisge. Shleamhnaich teanga Andrea gu domhainn am broinn Eilidh, a' frasadh a-steach is a-muigh, a' gabhail cùram oirre sìoda a-staigh nam ballachan. Ghlas am boireannach a bu shine làmhan ann am falt Andrea agus thòisich i air a bhith a 'bualadh gu cruaidh, a' suathadh a pussy air aodann coille air a ghlùinean.

"Oh a Dhia tha. Feuch an cuir thu Andrea, o do thoil. Cha robh fios agam a-riamh, tha e a 'faireachdainn cho math," thuirt Eilidh nuair a chuir i sìos i fhèin air teanga sgairteachaidh Andrea. Bha am boireannach òg a' faireachdainn gu robh a leannan ùr a' teannadh agus an uair sin bogha. Tharraing na corragan na falt cho cruaidh is gun deach a ghoirteachadh. Cha robh dragh air Andrea, an àite sin a' còmhdach Eilidh le a beul fosgailte agus a' feitheamh ris an tuil a bha i an dòchas a bha gu bhith a' nochdadh. Bhris i a teanga gu sgiobalta an aghaidh clitoris a 'bhoireannaich a bha na sheasamh thairis oirre. Cha mhòr nach robh Eilidh a' slugadh fhad 's a thàinig an orgasm aice thairis oirre agus chuir i tuil air a' bheul fosgailte a bha ceangailte rithe leis an neachtar aice.

Nuair a sguir Eilidh de chrith, thog i Andrea gu a casan agus phòg i i. Cha robh anns a' phòg seo ach suathadh de bhilean agus beagan teangaidh. Ghlas Eilidh Andrea na gàirdeanan agus phòg i a' choille gu domhainn, a teanga a' sgrùdadh beul na mnà òig. Tharraing i Andrea air ais air an leabaidh agus chùm i gu teann i.

"O DIA," ghealaich Eilidh, nuair a thill a h-anail gu àbhaisteach. "Bha sin cho math. Bhlais mi cho math nad bheul. Thu," agus phòg i Andrea a-rithist fhad 'sa bha am boireannach òg a' snuggladh an-aghaidh a corp aibidh. "Tha thu cho math." Bha a h-aghaidh a' sobrachadh airson mionaid, a' fàs cha mhòr fann. Ghabh Andrea clisgeadh airson mionaid mus do thòisich Eilidh a' gàireachdainn, gun chomas aice a sealladh gruamach a chumail.

"A nighean dàna, dàna!" Rinn Eilidh magadh, a làmh a' sleamhnachadh sìos druim Anndra agus thairis air an asail bheag theann an sin.' Am bi thu an-còmhnaidh a' mealladh do neach-aoigheachd nuair a bhios tu a' tadhal air àiteigin?"

"Is ann dìreach nuair a tha i cho brèagha riut fhèin," fhreagair Andrea le gàire agus gàire. A' maidseadh na rinn i ri a briathran, chaidh Andrea a-null air mullach Eilidh agus thòisich an dithis bhoireannach a-rithist. an turas seo, gu iongnadh Andrea, thionndaidh Eilidh gu daingeann air Andrea agus thuit an dithis bhoireannach a-steach don t-suidheachadh clasaigeach trì fichead sa naoi. Bha Eilidh caran mì-chinnteach le a teanga, ach le coidseadh ceart bho Andrea, sa mhòr-chuid air a dhèanamh suas de ghasan agus gearan "O tha!" agus "Dia, dìreach an sin!", Ràinig an dithis bhoireannach orgasm ro fhada. Shuidhich na leannanan ùra a-steach do phàtran airson a' chòrr de dh'fhuireach Andrea. Nuair a chaidh Eric agus Irene a-mach, chuartaich Anndra agus Eilidh agus ghlèidh iad làmhan. Chuir iad aodach, agus chuir iad aodach air a chèile agus chuir iad seachad uairean fada san leabaidh còmhla. Bha Anndra an-còmhnaidh faiceallach gun a bhith ann an leabaidh Eilidh nuair a thàinig an fheasgair, ach bha i ann a h-uile h-oidhche às deidh don dachaigh fois a ghabhail.

Air feasgar mu dheireadh chaidh an dithis bhoireannach a shlaodadh fon duilleag, a' gabhail fois às deidh aon turas ceannach mu dheireadh, agus turas mu dheireadh don bhùth aodach-aodaich. Bha iad a' bruidhinn, an corragan gu seòlta a' lorg cuirp a chèile.

"Chan eil ceann-latha agam, chan ann gu dearbh, bhon sgaradh-pòsaidh. Às deidh na h-uile, tha mi nam mhàthair meadhan-aois a tha a 'sabaid ann an àiteachan. Dè a tha agam ri thabhann?"

"Na bi gòrach," leum Andrea. Shuidh a' choille suas anns an leabaidh, gun fhios nach robh an duilleag air tuiteam air falbh bho a corp àrd. "Tha thu nad bhoireannach gu math tarraingeach." Rinn i gàire. "Faodaidh tu a bhith cinnteach gu bheil mi a 'smaoineachadh sin."

"Tapadh leat, a ghràidh." Rinn Eilidh gàire, agus an uair sin a' cromadh fhad 's a bha a pailme a' brùthadh thairis air broilleach fosgailte Andrea. "Tha mi ag aideachadh gu bheil mi a' faireachdainn tòrr nas cinntiche mu dheidhinn sin."

Rinn Andrea gàire, eadhon mar a fhreagair a nipples ris a' chùram ghoirid. "Is dòcha an ath thuras saor-làithean gum bu chòir dhut Eric cuireadh a thoirt dha aon de na caraidean aige fuireach."

"O mhaith, cha b' urrainn dhomh sin a dhèanamh. Uill, 's dòcha. Tha mi sgìth de bhith a' cadal leam fhìn, ach chan eil mi airson a bhith nam phòca aig cuideigin, ge bith dè an aois a th' ann."

"Tha mi tuigsinn sin." Stad Anndra. "A Eilidh, tha mi an dòchas gu bheil thu a' dol a thòiseachadh air ceum a-mach gu saoghal nan suirghe a-nis. Ach, dè air an t-saoghal a tha thu air a bhith a' dèanamh, uill, faochadh, bhon sgaradh-pòsaidh?"

"Uill," thuirt Eilidh, air fad, dath a bha Andrea a' smaoineachadh a bha gu math tarraingeach. "Tha mi, mearachd , tha thu a' faicinn..." Sguir a' chailleach a bu shine a' stammering agus thionndaidh i dubhar eadhon nas doimhne de dhearg nuair a dh' fhosgail i drathair na h-oidhche agus thug i air falbh dildo dath feòil de mheud math .

"Bidh mi a' cleachdadh seo, "thuirt i, a' feuchainn ri fuaim neo-chùramach.

"O mo," thuirt Anndra. Bha a sùilean a' deàrrsadh. "Tha mi a' faicinn." Ràinig i aon làimh. "Am faod mi?"

Chuir Eilidh dàil airson mionaid, an uairsin thug i an dildo do Andrea. Thog am boireannach òg e, ga cumail suas air beulaibh a sùilean agus ga sgrùdadh gu breithneachail.

Obair mhath," thuirt i. "Co-ionann ri beatha." Chuir i a-mach a teanga agus dh'imlich i an ceann cumadh madag-buachair. Leig i oirre gun toireadh i seachad an t-iongnadh muffled bho thaobh eile na leapa. "Cha robh e cho blasda ris an fhìor rud. , ach snog." Thug i an ceann na beul, a 'pumpadh a' choilich phlastaig a-steach agus a-mach mar gum biodh i a 'toirt seachad obair sèididh. Ghluais i a suidheachadh gus an robh i air a glùinean, a bonn a' gabhail fois air ais air a sàilean. Shleamhnaich a làmh eile eadar a casan.

"Mmmmmmm," rinn Andrea gearan timcheall an dildo. A-mach à oisean a sùla choimhead i Eilidh. Bha sùil na boireannaich bu shine stèidhichte air Andrea, a 'dol air ais is a-mach bhon choileach na beul gu na corragan trang a' sleamhnachadh air a slit fhosgailte. Tharraing glùinean Eilidh suas. Chuir i cupa air aon de na cìochan slàn aice agus thòisich i air an nipple a bha mar-thà stiff a bhualadh. Ràinig i sìos le a làmh eile, a 'sleamhnachadh dà mheur na broinn fhèin.

Leig Andrea a-mach an dildo bho a bilean agus ruith e sìos a corp. Chuairtich i an dà bhroilleach as lugha aice, a' putadh a' bhàrr fhliuch air an dà nipple aice fhèin. Thar a stamag rèidh shleamhnaich an coileach, a' fàgail slighe fhliuch. Bha Eilidh a' reubadh a bilean fhad 's a bha i a' coimhead air a 'bhoireannach òg a' tòiseachadh a 'suathadh an dèideag a bha air a dheagh shùghadh eadar na casan caol agus an uairsin a-steach do phussy a leannan òg a chaidh a lorg às ùr.

Rinn Anndra osnaich nuair a chaidh i a-steach i fhèin. Beag air bheag phump i an coileach a-steach is a-mach bhuaipe, a 'gluasad nas doimhne gach turas. Dhùin Eilidh a sùilean, a' pinadh a nipple. Bha a làmh doilleir eadar a casan, a' suathadh na bu luaithe agus na bu chruaidhe air an t-slit aibidh aice. Lorg dà mheur a clit swollen agus suathadh i cha mhòr gu fiadhaich. Bha a druim a' boghadh, a' togail a cromagan bhon leabaidh fhad 's a bha i a' frioladh gu fiadhaich.

Sin a bha Andrea air a bhith a' feitheamh. Ann an aon ghluasad luath spìon i an dildo às a pussy fhèin. Lean i air adhart. A 'còmhdach broilleach an-asgaidh Eilidh le a beul eadhon nuair a chuir i an coileach a-steach do fhliuchas a leannain aibidh. Phump a gàirdean air ais is air adhart, a 'tiodhlacadh an dildo a-steach do Eilidh.

ghlaodh Eilidh. Chàin a cnapan an-aghaidh Andrea, a' nochdadh ge bith dè eile a bha i a' smaoineachadh a dh' fhaodadh a bhith air a chall, gu robh a smachd fèithe a-staigh ceart gu leòr. Rinn i teannachadh air a' choileach plastaig agus cha mhòr nach do tharraing i bho làimh Andrea e. Fhuair an lùth-chleasaiche òg a greim air ais agus lean i oirre a' punnd pussy Helen. Dh' atharraich i a clit fhèin, ga bhualadh cho luath agus cho cruaidh sa b' urrainn dhi, a' feuchainn ri ruighinn aig an aon àm ri Eilidh. Cha do rinn i, ach cha robh e gu diofar, oir chaidh am boireannach eile a ghlacadh ann an sreath de orgasms eadhon nuair a spreadh Andrea fhèin.

Nas fhaide air adhart, chaidh gàire càirdeil agus dubhagan atharrachadh mun cuairt fhad 's a bha an triùir oileanach colaiste a' luchdachadh càr Eric airson tilleadh chun àrainn .

Airson an turas gu lèir air ais don sgoil, agus gu dearbh, airson a 'chòrr de a beatha, smaoinicheadh Andrea air Eilidh agus gàire, agus uaireannan bhiodh i iongantach. Cò dha-rìribh a mheall cò an t-seachdain sin? Carson a thug Jeff cuireadh dhi gu h-obann chun taigh aige? An robh an rud gu lèir air a chuir air dòigh? Dha cuideigin a thuirt nach robh i a-riamh air smaoineachadh leasbach, mòran nas lugha de ghaol le boireannach eile, bha Eilidh air ionnsachadh gu math luath.

An robh i air an rud gu lèir a thòiseachadh? Dh'fhaodadh Andrea dìreach a faicinn a 'faighneachd an robh Jeff eòlach air coille leasbach no dà-ghnèitheach agus Jeff a' freagairt "Gu dearbh tha mi eòlach air grunn." No is dòcha gu robh Jeff air a mhàthair fhaicinn a' coimhead air boireannaich eile agus air dithis is dithis a chuir ri chèile, agus air gluasad a-steach ann an coille air an robh e eòlach air an robh ùidh ann am boireannaich eile. Agus is dòcha gu robh i a' dèanamh fantasasan gòrach.

Agus às deidh dhi beachdachadh air na smuaintean sin uile, chuireadh Andrea às dhaibh le gàire. Cha robh e gu diofar ciamar, cha robh e gu diofar carson, cha robh e gu diofar cò. Bha e dìreach cudromach gun do thachair e.

O uill. Ge bith an robh i air a bhith na seductress no an seduced, bha an t-eòlas air a bhith na rud nach do dhìochuimhnich i. No ag iarraidh dìochuimhneachadh.

BABISITER

Julia Carraux an staidhre chun taigh beag breige a bha air ais bhon t-sràid. Ruith i gu sgiobalta air an doras fhad 's a bha i a' cumail sùil air an uaireadair aice. Glè mhath, bha i còig mionaidean tràth. Bhreab an nighean dubh 20-bliadhna à Canada grunn thursan suas is sìos air òrdagan a h-òrdagan, nas lugha bho mhì-fhoighidinn na bhon lùth pent-up aice.

Dh' fhosgail an doras agus cha mhòr nach robh Julia a' gàireachdainn fhad 's a bha am bodach urramach a bha na sheasamh san doras a' priobadh rithe grunn thursan gu falamh mus do dh' fhaighnich i, "An urrainn dhomh do chuideachadh?"

"Hi, Doctor Lake, a Julia. Tha mi a' suidhe nar n-oghaichean a-nochd?"

Beothachadh aghaidh an duine. "O tha, Julia, thig a-steach." Thug e a-steach i don t-seòmar suidhe. Choimhead Julia mun cuairt. B' e sin gu ìre mhòr na bha i an dùil bho àite àrd-ollamh colaiste. Bha sgeilpichean leabhraichean lìonta a' còmhdach a' mhòr-chuid de na ballachan. Bha e coltach gu robh bòrd agus deasc ag osnaich fo na cruachan de phàipearan a bha gan còmhdach. Ghluais e gu sòfa caitheamh, ach comhfhurtail a 'coimhead.

" Suidh sìos Julia. Tha eagal orm nach eil na cosgaisean agad an seo fhathast. Mo nighean agus an duine aice," thug Julia fa-near pas scawl tarsainn air a h-aodann, "Bu chòir dha a bhith gan leigeil às sa mhionaid a-nis. Bha mi an dùil fuireach còmhla riutha mi-fhìn, is fìor thoigh leam an cuideachd, ach tha coinneamh dàimhe agam a shleamhnaich m' inntinn. Am bu toil leat còc, no cupan tì?"

"Tapadh leat Doctor Lake , bhiodh còc gu math."

Thill e ann an òrdugh goirid agus thug e glainne fhuar dhi. "Julia, tha mi airson taing a thoirt dhut airson a bhith ag aontachadh ri seo air cho goirid .

Rinn Julia gàire. "'S e boireannach mìorbhaileach a th' anns an Àrd-ollamh Nolam . Tha a clann aoibhneach, ma tha beagan dòrlach ann. Bha e spòrsail agus bha an ùine agam còmhla riutha a-riamh a' còrdadh rium."

"Uill, tha fios agam gu robh i fhèin agus an duine aice an-còmhnaidh toilichte faighinn air falbh agus nach robh dragh sam bith orra casg a chuir air na h-oidhcheannan aca a-muigh nuair a bha thu còmhla ris a' chloinn."

Rinn Julia gàire a-rithist. Bha i a' faighneachd an robh fios aig Doctor Lake air dìreach mar a chuir an t-Ollamh agus an duine aice seachad cuid de na h-oidhcheannan sin a-muigh. Bha i air faighinn a-mach aon oidhche air a chuartachadh le a companach seòmar Andrea.

"A bheil fios agad dè a chunnaic mi an-raoir fhad 'sa bha thu a' gabhail cùram cloinne?" bha nighean na SA a Deas air gàire a dhèanamh na guth bog. "Bha an t-Oll. Nolam a-muigh aig Club Rodeo Round-Up. Cha chreideadh tu a-riamh gur i i. Bha sgiort oirre cha bhiodh tu fhèin no mise air a chaitheamh, bha e cho goirid sin. Bha i air blobhsa le gearradh ìosal a bha sin. cho teann chan e a-mhàin gum faiceadh tu nach robh bra air, ach chitheadh tu a h-uile cnap beag air a nipples Bha pantyhose nude agus bòtannan le sàil àrd oirre Cha mhòr nach do thuit mi a-mach às a' bhothan anns an robh mi, gu dearbh Bha agam ri falach air cùl Chad Daverling ."

"Chan urrainn dhomh a chreidsinn," fhreagair Julia. " An t-Ollamh Nolam ? Shaoil leam gu'n robh i mach leis an duine aice."

"O, bha i," thuirt a companach seòmar rithe. "Cha do dh' aithnich mi e nas motha. Bha e uile air a sgeadachadh le jeans teann agus bòtannan agus e fhèin. Shuidh e ri a taobh agus bhuail e còmhradh rithe, cheannaich e deoch dhi agus rinn iad gnìomh mar nach robh iad eadhon eòlach air gach fear. eile. Feumaidh mi sin a chuimhneachadh. Bha e a' coimhead uabhasach grinn."

"Uill," dh' fhaighnich Julia. "Is dòcha gun tog mi suas thu uaireigin?"

"Yeah, ceart," thàinig am freagairt, beagan muffled fhad 's a bha Andrea a' spìonadh gualainn rùisgte a rùm. "Fiù 's an latha an-diugh 's dòcha gum biodh sinn air ar clachadh. Agus chan e an seòrsa spòrsail de chlachan" An uairsin bha iad air dìochuimhneachadh mun Ollamh Nolam agus an duine aice agus an Rodeo Club agus Chad Daverling oir bha an làmhan air tòiseachadh a 'ruith thairis air càch a chèile. cuirp.

Thug Julia i fhèin air ais chun an latha an-diugh dìreach mar a thàinig gnog air an doras. Dh' fhosgail Doctor Lake e gus càraid a nochdadh aig deireadh na ficheadan aca còmhla ri dithis nighean bheag, aon mu shia agus am fear eile ceathrar. Rinn i sgrùdadh air na h-inbhich. Tha e soilleir gur e nighean Doctor Lake a bh' anns a' bhoireannach. Bha i a' coimhead dìreach coltach ris.

Thug i sùil air an duine agus an uair sin air ais air a' bhean. Bha rudeigin gu cinnteach a-mach à fèileadh an seo. Bha an dithis a' coimhead mì-thoilichte, ged a bha iad a' dèanamh oidhirp air a fhalach.

"Hi Dad." Choimhead am boireannach air Julia, feòrachas air a h-aodann.

againn . Tha coinneamh ceannardan roinne ann a-nochd leis an Deadhan a dh'fheumas mi a bhith an làthair . cùm a' chlann nuair a dh' èirich a' chòmhstri seo. Tha i air a moladh gu mòr agus tha i a' toirt misneachd dhomh gum bi i a' coimhead na cloinne gu faiceallach agus nach bi luchd-tadhail aice."

"Tha mi a' gealltainn, "thuirt Julia gu soilleir. "Chan eil duine an seo ach mise agus na leabhraichean matamataig agam."

Ann an ùine ghoirid chaidh an dithis nighean bheag a shlaodadh air an raon-laighe, a' toirt aire gheur do scrion frasach an telebhisean dubh is geal. Bha na pàrantan air falbh agus sheall Doctor Lake do Julia far an robh na greimean-bìdh mus deach iad a sgeadachadh. Shuidhich Julia i fhèin eadar an dà chasaid aice agus rinn i caraidean.

Nochd an loch a-rithist, air a sgeadachadh gu grinn ann an deise agus ceangal. Bha Julia dìreach air èirigh gus beagan uisge fhaighinn dha na caileagan agus cha mhòr nach do bhuail i a-steach e air a slighe chun a 'chidsin.

"Doctor Lake, tha thu a 'coimhead glè mhath."

"Tapadh leat, Julia."

"Tha mi creidsinn," thuirt Julia gu smaoineachail, "gum feum mi ath-sgrùdadh a dhèanamh air cuid de na barailean a th' agam. Tha mi creidsinn gun robh mi a-riamh a' smaoineachadh ort anns na seacaidean clò sin leis na badan leathair air na h-uilllean agus chunnaic mi thu a' feuchainn ri cuimhneachadh càite an do dh' fhalbh thu. geàrr-iomradh airson òraid an latha. Ach chan eil an sin ach aon taobh dhibh."

Rinn Doctor Lake gàire. Chòrd a gàire ri Julia , bha e soilleir agus sunndach. Bha cuimhne aice air mar a bha e tòrr na b' umhail sa chlas.

"Julia, tha mi cinnteach gu bheil thu aig an aois agad gu math cinnteach gum feum duine sam bith aig an aois agam, agus ollamh colaiste a bhith air a bhreabadh, a bhith air a shàrachadh agus air chall aig na h-amannan as fheàrr. Tha mi ag aideachadh gu bheil mi car socraichte agus tha briseadh 'na chleachdadh buailteach a bhith gam chur air seachran. Ach chan eil mi cha mhòr cho caillte 's a shaoileadh tu."

"Uill, tha mi duilich, Doctor Lake."

"Chan eil feum air. Is fheàrr leam an àite a thug beatha dhomh a chluich. Tha e cuideachd a 'còrdadh rium a bhith a' ceumadh a-mach às uaireannan."

Chaidh am feasgar seachad gu sgiobalta. Fhuair Julia na caileagan dhan leabaidh anns an t-seòmar-cadail a bharrachd, sgeulachd agus òran bog gan tàladh dìreach gu cadal. Sgaoil i na leabhraichean aice air bòrd a' chidsin agus ghabh i a-steach na cuid ionnsachaidh. Uaireannan chrath i i fhèin saor agus thill i don t-seòmar-cadail gus sùil a thoirt air na cosgaisean aice.

Cha mhòr gun do chuir Julia iongnadh air dè an ùine a chaidh seachad nuair a thill na pàrantan. Bha iad a 'coimhead beagan gu math, gun a bhith nas toilichte, ach nas socraiche le chèile. Bha coltas ann fhathast gu robh iomall air a' chòmhradh aca a rinn Julia beagan mì-chofhurtail, mar gum biodh i a' faighinn sealladh air rudeigin nach bu chòir dhi. Ach, thug na gàire sona a thug an dithis aca an cuid cloinne cadal misneachd dhi.

Bha iad fhathast a' toirt taing do Julia nuair a ràinig Doctor Lake dhachaigh. Bhruidhinn e ris an nighinn aige, phòg e na h-oghaichean aige agus dh'èigh e gus an deach iad a-mach à sealladh. Thàinig e a-steach don taigh agus phàigh e an t-suim aontaichte do Julia, agus chuir e beagan a bharrachd ris.

"Is fìor a choisinn thu e," thuirt e. " Chòrd an fheadhainn bheaga riut gu mòr. Bha na dubhan a thug iad dhut na dhearbhadh air sin."

"'S e clann iongantach a th' annta agus chòrd e rium cho mòr 's gum b' urrainn dhomh a bhith air fuireach còmhla riutha an-asgaidh. Rinn Julia gàire. "Ach tha mi toilichte leis an airgead."

Chruinnich Julia a leabhraichean agus chuir i pàipearan a-steach don phoca gualainn cavernous a bhiodh i a' giùlan a h-uile càil timcheall. Rinn i sganadh air an t-seòmar-suidhe a-rithist gus dèanamh cinnteach nach robh i air dad fhàgail. Nuair a chunnaic i rud sam bith a bhuineadh dhi, chaidh i a-steach don chidsin a dh'innse oidhche mhath dhan fhastaiche aice.

Bha Doctor Lake a' coimhead a-mach air an uinneig. Cha robh an sealladh aige ag amas air an oidhche. Bha coltas nas sine air, a ghuailnean beagan nas cromadh. Agus sgìth. Bha am boireannach òg mothachail a' faireachdainn gu robh sgìths a' tighinn bhuaithe.

"Doctor Lake? A bheil thu ceart gu leòr?" Gun teagamh, chuir i a làmh air a ghàirdean.

" O tha mi gu math, a ghràidh." Fhathast a 'coimhead a-mach air an uinneig, chuir e a làmh le a làmh. "Tha coltas gu bheil cùisean uamhasach uaireannan. Nuair a lorgas tu thu fhèin air leathad beatha, tha e coltach gu bheil tòrr a bharrachd cuideam air rudan a dh' fhaodadh tu a sheachnadh nuair a bha thu nas òige."

"A bheil rudeigin aige ris an nighinn agad agus an duine aice? Chan eil mi a bhith srònach," rinn Julia cabhag gus a chuir ris. "Uill, chan eil mòran co-dhiù. Bha mi dìreach a' faireachdainn fìor dhroch bhèibidh nuair a bha iad an seo." "Uill, tha. Leig iad dheth na caileagan gus am faodadh iad a dhol gu comhairleachadh. Tha am pòsadh creagach. Tha eagal orm gur e pàirt dheth mo choire. Cha robh mi a-riamh a 'smaoineachadh gu robh Ailean math gu leòr airson mo nighean, agus tha mi cinnteach gu bheil mi Tha mi air a shealltainn thar nam bliadhnaichean. Gu dearbha 's dòcha gum bithinn a' faireachdainn sin mu ghille sam bith." Thionndaidh e a dh'ionnsaigh Julia agus thug e gàire air an taobh chlì.

"Dìreach mar a tha mi cinnteach 's dòcha gun do smaoinich d' athair air òganach sam bith a thug thu dhachaigh."

"Uill, tha," rinn Julia gàire. "Tha mi creidsinn gu bheil a h-uile dad dìonach ." Rinn i gàire. " Tha e fhathast nas motha na sin Doctor Lake. Dè eile a tha a 'toirt ort a bhith a' faireachdainn mar a nì thu an-dràsta?"

Ghabh a shùilean ris an t-sealladh fad às a-rithist. " Sin a tha ann." Ann an dòigh air choreigin mhothaich e barrachd na chunnaic i coltas tòimhseachan. "Mo bhean. An t-seachdain seo bidh ceithir bliadhna bho chaill mi i. Cancer."

"Tha mi cho duilich," thuirt Julia gu sàmhach.

Bha dìlseachd a' bhoireannaich òig follaiseach don fhear a bu shine. Bhrùth e a làmh. "Tapadh leat. Tha e air a bhith gu math aonaranach bhon a dh'fhalbh i. Ach ge-tà," sheall e air Julia, "tha mi an dòchas gu bheil thu cho fortanach 's a bha mi nad roghainn cò leis a dh' fhaodas tu do bheatha a chaitheamh. Tha na cuimhneachain glè thoilichte. blàthachadh." Choimhead Doctor Lake air falbh a-rithist. "Na biodh eagal ort ro bheatha Julia. Ged a tha mi gu math brònach a-nochd, bhiodh e gu tur na bu mhiosa mura robh mi a-riamh na bliadhnaichean sin còmhla ri Sìne."

Choimhead Julia air an duine as sine ann an solas gu tur ùr a-nis. Chaidh a cridhe a-mach chun an duine aonaranach seo. Aig an aon àm, thuig i nach robh 54 co-ionnan ri "Over-the-hill". Is dòcha gu robh e rud beag sàmhach, ach cha robh e reamhar, agus bha fèithean fhathast aig a' ghàirdean air an robh i a' suathadh. Gu dearbh, chuir a fhalt liath ris an tagradh aige.

Ath-thagradh? Seadh, cho-dhùin i.

Thuirt Julia, "Doctor Lake?" Nuair a thionndaidh e thuice, chuir i a làmhan mu amhaich. A' seasamh air a òrdagan, phòg i e. Air a ghlacadh le iongnadh, dh'fhosgail a bheul agus shleamhnaich i a teanga eadar a bhilean.

Airson mionaid fhada sheas an dithis còmhla. An sin bhris an duine am pòg. " Julia!" Dh'èigh e. "Dè tha thu a' dèanamh?"

Bha sùilean na mnà òig a' deàrrsadh. "Bha mi a 'smaoineachadh gu robh e gu math follaiseach na bha mi a' dèanamh." Ruith i a-mach agus ruith i a corragan thairis air a' bhoth anns na slacks aige. "Tha e coltach gu bheil pàirt dhibh gu math mothachail air na tha mi a 'dèanamh."

A' slugadh gu cruaidh, chaidh aig Lake air corragan Julia a phutadh air falbh bhon choileach a bha a' cruadhachadh gu cunbhalach. "A-nis Julia, chan urrainn dhomh a ràdh nach eil mi rèidh, agus air mo bhuaireadh, ach chan eil seo ceart. 'S e oileanach a th' annad agus is mise an t-ollamh agad." Stad e mar a thug Julia dà cheum air ais. Nuair a ràinig i sìos, ghlac i iomall a blobhsa tuathanaich agus tharraing i thairis air a ceann e. Sheas a cìochan dìreach a-mach às a corp, beag ach cruinn. Thug dà nipple cruaidh pinc grèim orra.

"B 'e sin an teirm mu dheireadh." Ràinig Julia sìos, a 'toirt a-mach a sandals agus a' breabadh air falbh. "An teirm seo chan eil annam ach an leanabh agad." Choimhead e, gu mì-chreidsinneach fhad 's a bha a corragan gun bhriseadh agus a' toirt a-mach na geàrr-chunntasan aice. "Agus tha mi nam inbheach, chan e leanabh air choreigin, Doctor Lake." Shleamhnaich na shorts sìos a casan tana. Chaidh i a-mach às an sin, ga fàgail a-mhàin ann am paidhir de panties cotan gorm. Chupan i aon uchd, agus thairg i dha e.

Bha aon mhionaid leisg. Gu h-obann, chòmhdaich Lake an astar eatorra ann an aon cheum. Chaidh gàirdean timcheall oirre, a làmh air a bruthadh an aghaidh meadhan a droma. Rug an làmh eile air a' phutan aice. Thog e am frèam beag aice san adhar le taisbeanadh iongantach de neart. Le gort thiodhlaic e aodann eadar a cìochan. Julia . Chrom i air ais i mar a bha a beul a' còmhdachadh a broilleach deas, ga suirghe a-steach eadhon mar a bha a theanga a' snàgadh thairis air a' chuthach. Bhrùth e a h-asal, a chorragan làidir a 'lùbadh an aghaidh a ghruaidhean air an daingneachadh le uairean a thìde de cheerleading agus eacarsaich.

Ga togail san adhar, ghiùlain Lake i sìos an talla, a bheul fhathast glaiste air a broilleach. Chuir Julia a gàirdeanan timcheall a h-amhaich agus iad a 'tionndadh a-steach don t-seòmar-cadail eile. Ràinig e an leabaidh dhùbailte, chrom e thairis oirre, ga cur air na còmhdaichean. Ràinig i sìos, a' putadh a panties sìos, a' tarraing aon chas a-mach is a-mach bhuapa agus mu dheireadh gan slaodadh air falbh le òrdagan a cas eile.

Sheas Lake thairis oirre, a shùilean a 'ruith suas is sìos a corp làidir. Chòrd an sealladh teth aige, a' togail a gàirdeanan thairis air a ceann agus a' suirghe gu seductive air an leabaidh. Sheall e an t-aodach aige, a' nochdadh corp air an robh na còig deicheadan a bharrachd aige air làimhseachadh glè mhath.

Nuair a rùisg e a chrios agus a' bhriogais neo-cheangail, ghluais Julia thuige, a' crìochnachadh air a bolg, a h-aodann thuige. Ràinig i a-mach, a' toirt a pants agus a shorts sìos. Nuair a nochd a choileach thug i a-steach e na beul ann an aon ghluasad luath.

Leudaich sùilean an locha. "O Dhia, Julia!" Sheas e cha mhòr gun chuideachadh fhad 's a bha am boireannach òg lithe a' frasadh air a bheulaibh, a ceann mu thràth a' crathadh fhad 's a bha a bilean a' sleamhnachadh suas is sìos air a choileach. Chuir i cupa air na bàlaichean aige, gan cumail na làimh, a corragan gam bhualadh agus a' toirt seachad na brùthadh as lugha.

Feumaidh gur e ùine fhada a bh' ann don Ollamh. Bha Julia a 'faireachdainn gu robh e mu thràth a' tòiseachadh a 'dol suas. Phut i a ceann fad na slighe sìos gus an do bhean a sròn air a ghrein agus mheudaich i an sùgh. Theannaich a sac ball agus thuit a làmhan air a ceann, a corragan a' glasadh na falt dubh goirid aice. An uairsin bha a beul air a lìonadh le leaghan teth fhad 's a bha na bàlaichean aige a' falmhachadh an luchd. Shluig i, a' leigeil le a cum ruith sìos a h-amhaich.

Bha a choileach sag na beul. Leig i ma sgaoil e ach thòisich i air a teanga a ruith air a fhad a bha a' crìonadh airson mionaid. An uairsin shleamhnaich i gach taobh agus suas an leabaidh gus an robh i air i fhèin a chuir air a 'bhòrd-cinn, dà chluasag fo a druim.

"Nach eil thu còmhla rium Doctor Lake?"

"Oh Julia, tha mi duilich. Tha e air a bhith cho fada agus tha mi ...'' Chaidh faclan Lake a-mach fhad 'sa bha Julia a' sìneadh a-mach aon chas chumadh agus an uairsin tharraing i an tè eile suas, a 'nochdadh a falt. Bha braoin a' dlùthachadh ris a' ghruag mhìn. Chrath i a broilleach, agus shleamhnaich i a làmh sìos a bolg còmhnard agus eadar a casan. Dhealaich aon mheur ris an labia aice agus thòisich i a' magadh oirre fhèin le suathadh sgiobalta sgiobalta. Chaidh dàrna meur a-steach don chiad fhear agus lean i air ais, a pussy fosgailte ris an t-sealladh aige agus a stròcan.

Julia a sùilean dùinte. Dhùin na corragan air an aon làimh thairis air a nipple agus thòisich i air a roiligeadh agus a tharraing. Suathadh a làmh eile suas is sìos a slit. Aig a' mhullach bhiodh i a' stad agus a' cuairteachadh a clit gun chòmhdach mus do ghluais a làmh sìos. Chaidh aig Lake air a shùilean a reubadh air falbh bhuaipe agus choimhead e sìos a choimhead air a choileach a' teannadh a-rithist. Dhìrich e air an leabaidh, a shùilean glaiste a-rithist air a' choille chruthachail fhad 's a bha i a' masturbation.

Dh'fhairich an coille an leabaidh a' gluasad agus rinn i gàire rithe fhèin. Dh' fhosgail a sùilean mar a thàinig a h-anail na bu luaithe agus thòisich i a' cuairteachadh a clit agus aig an aon àm a' tarraing gu cruaidh agus a' toinneamh a nipple. An uairsin, dìreach mus do ràinig i an ìre gun tilleadh, stad i, ràinig i a-mach, agus tharraing i an t-Ollamh thuice. Cha mhòr a thuit e na dheifir gus a ruigsinn, thàinig a chorp gu fois làimh rithe.

Phut Julia Lake air a dhruim agus dhìrich e air a bharr. A' sìneadh air, dh'èirich i air a glùinean, a corragan a' ruith tro mhòran falt a' còmhdach a bhroilleach. Ràinig e eatorra, a' treòrachadh ceann a choilich eadar a bilean feitheimh. Leig i sìos i fhèin, a sùilean a 'dùnadh fhad' sa bha e a 'dol suas na broinn.

Bhris i i fhèin, a 'gluasad gu slaodach air coileach Lake. Ann an dòigh air choreigin bha seo a' faireachdainn mar gum bu chòir dha a bhith slaodach agus socair. Leum i a glùinean, a 'togail agus a' tuiteam. Dh'fhan a sùilean dùinte fhad 's a ghluais an duine a bha fodha ann an tìde leatha.

Bhuail làmhan Lake thairis air a cromagan agus sìos air beulaibh a sliasaid. Dh' fhosgail sùilean Julia nuair a chuala i e a' caoineadh gu socair.

"Ach Sìne, Sìne, Sìne."

Bha sùilean Julia air uisgeachadh. Bha sùilean an locha dùinte a-nis. Thuig am boireannach òg gu robh e ga gairm le ainm a mhnà nach maireann, a 'leigeil leotha fhèin smaoineachadh gu robh e còmhla rithe. A 'lùbadh air adhart, ghabh i fois an aghaidh a bhroilleach, a ceann air a ghualainn. Lean fèithean làidir a chasan a' creag fhèin air a chas. Chaidh a gàirdeanan fodha, a làmhan a 'sleamhnachadh suas ri lannan a ghualainn.

"A Dhia, Sìne, tha mi air do ionndrainn gu mòr."

Chuir Julia air ais na deòir a bha a' bagairt a dall. Dè a' chiad ainm a bh' air Doctor Lake? Don, chan eil, Dan. Sin e.

"Tha mi air do ionndrainn cuideachd Dan." Nuair a leag i a chorp teann, phòg i e faisg air. " Tha e ceart gu leòr Dan, tha e ceart gu leòr. Thoir gaol dhomh Dan. Dèan gaol air Sìne."

Chrath Dan gun fhacal. Gu socair phut e a' choille air a druim, fhad 's a dh' fhan e na broinn. Chòmhdaich e a corp le a chorp fhèin, a cromagan a 'gluasad gu slaodach. Leudaich i a casan, a 'lùbadh a glùinean agus a' lùbadh a casan air na còmhdaich, a 'gluasad còmhla ris. Sheall e pògan thairis air a h-amhaich agus a guailnean fhad 's a bha e a' gluasad nas luaithe, a 'gas airson èadhar.

Ghluais Julia fo a leannan as sine. Chuir i a gàirdeanan timcheall air agus an uairsin thilg i aon chas thairis air. Chuir a chuideam i dhan leabaidh i nuair a chaill e e fhèin na broinn. Bha iad faisg air a chèile oir cha robh ach cnapan a' gluasad air ais is air adhart. Bhrùth na nipples cruaidh air a cìochan beaga jutting a-steach don bhroilleach aige. Ghlaodh Julia a-mach oir bha e coltach gun robh e a 'dol nas fhaide agus nas fhaide a-steach innte. A 'gluasad mar aon, mharcaich iad a chèile gu orgasm.

Gluais na cuirp le cumadh nas slaodaiche agus an uairsin stad iad. Nuair a tharraing Dan a-mach bhuaipe, bha Julia a' faireachdainn cho fliuch sa bha a cum a' falbh bho a corp. Bha an t-suim a chruinnich e dòigh air choireigin às deidh a 'chiad orgasm aige iongantach. Cha mhòr nach robh i a' gàireachdainn ach chuir i stad oirre fhèin, le fios gum briseadh e faireachdainn connspaideach an fhir a bu shine.

Ghreas iad ri chèile gus an do mhothaich i le anail shocair gun robh e air tuiteam na chadal. Shleamhnaich i bhon leabaidh agus lorg i a h-aodach agus aodach. Bha i dìreach air a baga a thogail nuair a nochd Doctor Lake anns an t-seòmar suidhe, duilleag air a lùbadh timcheall a mheadhan.

"Tapadh leat." Rannsaich a sùilean a h-aodann. "Chan eil fhios 'am carson a rinn thu na rinn thu, ach tapadh leat. Chan ann a-mhàin airson gnè, ach airson an tè eile."

"Se do bheatha." Rinn Julia gàire. "Agus chan eil e mar gum biodh mi a' dealbhadh gin de seo, no mar nach do chòrd e rium gu mòr. " Chaidh i tarsainn air, sheas i air a òrdagan agus phòg i a ghruaidh. "Caidil gu math a-nochd. Is dòcha nach eil cùisean buileach cho uamhasach a-nis." Thionndaidh i agus dh'fhalbh i, a' dùnadh an dorais air a cùlaibh fhèin.

Nuair a dhìrich i an ceum a bha a' dol chun dorm aice, dh' fhàs Julia gu h-obann le gàire aingidh leis gu robh beachd gu math dona a' dol thairis air a h-inntinn. Rinn i cabhag, a' faighneachd an robh a companach seòmar dhachaigh, agus leis fhèin. Aon rud mu Andrea, bha i gu ìre mhòr do-chreidsinneach agus cha robh Julia a' smaoineachadh gum biodh mòran trioblaid aice toirt oirre a dhol còmhla rithe. Nam faigheadh Doctor Lake a cheart cho ùpraid 's a bha e air a bhith a ' coimhead oirre a' suathadh rithe fhèin, bha i a' faighneachd dè cho cruaidh 's a dh' fhaodadh e a bhith nam faigheadh e dithis bhoireannach òg a 'suathadh riutha fhèin agus ri chèile. Is dòcha oidhche eile gum faigheadh i a-mach.

A 'ROINN TAIGH TRÀIGH

CAIBIDEIL 1

"Yeehaaaaaaa!" chuir i fàilte air Julia Carraux agus i a' ruith sìos staidhre an dorm, fuaim a bha ri fhaicinn air feadh àrainn sprawling na colaiste fhad 's a bha oileanaich a' comharrachadh deireadh Teirm an Earraich. Nuair a dh' fhosgail i doras luchd-siubhail an Dodge Dart le batail air a beulaibh, thilg i na pocannan a bha i a' giùlan a-steach don t-suidheachan cùil. Leum i a-steach don t-suidheachan aghaidh, tharraing i an doras dùinte agus choimhead i air an draibhear.

"Tiugainn!" Dh'iarr a' choille dhubh.

"Is e do mhiann, a mhaighdeann bhàn, an àithne agam," fhreagair Andrea Martin, companach seòmar Julia.

"Dè cho fada 's a bheir e dhuinn faighinn ann?" Dh'fhaighnich Julia.

"Gheibh sinn ann ron dorchadas."

"Dè mu dheidhinn an fheadhainn eile?" Chuir Julia dheth a brògan teanas agus chrom i suas san t-suidheachan.

"Coinnichidh iad sinn an sin. Tha am mapa anns a' bhocsa mhiotagan co-dhiù. feuch nach caill thu sinn."

"Carson a chanas iad seo am 'bogsa miotag'?"

"Maitheas, Julia, ciamar a bhiodh fios agam?"

Bha seo gu bhith spòrsail. Bha Dàibhidh Woods agus a leannan Beth Robley, co-oileanaich Theatar Andrea, air seann taigh-coiseachd a lorg air màl aig a' chladach. Bha dà cheud dolar san t-seachdain na phìos meadhanach mòr ann am meadhan nan 90n agus mar sin bha iad air coimhead airson feadhainn eile gus a' chosgais a cho-roinn. Bha dithis charaidean fireann, Brian Wright agus Stan Thompson air ainm a chuir ris agus cuideachd Sherri Middleton agus Laurie Daniels. Bha iad uile eòlach air a chèile agus fhuair iad uile air adhart. Bha am màl aca a' ruith bho Dhisathairne gu Disathairne ach bha an sealbhadair air innse dha Dan nach robh duilgheadas sam bith aige leotha tighinn sìos Dihaoine leis nach robh duine san taigh an-dràsta. Bha a' bhuidheann air a bhith cho toilichte gun robh iad air cladhach domhainn gu leòr airson fuireach airson dà sheachdain.

Shocraich an dithis nighean airson an turais. Dh'fhosgail Julia cùis teip Andrea agus chuir i cairt 8-slighe a-steach don chluicheadair. Bhris i a casan suas air an deas-bhòrd fhad 's a bha fuaim aon de cheòl-ciùil Andrea Broadway a' tighinn tron luchd-labhairt.

Aon, dhà, trì, ceithir," chrom i an uair a chrom i le a cas chlì. "Còig, s ix, seachd, ochd," lean i air an làimh dheis.

Rinn Anndra gàire. Bha a caraid an-còmhnaidh ag ràdh gur e an adhbhar a b' urrainn dhi coileanadh cho math mar cheerleader agus dannsarette air sgàth gun do chuir i an ceòl agus na gluasadan ann am foirmlean matamataigeach. Uill, ge bith dè a bh' ann, dh' obraich e. Cha mhòr nach robh Andrea air tuiteam barrachd air aon uair aig àm coinneimh oir chaidh a h-aire a tharraing gu corp a h-seòmair agus a leannan. Gu dearbh, bha beagan ùine aice a 'cumail a sùilean air an rathad. Bha cuairtean deireannach airson an dithis aca air a bhith dùbhlanach agus chùm iad orra bho bhith a' dèanamh tòrr a bharrachd san leabaidh còmhla na dìreach cadal nuair a dh' èirich an cothrom.

Thug an turas uairean a thìde, ach chòrd e ris na caileagan, ag iomlaid dhràibhearan cho tric agus a' cumail a' chiùil a' dol. Bha iad air inneal a thoirt leotha le deochan mìn agus ceapairean, a' stad aon uair aig pàirce ri taobh an rathaid airson cuirm-chnuic. Bha iad cuideachd air còrdadh ris an aire mhòr a chaidh a thoirt dhaibh le tòrr bhalaich bho Cholaiste a' Chinn a Tuath ach tharraing iad an loidhne nuair a ghabh iad ri cuireadh na buidhne a dhol a-steach do na preasan am badeigin. Bha na balaich air a bhith le deagh ghnè mun do dhiùlt iad agus thabhainn iad sia paca de lionn dhaibh "airson an rathaid".

Cha robh ann ach an oidhche nuair a chaidh na caileagan air an eilean. Sheall Julia suas aig na soidhnichean rathaid agus sìos air an t-slighe agus shoilleirich i. Thug i seachad òrdughan teine luath a lean Andrea gus an do tharraing iad suas air beulaibh seann taigh dà-sgeulachd.

"Tha càr Dan." Tharraing Andrea suas sa ghàrradh-taobh ri taobh a' charbaid eile agus pharc e. Mun àm a fhuair iad a-mach às a' chàr bha Beth na sheasamh air am poirdse aghaidh agus a' crathadh riutha.

" Thig a stigh ! Tha gaol agad air an àite so." Rug Andrea agus Julia air na pocannan aca agus lean iad Beth a-steach don taigh. Bha an dithis nighean a' frasadh agus a' roinn "Ohhhhhhh" fada fhad 's a bha iad nan seasamh san talla.

"Tha an taigh a 'dol air ais gu toiseach na linne." Chaidh Daibhidh còmhla ris an triùir nigheanan. "Nach eil e math?"

Dh' aontaich an triùir nighean. Bha Beth air an taigh fhaicinn mar-thà ach choisich Andrea agus Julia gu slaodach tron làr ìosal, a' coimhead air na mullaichean àrda, an truinnsear agus obair-fiodha làmh-dhèanta nan dorsan, an wainscoting agus na làir.

"Tha seo sgoinneil!" ghlaodh Julia.

"Tha." Rinn Daibhidh gàire. "Buinidh an t-àite seo le caraid dha m' Athair, agus sin mar a b' urrainn dhuinn a mhàl. Feumaidh sinn cuid de riaghailtean bunaiteach a chòmhdach nas fhaide air adhart nuair a bhios a h-uile duine an seo. Anns an eadar-ama, tha ceithir seòmraichean-cadail shuas an staidhre agus 's dòcha gum bi thu uile ag iarraidh. Tha am fear as fhaide air falbh bhon staidhre agamsa agus Beth, ach tha fàilte ort gu gin de na trì eile." Thug gàire air a bhilean.

"Tha mi a' gabhail ris gum bi thu airson rùm còmhla, mura h-eil fear agaibh air rudeigin a leasachadh o chionn ghoirid le Brian no Stan."

Rinn Anndra gàire. "Chan eil." Dh' fhalbh i. "Ach cò aig a tha fios dè a bheir an àm ri teachd?"

Chaidh am paidhir suas an staidhre agus thòisich iad a' sgrùdadh an t-seòmar-cadail. Bha Julia airson an tè a bha ri taobh seòmar Dhaibhidh agus Beth oir bha e nas fhaisge air an t-seòmar-ionnlaid. Chomharraich Andrea gun robh e gu math beag agus gum bu chòir dhaibh coimhead air an dithis eile mus dèan iad co-dhùnadh.

Bha Julia a 'sgrùdadh an ath sheòmar-cadail. Bha aon eas-bhuannachd ann a chunnaic i sa bhad gun robh e a' roinn leis a' chiad fhear. Leapannan càraid. Fìor, bha iad aig an t-seòmar-cadail aca, ach bha i fhèin agus Andrea air a bhith gam putadh còmhla o chionn fhada. Fiù 's air oidhcheannan nuair nach robh gnè aig a' chàraid, b' fheàrr leotha le chèile cadal faisg air a chèile. Bha e cofhurtail.

"Julia, thig an seo," thuirt guth Andrea sìos an trannsa. Às deidh guth a caraid, lorg an Canada òg i fhèin ann an seòmar oisean, a companach seòmar a 'tilgeil uinneagan fosgailte agus a h-uile càil ach a' dannsa timcheall leabaidh mhòr, còmhdaichte le cuibhrig fhlùraichean.

"Seall air seo," ghlaodh Andrea, a' slaodadh Julia chun uinneig aghaidh. "Tha an tràigh dìreach shìos an sin. Agus 's dòcha nach eil sinn faisg air an taigh-ionnlaid ach tha sinn ceart aig mullach na staidhre. Tha e foirfe!"

Rinn na caileagan cabhag gus na pocannan aca fhaighinn agus dh'iarr iad an rùm dhaibh fhèin. Goirid às deidh sin ràinig na ceithir eile, an dèidh dhaibh dà chàr a dhràibheadh ach a dhol còmhla. Shuidhich a h-uile duine a-staigh agus an uairsin chaidh iad sìos còmhla don t-seòmar-suidhe beag ann an oisean aghaidh an taighe.

Ghabh a h-uile duine suidhe mar a mhìnich Daibhidh riaghailtean an taighe. Bha iad gu math sìmplidh. Cùm a h-uile càil glan agus glan, gun dhrogaichean, gun mhilleadh. Bha beagan rudan anns an fhrigeradair ach dh'fheumadh iad a stòradh mar bhuidheann. Chaidh rèiteachaidhean a dhèanamh mu bhith a' nighe shoithichean agus a' còcaireachd agus a' ceannach. Bha an tasgadh àbhaisteach air an taigh dà uair na bha iad a' pàigheadh, ach a chionn 's gun robh Daibhidh eòlach air an neach-seilbh bha e air cead a thoirt dhaibh a sheachnadh a rèir gealladh sòlamaichte Dhaibhidh gum biodh iad gan giùlan fhèin. Dh'aontaich iad uile, co-dhiù a thaobh an taighe. Gu dearbh b' e sgeulachd eadar-dhealaichte a bh' ann mar a bha iad modhail ri chèile.

Sheall Daibhidh cuideachd an tràigh gu h-ìosal dhaibh. Bha cothrom gun chrìoch aca air na pàirtean poblach, a bha a' toirt a-steach sloc teine-teine mòr dìreach beagan cheudan troigh sìos bho far am faigheadh iad chun ghainmhich. Ach bha earrannan prìobhaideach rim faighinn nan robh iad a' gluasad fada gu leòr agus bha iad sin ri sheachnadh. Rinn e gàire beag nuair a thug e an aire gu robh an taigh a b' fhaisge air astar agus nan cumadh iad rudan sìos gu ràimh cha bhiodh iad a' cur dragh air duine sam bith.

An oidhche sin rinn a' bhuidheann cuirm air piotsa agus lionn san t-seòmar suidhe. Gu cùramach. Ghabh iad fois agus dh'èist iad ri ceòl bhon ruidhle gu cluicheadair teip ruidhle a chuir Stan air chois. bha iongantas air Anndra. Bha Julia air clàradh a dhèanamh de riochdachadh taigh-cluiche Spring na buidhne "Once Upon a Mattress". Gu h-àbhaisteach bha Andrea ag obair air cùl na seallaidhean no ann am pìosan beaga, ach dh'iarr dreuchd a' Bhana-phrionnsa Winifred air lùth-chleasachd agus bha i air a cur sa phàirt. Bha gaol aice air agus chaidh suathadh rithe gun robh a caraid air tapadh air a son.

Nuair a nochd na h-òrain aig Andrea chuir a' bhuidheann gu lèir a-mach iad. Chaidh Andrea a ghiùlan air falbh agus rinn i ath-aithris air an t-sealladh dannsa bho "The Spanish Panic". Leum Julia suas agus dhanns i leatha, agus an uairsin thàinig an còrr a-steach oir bha iad uile air a bhith ag obair air an riochdachadh. A' sireadh adhair agus le gàire thuit iad uile air ais dha na suidheachain aca an dèidh don cheòl tighinn gu crìch.

Rinn Brian a ghiotàr agus sheinn iad uile na h-òrain dhùthchail a bha cho mòr na phàirt de na h-amannan. Mar a chaidh am feasgar air adhart, ghluais Sherri a-null gus suidhe ri taobh Brian agus roinn Laurie an leabaidh le Stan. Shuidh Daibhidh air an làr, agus a dhruim ris an aon leabaidh sin, agus rinn Bet greim na aghaidh. Agus cha deach aon mhala a thogail oir bha Andrea agus Julia a' roinn cathair-armachd orains mòr le cus lìonta, le Julia cha mhòr na suidhe ann an uchd Andrea.

Bha deagh chliù aig a' bhuidheann theatar am measg nan oileanach san fharsaingeachd airson a bhith fiadhaich. Bha Julia air faighinn a-mach gu robh an cliù air a dhol thairis air. Bha, bu toil leotha a bhith a' pàrtaidh, ach an taca ris a' phàrtaidh frat ruith-a-mhuilinn bha iad gu ìre mhòr sàmhach. Seadh bha daoine air mhisg agus dh' fhàs daoine àrd agus gu tric bhiodh càraidean a' sleamhnachadh còmhla. Ach cha robh cuirp a-riamh air an sgapadh air feadh an àite a 'tilgeil suas no leth-aodach no duine a' sgreuchail "Seall orm! Is urrainn dhomh sia pacaidean slàn a chug gun anail a ghabhail!" An àite sin, bha am pàrtaidh socair agus socair agus spòrsail. Mu dheireadh chaidh an t-seinn air falbh agus thòisich càraidean a' gluasad suas an staidhre. Dh'ainmich Daibhidh gun togadh e agus gun cuireadh e dheth a h-uile càil.

Bha an dithis nighean a' magadh nuair a bha iad deiseil airson an leabaidh. Bha an dithis buailteach a bhith a' cadal a-mhàin ann an lèine-t fhada. Bha Anndra deiseil an toiseach. Sheas i ri taobh aon de na h-uinneagan fosgailte, a làmhan air a cromagan.

"Dè do bheachd? Dùinte, fosgailte neo 's dòcha letheach slighe?"

"Hmmm," thuirt Julia agus i a' sleamhnachadh suas air cùl na h-ìghne as àirde. A' sleamhnachadh a gàirdeanan timcheall meadhan Andrea sheas i air a h-òrdagan agus a' feadaireachd a-steach do chluais a companach seòmar. "Chanainn ge-tà gu bheil thu a 'smaoineachadh gum bu chòir dhaibh a bhith air an suidheachadh." Ràinig làmhan Julia sìos, a 'glacadh lèine Andrea ri taobh a' chliathaich agus ga tharraing suas. "Cuimhnich ge-tà gu bheil thu gu bhith rùisgte tighinn tràth sa mhadainn." Chrìochnaich i an lèine a tharraing thairis air ceann Andrea agus thilg i gu aon taobh i.

Lean Andrea air ais an aghaidh a caraid as fheàrr agus ràinig i air ais. Ann an dòigh air choreigin cha do chuir i iongnadh oirre a bhith a' faighinn a-mach gu robh Julia rùisgte fhèin. Thionndaidh i a ceann, a 'feuchainn ri bilean Julia a ghlacadh. Rinn an t- seòmar aice gàire agus sheas i air a òrdagan gus am faodadh i feadaireachd ann an cluais na h-ìghne eile. "Tha thu agam a-nis." Chuir làmhan Julia timcheall air Andrea agus chuir i cuach air a cìochan. A-cheana cruaidh, fhreagair sinean na h-ìghne as àirde eadhon nuair a dhùin Julia a h-òrdagan agus a h-òrdagan agus thòisich i a 'cluich còmhla riutha.

"Tha thu gu dearbh," fhreagair Andrea agus i a 'lùbadh a glùinean beagan, na b' fheàrr a h-asal a shuathadh an aghaidh pussy fliuch Andrea. " Mar sin, dè tha agad nad inntinn a-nis a tha thu a 'dèanamh?" Rinn an nighean dubh gàire agus snìomh a caraid mun cuairt. A 'toirt pògan thairis air aodann na h-ìghne eile, phut Julia i air ais gus an do thuit an dithis air an leabaidh mhòr iteach, agus bha Julia air a chòmhdach mu thràth. Rolaig an dithis nighean air ais is air adhart ach chùm Julia gu daingeann suas an làmh àrd, agus an suidheachadh àrd gus an d' fhuair iad fois leis an neach-togail-inntinn na suidhe gu daingeann air sliasaid an ruitheadair agus a làmhan a' cumail caol-dùirn Andrea.

"Abair, tha seo snog," rinn e gàire air Julia agus i a 'breabadh air corp a companach seòmar.

"Chan eil sin ceart," fhreagair Andrea, a thionndaidh a retort gu bhith na gasp fhad 's a bha an nighean eile a' lùbadh a-null agus a 'clampadh a beul air broilleach beag daingeann. Chaidh rud sam bith a thuirt Julia a mhùchadh fhad 's a bha i a' feuchainn ris a 'bhroilleach sin gu lèir a thoirt a-steach, fhad' s a bha a corragan a 'dol sìos an stamag rèidh agus eadar casan Andrea. Ag obair le eòlas fada air corp a caraid, shleamhnaich Julia dà mheur taobh a-staigh Andrea agus chaidh a h-òrdag sìos fon chochall dìon agus bhuail i gu socair an nubbin cruaidh an sin.

Chaidh Andrea fodha fo suathadh a companach seòmar. Bha eòlas fada air a chèile air toirt air gach fear dhiubh eòlas fhaighinn air mar a dhràibheadh iad am fear eile fiadhaich. Le Andrea, cha robh e an-còmhnaidh dìreach mar a rinn i, ged a bha fios aice gu math mar a bhrosnaicheadh i a caraid. Sin mar a rinn i e. Uaireannan fhuair Andrea tionndadh a bharrachd air nuair a bha Julia ionnsaigheach agus ghabh i gu daingeann an stiùir ann an dèanamh gaoil. Cha robh fios aig Andrea air fhathast, ach bha plana dìomhair aig Julia airson aon latha a companach seòmar a cheangal ris an leabaidh agus gaol a thoirt dhi. Gu dearbh, bha i den bheachd gum biodh e foirfe ro dheireadh na saor-làithean seo. Bhiodh an leabaidh ceithir postair seo air leth freagarrach.

Shleamhnaich Julia nas fhaide sìos a' bhodhaig fo i. Tharraing i a casan eadar casan Anndra agus rug i air na casan fada sin agus thog i gu leòr iad gus am b' urrainn dhi i fhèin a mhùchadh an aghaidh Andrea. Aon uair, dà uair, trì tursan chuir i a pussy an aghaidh na h-ìghne eile mus do leig i casan Andrea agus a 'tuiteam a ceann an toiseach a-steach do phussy a companach.

"O Dhia, gu cinnteach chan eil e cothromach, Julia," rinn i gearan air Andrea agus i a' coimhead sìos air a' ghruag dhubh dhubh eadar a casan agus b' e sin a h-uile dad a chitheadh i de cheann Julia. Cha mhòr nach do bhlais i a bilean fhad 's a bha teanga Julia a' sleamhnachadh na broinn agus a' lùbadh sìos a ballachan a-staigh mus sleamhnaich i a-mach a-rithist. Thàinig giggle bog bho shìos agus ghluais Andrea aig anail Julia air a pussy fliuch.

"Mar sin dè tha thu a' dol a dhèanamh mu dheidhinn?" rinn e magadh air Julia, mus deach i air tòir a bilean agus a' sèideadh a h-anail air feadh curls donn bog a leannain.

"SIN!" ghrad-dh'eirich am brunette, a shuidh suas, ràinig i sios agus rug i air cromagan a leannain. Ghabh Julia grèim air asal Andrea agus chroch i oirre eadhon nuair a thionndaidh an nighean as àirde a corp timcheall gus an robh an dithis aca ann an suidheachadh clasaigeach 69.

Thug "A-nis tha sin nas fheàrr" anail air Andrea, eadhon nuair a tharraing i am preas sgiobalta aig Julia sìos air a h-aodann àrdaichte.

"O mhath golly tha," thuirt an nighean eile. An uairsin dh'fhàs faclan neo-labhairteach oir bha bilean is teangannan a' lorg rudan eile a ghabhadh còmhnaidh annta. Ruith Julia a làmhan sìos taobh a-staigh sliasaid Andrea, a 'sgaoileadh a casan gu farsaing agus a' gabhail cùram de na sliasaichean sin agus na laoigh làidir fhad 'sa bha a teanga a' sgaradh an labia roimhe agus thòisich i a 'dol suas is sìos. Chuir Andrea cupa air asal beag teann Julia agus bhrùth i ann an ruitheam gu smeòrach a teanga a-steach agus a-mach à pussy Julia.

Chaidh ceann Andrea suas is sìos fhad 's a bha i a' reamhrachadh agus a' slaodadh an t-slit fharsaing fhosgailte fodha. Chrom i a corragan agus shlaod i a h-ìnean air a' chraiceann rèidh fodha. Ghlèidh i iad goirid, ach bha gu leòr ann airson casan Anndra a chrathadh fon suathadh sèididh aca, bha sùgh a' sruthadh gu saor fhad 's a bha an nighean a b' àirde a' toinneamh agus a' tionndadh fo a leannan. Cha do chaill Andrea a ceann ge-tà. Phut i a h-aodann gu domhainn a-steach do phussy a bha cho bog aig Julia, a teanga rollaichte air a stiùireadh gu domhainn a-staigh den cheerleader. Bha a beul a' sireadh agus a' toirt a bilean puffy Julia a-steach agus a' suathadh gu cruaidh orra.

Ghreas an leabaidh gu h-eagalach, a' crathadh air ais 's air adhart fhad 's a bha an dithis nighean a' suirghe air a chèile. Thug iad an aire do na fuaimean. Thòisich làmhan Andrea a 'suathadh agus an uairsin a' tapadh air asal Julia. Thum an nighean gu h-àrd aon mheur ri taobh a teanga rèidh rèidh, an uairsin droga sìos i gus a bhrùthadh an aghaidh ròs falaichte Andrea. Mar fhreagairt, chaidh an nighean aig a 'bhonn gu fiadhaich, a cromagan a' togail agus a 'tuiteam agus a' toirt cothrom math dha Julia a dhol a-steach do asal a companach.

A' sgiùrsadh gu fiadhaich fo mheur is teanga Julia, rannsaich agus lorg Andrea neamhnaid chruaidh Julia gun chochall agus thòisich i air a lasadh gu fiadhaich. Chaidh buillean teanga Julia suas gus an do dh' fhosgail i slit Andrea gu tur. Aig mullach gach pas thilg i a teanga gu clit Andrea air ais. Ghlaodh an dithis nighean a-mach, bha an glaodhan a' crathadh ann am pùngan a chèile. Phump Julia a meur a-steach is a-mach à asal Andrea, a chladhaich a corragan a-steach do ghruaidhean Julia, a 'marcachd air teanga an neach-brosnachaidh agus an orgasm aice fhèin ag èirigh.

Phut gach nighean am fear eile thairis air an oir. Chaidh squeals a bhàthadh ann an tuiltean de neachtar nighean. Trèig iad uile greimean agus meuran gus an gàirdeanan a phasgadh timcheall air a chèile agus cumail orra fhad 's a bha gach fear dhiubh ag òl à fuaran an fhir eile. Mu dheireadh ghabh na cuirp aca fois agus leig iad a-mach a chèile. Shreap Julia suas an leabaidh agus chrath an dithis còmhla, ag iomlaid phògan bog agus a' gàireachdainn fhad 's a bha iad a' reamhrachadh an sùgh fhèin bho aodann an fhir eile.

"Whew, tha an gaoth sin a' faireachdainn snog, "thuirt Andrea fhad' s a bha na cùirtearan dìreach air gach taobh den uinneig mu choinneimh na tràghad a 'sruthadh.

"Mmm tha, ged a chuireas mi geall ron mhadainn bidh sinn toilichte an comhfhurtachd sin a bhith againn." Fhreagair Julia agus i a' cluasag a ceann air gualainn nan nigheanan eile, a gàirdean thairis air cnap còmhnard an ruitheadair. Shlaod i aon chas thairis air Andrea, thog i a ceann airson pòg oidhche mhath agus thuit i na chadal. Lean Anndra.

An ath mhadainn dhùisg Andrea leis a' chiad shealladh de ghrèin a' tighinn tro na drapes. Dh'fhuasgail i gu socair bho Julia agus shleamhnaich i bho na còmhdaichean a bha an dithis nighean gu dearbh air a tharraing thairis orra fhèin tron oidhche. Chaidh a' ghruagach a-mach chun na h-uinneige agus shlaod i sìos iad, a' bualadh air na squeaks a rinn iad. Chuir Andrea oirre briogais ghoirid agus bra spòrs mus do thog i suas a brògan ruith agus lèine-t suaicheantas an sgioba slighe aice. A 'lùbadh thairis, phòg i Julia air a' ghruaidh agus shleamhnaich i a-mach às an t-seòmar agus sìos an staidhre.

Dhùin Andrea an doras aghaidh agus thug e anail domhainn air èadhar na maidne. Eadhon aig an uair seo cha robh ann ach an suathadh a bu lugha de fhuarachd. Tharraing i a lèine-t air, shuidh i air being air a' phoirdse agus chuir i a brògan ruith oirre. Thug an lùth-chleasaiche òg sùil air an rathad a' roinn sreath nan taighean bhon tràigh. Aig an aon àm, chuir i romhpa ruith air an tràigh fhèin.

A 'tilgeil sìos an staidhre lorg i an t-slighe-bùird a' ruith bhon àite pàircidh tarsainn an rathaid a bha a 'dol sìos chun tràigh. Bha a' ghainmheach an sin làidir agus fhathast tais bhon làn a bha a' teicheadh. Shìn Andrea, ag obair sa mhadainn a' ceangal a-mach agus a' leigeil às a corp. Thug i sùil air an t-seann uaireadair pòcaid a bh' aig a seanair agus thug i fa-near an t-àm. Cha robh comharran ann a bha a' comharrachadh astaran, ach bho eòlas fada bhiodh e comasach dha Andrea innse dè cho fada 's a bha i air ruith bhon ùine a chaidh seachad agus an astar a bhiodh i a' suidheachadh. Leis an sin, bhriog i air an stopwatch a bha i a' crochadh timcheall a h-amhaich agus thòisich i a' ruith. Cho luath 's a bhriog an doras thàinig ceann le falt dorcha a-mach às na còmhdaichean. Rinn Julia gàire rithe fhèin. Rinn Andrea sin fad na h-ùine, a' sleamhnachadh a-mach airson eacarsaich na maidne agus a' smaoineachadh gu robh i cho sneaky mu dheidhinn. Dh'fhaodadh Julia cunntadh air corragan aon làimh an àireamh de thursan NACH EIL air dùsgadh leis a 'chiad ghluasad aig Andrea. Ach bha i daonnan na laighe. B' e an fealla-dhà prìobhaideach a bh' aice air an t-seòmar-suidhe aice.

Ach a-nis... thilg Julia na còmhdaichean air ais agus rug i air a jeans agus lèine-t sgaoilte. Dh'fhaighnich i an robh dad anns an fhrigeradair a dhèanadh i airson bracaist. casruisgte, chaidh i sìos an staidhre agus a-steach don chidsin gus faighinn a-mach. Às deidh na h-uile, gheall seo gur e dà sheachdain inntinneach a bhiodh ann agus is dòcha gum feumadh i a h-uile neart a b' urrainn dhi a chruinneachadh.

CAIBIDEIL 2

Sheas Julia Carraux ri taobh an rathaid, a 'feuchainn ri co-dhùnadh an robh i dha-rìribh ag iarraidh a' chàr a bha i na seasamh ri thaobh a bhreabadh. Cha b' e coire a' chàir a chaidh an taidheir rèidh, A' ghruagach dhubh Chanèidianach.

B' e tionndadh Julia a bh' ann airson ceannach airson grosairean. Gu fìrinneach cha robh dragh aice air idir. Dh'aidich i i fhèin gur i an còcaire a b' fheàrr sa bhuidheann agus gun do chòrd e rithe. Gu dearbh cha robh i ag ràdh cho àrd. An uairsin cha dèanadh duine sam bith eile e. Bha i air crìoch a chuir air a tionndadh mar chòcaire airson beagan làithean agus mar sin aon uair 's gu robh na grìtheidean a thog i air an lìbhrigeadh bhiodh an t-àm ann a dhol sìos chun tràigh. Gu dearbh bha sin ag iarraidh càr le ceithir taidhrichean cruinn.

Mar a bha i a' deasbad, bha ràimh ann a dh' ainmich i gur e baidhsagalan-motair a bh' ann. Bha an nighean chaol a' teannadh, eadhon mar a bha dà inneal a' tighinn timcheall a' chaoil anns an rathad. Falaichte air cùlaibh visors dathte nan clogaidean aca, cha b' urrainn do Julia dad a dhèanamh a-mach à aghaidhean an dà mharcaiche. Mhair an dà inneal nuair a bha iad a' tighinn thuice, agus an uairsin tharraing iad far an rathaid air beulaibh a' chàir.

Cha robh fios aig Julia am bu chòir eagal a bhith oirre no nach robh. Cha b' e gang a bh' ann an dithis. Bha na baidhsagalan a' giùlan na dh' aithnich i eadhon mar shuaicheantas ainmeil Harley Davidson. Cha robh a h-eòlas air baidhsagalan gu math stèidhichte ach air beagan fhilmichean, agus cha robh gin dhiubh a 'sealltainn marcaichean ann an solas fìor mhath. Air an làimh eile, an robh clogaidean air na h-ainglean Ifrinn? Co-dhiù feadhainn nach b' e clogaidean Gearmailteach a bh' annta no rudeigin mar sin.

Thàinig sàmhchair sìos nuair a gheàrr aon, an uairsin am fear eile, de na baidhsagalan na h-einnseanan aca. Dh'fhosgail aon rothaiche clogaid agus thug e air falbh e, gus fear caran eireachdail a nochdadh a

100

bha Julia den bheachd a bha aig deireadh na 40n no tràth sna 50n. Cha do rinn e oidhirp sam bith faighinn a-mach às a' bhaidhc.

"A Miss? A bheil thu ceart gu leòr?'"

Bha Julia airson a ràdh "Tha", agus an uairsin smaoinich e air a ràdh "Chan eil". Gun chomas co-dhùnadh, sheas i an sin le a beul fosgailte. Chaidh a mì-chinnt a bhriseadh nuair a rinn guth bog gàire.

"Jim, tha mi a 'smaoineachadh gu bheil thu air a' bhoireannach òg a bhith air a chrathadh airson freagairt."

Thog Julia a ceann chun a 'bhaidhc eile. Bha an marcaiche sin cuideachd na shuidhe le clogaid air a thoirt air falbh. Anns a 'chùis seo ge-tà, b' e boireannach brèagha a bh 'anns an neach a chaidh fhoillseachadh, le falt cho dubh ri falt Julia. Bha Julia den bheachd gu robh i timcheall air 5 bliadhna no mar sin nas òige na an duine. Ghabh i fois. Cha robh gin de na daoine a' coimhead ann an cumadh no cruth sam bith gu bhith nan luchd-baidhsagal-motair toirmisgte. Thionndaidh i agus shèid i air a' chàr.

"Is toil leam a bhith a' smaoineachadh nach eil mi gun chuideachadh, ach chan urrainn dhomh na cnòthan lug a thoirt far an taidheir rèidh sin. Agus tha biadh agam sa chàr, a' gabhail a-steach stuth a tha marbhtach."

"Leig leam coimhead," thairg an duine, a 'sreap far a bhaidhsagal agus a' suidheachadh an kickstand. Chaidh e dhan chàr agus chrom e a-null.

"Co-dhiùbh," urs' am boireannach. "Is mise Nancy, Nancy Daer agus sin an duine agam Jim. Tha sinn air ar leigeil dheth a dhreuchd agus a' siubhal na dùthcha. 'S e Dakota a Deas a th' anns an dachaigh againn ach tha sinn an-còmhnaidh a' gluasad."

"Hi. Is mise Julia, Julia Carraux. Tha mo chompanach seòmar agus mi fhìn agus cuid de charaidean a 'roinn aon de na seann taighean air rathad na tràghad airson seachdain no dhà. B' e an-diugh an latha agam airson na bùthan grosaireachd a dhèanamh. Bha mi a 'dol air ais agus 'Boom.'"

Bha grunt as a' chàr agus mallachd balbh. "Feumaidh cò a chuir iad seo orra òrd adhair a chleachdadh. 'S urrainn dhomh an toirt dheth ach 's e pròiseas fada a bhios ann." chaidh e dìreach bhon chàr. "Julia, an urrainn dhomh a mholadh gun leig thu le Nancy do thoirt dhachaigh agus na grosairean agad agus an uairsin an urrainn dhi a thoirt air ais an seo ann an can, trithead mionaid?"

Bha Julia a' faireachdainn mar gum biodh na breithneachaidhean snap aice ceart, agus bha i a' faireachdainn gum faodadh i earbsa a bhith sa chàraid seo. Chrath i, agus le cuideachadh bho Nancy chruinnich i an stuth a dh' fheumadh faighinn a-steach don fhrigeradair agus chuir iad a-steach e ann am pocannan dìollaid baidhsagal na boireannaich. Dhìrich Nancy air adhart, choimhead i air ais air Julia agus rinn i gluasad oirre gus clogaid a bharrachd a chuir oirre a bha crochte bho strap.

"Cuir do ghàirdeanan timcheall orm agus croch ort," stiùir Nancy gu sunndach fhad 's a bha i a' cromadh air a 'bhaidhc agus dheth chaidh iad. Bha Julia air a mhealladh. Bha i air marcachd air baidhsagalan roimhe, ach cha robh i riamh cho cumhachdach. Agus a-riamh le boireannach eile. Fiù 's tro sheacaid leathair Nancy dh' fhaodadh Julia a bhith a 'faireachdainn làn chromagan corp na boireannaich as sine. Gun mhothachadh bhuail i i fhèin nas fhaisge agus gu dearbh chroch i oirre.

Ro thràth bha an turas deiseil. Chuidich Nancy Julia gus na grosairean a dhì-phapadh agus ghabh i ri cuireadh a thighinn a-steach airson glainne den tì a bhiodh a companach seòmar Andrea Martin a' dèanamh a h-uile latha.

Cha tug bualadh an dorais no glaodh Julia freagairt sam bith. Às deidh dhaibh na grosairean a stòradh agus dà ghlainne tì a dhòrtadh, choisich an dithis bhoireannach tro làr ìosal an taighe. Bha meas aig Nancy air na seòmraichean agus an obair-obrach fhad 's a thug Julia sùil air a' bhòrd fiosrachaidh beag a chuir iad air chois aig an doras aghaidh.

"Uill. thuirt Julia.

"Dè th 'ann?" dh'fhaighnich Nancy agus i a' coimhead thairis air gualainn Julia.

"Tha mo rùmie Andrea air a dhol a-mach a choinneachadh ri caraid ùr ris an do choinnich i an-diugh nuair a bha i a 'ruith. Tha a h-uile duine eile air falbh gu na filmichean."

"Am faod mi moladh a dhèanamh?" Aig nod Julia lean Nancy. "Tha sinn a' fuireach aig taigh saor-làithean caraid. Tha e dìomhair agus tha amar ann. A bheil deise-snàmh agad?" Chrath Julia a-rithist. "Uill ma-thà, faigh grèim air agus thig còmhla rinn. Thèid sinn a thoirt air ais do chàr agus an uair sin faodaidh tu rothaireachd còmhla rinn."

Shuidh Julia suas an staidhre agus air ais a-rithist. Dhìrich i air ais air a' bhaidhc còmhla ri Nancy agus dh'fhalbh iad. Mun àm a fhuair iad air ais dhan chàr bha Jim air an taidheir a chur na àite. Giddy le toileachas, chaidh Julia air ais chun taigh agus pharc i an càr. Ruith i a-staigh, dh'fhàg i nota agus chroch i suas iuchraichean a' chàir.

Nuair a thill i a-muigh, shluig Julia. Thug Nancy air falbh a seacaid leathair dhubh agus bha lèine-t geal oirre. Bha Julia a' faicinn dealbh a' bhra a bha air a' bhoireannach a bu shine, eadhon leis gu robh e geal agus lacey.

"Deiseil?" dh'fhaighnich Nancy. B 'e freagairt Julia a bhith a' sreap air agus a 'cur a gàirdeanan timcheall meadhan a' mharcaiche. Chrath Nancy an t-einnsean. Mus do dh'fhalbh i, chuir i a làmh thairis air an fheadhainn a bh' aig Julia agus chuir i ìmpidh orra. "Cum ort beagan nas àirde," ghlaodh i thairis air fuaim an einnsean.

"Mo thlachd," smaoinich Julia le gàire dìomhair. Dh'fhairich i sèid cìochan Nancy an aghaidh mullaich a làmhan. Fhuair i blasad den fhaireachdainn a bh' aca air an t-slighe gu lèir gu far an robh na Daer a' fuireach.

Chaidh seòmar-cadail a bharrachd a shealltainn do Julia agus chaidh atharrachadh gu deise dà phìos. Rinn i sgrùdadh oirre fhèin san sgàthan. Chan eil sin dona. Ghlaodh guthan thuice agus dh'fhàg i an seòmar, a' dol sìos an talla chun an dorais chùil agus an patio ri taobh na

linne. Chaidh i a-mach air an doras agus stad i marbh na slighean. Bha
Jim ann, le stocainnean air a sheallas ge bith dè an aois a bha e gu robh
e fhathast ann an cumadh math. Ach Nancy...

Bha deise dhearg aon phìos air bean Sheumais a bha a' ceangal
ri a cromagan slàn mar dhara craiceann. Bha casan na bòidhchead
dorch-fhalt air an taisbeanadh gu làn bhuaidh le taobhan àrda
gearraidh na deise, a dh'èirich fada suas a cromagan mus do thuit i gu
sgiobalta a-steach do chulaidh eadar a casan. Agus a cìochan, a cìochan.
Cha mhòr nach robh Julia a 'gearan, a' cuimhneachadh air cho bog
'sa bha iad an aghaidh a làmhan. Is gann gun robh cìochan lusach na
boireannaich bu shine anns an stuth. Gu dearbh, bha na nipples aice gu
soilleir rim faicinn tron aodach teann. Cha robh Julia a 'tuigsinn mar a
bha na strapan spaghetti tana a' cumail suas a h-uile dad a bha còir aca a
chumail.

Chuir Julia seachad am feasgar dòigh air choireigin. Rinn i a h-uile
oidhirp air còmhradh an neach-aoigheachd agus an neach-aoigheachd
a mhealtainn agus na h-oidhirpean aca gus toirt oirre faireachdainn
cofhurtail. Bhruidhinn iad, shnàmh iad, ghabh iad greim bheag agus
roinn iad botal fìon. Rinn Julia oidhirp gus a sùilean a chumail air falbh
bho Nancy uair sam bith a b' urrainn dhi. Rinn i manadh air cuid, às
dèidh a h-uile càil, bha an taigh brèagha agus bha Seumas fhèin math a
bhith a' coimhead air ach lean a sùil a' tilleadh chun a' chailleach a bu
shine. Aon uair, nuair a ghabh Nancy fois aig taobh na linne, a cìochan
suas air an oir agus an deise a' dol troimhe, cha mhòr nach do thuit
Andrea anns an uisge a' coimhead.

Chaidh am feasgar air adhart gu tràth feasgar. Bha Julia air gabhail
ri cuireadh fuireach airson suipear agus bha an triùir a' bruidhinn air an
patio.

"Uill, chan eil fios agam mu do dheidhinn dithis, ach tha mi a' dol
a ghabhail fras luath mus ith sinn, "thuirt Nancy agus i ag èirigh bhon
chathair aice. A 'coiseachd a-null gu Jim, chrom i a-null agus phòg i
an duine aice. Chùm Julia a h-anail fhad 's a bha stuth dearg bonn an

deise a' teannachadh thairis air làn asal Nancy, cha mhòr nach robh an stuth a 'dol à sealladh a-steach don sgoltadh eadar a gruaidhean. Rinn Nancy dìreach agus rinn i gàire air Julia agus dh'fhàg i an seòmar. Bhon t-suidheachan aice, dh' fhaodadh Julia coimhead air a 'bhoireannach as sine a' coiseachd sìos an trannsa agus cha b 'urrainn dhi a sùilean a reubadh bhuaipe gus an deach i à sealladh.

Thug beachd neo-chiontach bho Jim air Julia a h-aire a thoirt air ais thuige. An dòchas nach robh i air a bhith ro fhollaiseach nuair a bha i a' coimhead air a bhean, fhreagair Julia agus dh' fheuch i ri a h-inntinn a chumail air a' chòmhradh aotrom a bha aig an dithis aca. Bha e doirbh. Chluinneadh i fuaim an fhras agus chùm a smuaintean a' gluasad gu cò ris a bha corp rùisgte Nancy coltach fon uisge.

Stad fuaim an uisge. Chaidh Julia a bhuaireadh gus a ceann a thionndadh agus coimhead sìos an talla ach chaidh aice air i fhèin a chumail. Chuala i fhathast doras fosgailte agus dùinte, agus fear eile fosgailte.

Lean Jim air a' bruidhinn mu dheidhinn dad idir airson beagan mhionaidean. An uairsin rinn e gàire, sheas e agus chùm e làmh ri Julia. Ghabh i e agus chuidich e i gu a casan agus an uairsin leig e a-mach a làmh. "Julia, bu mhath leam mo mholadh agus an uairsin rudeigin iarraidh ort. Am faod mi?"

"Seadh."

"Bu mhath leam mo mholadh airson do fhèin-smachd. Tha barrachd air a bhith an dùil bho bhoireannach òg."

"Mo fèin-smachd?" fhreagair Julia, beagan troimh-chèile. Bha dùil aice ri rudeigin a ràdh mu a corp. Cha robh Jim air a bhith ag èigheach, ach bha i air fhaicinn a' dèanamh sgrùdadh no dhà oirre. Gun teagamh bha i air a bhith mothachail air cuideachd, bha e gu math bòidheach. Ach an uairsin bha a sùilean air a bhith a' dol air seachran a dh'ionnsaigh Nancy.

"Bha thu airson coimhead a dh'fhaicinn am faiceadh tu Nancy nuair a dh'fhàg i an fhras. Tha e a' còrdadh riut a bhith ga faicinn, agus chòrd an dithis againn riut a bhith a' dèanamh sin. Tha mi an dòchas nach bi aithreachas ort mu do mhodhalachd nuair a dh'innseas mi dhut i sheas i 's an talla 's i air chuairt mu 'n cuairt. Bha i rùisgte."

Rinn Julia gàire. Uill, cha bu chòir iongnadh a bhith oirre. Is dòcha nach robh i air a bhith cho faiceallach sa bha i a' smaoineachadh ann a bhith a' coimhead Nancy. Bha e tàmailteach a bhith air a ghlacadh ge-tà, gu sònraichte leis an duine aice.

"A-nis na bi a' goil," rinn Seumas gàire. "Chòrd e rinn le chèile. Nise a' cheist." Sheall e a-steach do shùilean Julia. "Nuair a phòg Nancy mi dìreach mus do dh' fhalbh i, thuirt i rium cho seòlta 's a tha i a' smaoineachadh a tha thu, agus dè cho mòr 's a bu toil leatha a bhith còmhla riut. Tha i a' feitheamh riut sìos an talla san t-seòmar-cadail. ceart. Mar sin, a bheil thu airson gaol a dhèanamh ri mo bhean?"

Cha b' urrainn dha Julia ach gàire a dhèanamh. Thionndaidh Jim gu socair i agus dh'fhosgail e doras an sgrion. Choisich i sìos am brat-ùrlair caithte, cha mhòr nach robh a casan rùisgte mar a rinn i. Bha an doras a thuirt e fosgailte. Chuir i dàil, a' coimhead air ais. Cha robh Seumas air a leantainn ach bha e air fuireach aig an doras, fhathast a' gàire. Ghabh i anail domhainn agus chaidh i tron doras. Stad i marbh san t-slighe aice agus cha b' urrainn dhi gasp a mhùchadh.

Bha Nancy air an leabaidh. Bha i nude agus eadhon nas bòidhche na bha Julia air smaoineachadh. Bha am boireannach bu shine air a làmhan agus a glùinean, a casan air an sgaoileadh agus a casan mu choinneamh an dorais. Sheall i air ais thar a gualainn, a falt dubh a' tuiteam air a' mhòr-chuid de a h-aodann. Shlaod Julia a bilean.

Dh' fhalbh Nancy. "Tha thu air a bhith a 'coimhead air mo chasan agus mo bhonn fad an latha. Nach eil thu a' smaoineachadh gum bu chòir dhut an deise snàmh agad a thoirt dheth mus tig thu an seo agus gun cuir thu fios thuca?"

Sheall Julia a deise ann an ùine clàraidh. Shuidhich a sùilean air a' bhodhaig roimhe, dhìrich i suas air an leabaidh, air a glùinean eadar casan dealaichte Nancy. Bhrùth i i fhèin an aghaidh a 'bhoireannach a bu shine, a làmhan a' bualadh air orbs cruinn asail Nancy.

Dh'èirich Nancy bho a làmhan agus lean i air ais an aghaidh Julia, an dithis bhoireannach air an glùinean còmhla a-nis. Ràinig i air ais agus ghlac i làmhan Julia, gan stiùireadh timcheall oirre agus thairis air a broilleach. Thionndaidh i a ceann agus ghabh Julia an cothrom a pòg. Bha cìochan Nancy fialaidh agus bha i fhathast moiteil, a nipples a' cruadhachadh gu fad iongantach. Chleachd i làmhan Julia mar gum b' ann leatha fhèin a bha iad, a' suathadh na palms thairis air na nipples sin agus a corragan gus sgrùdadh a dhèanamh air rèidh a craiceann. "Squeeze iad," thuirt i ri Julia, a rinn gèilleadh gu toilichte.

Aig an aon àm bha am boireannach pòsta a 'bleith a h-asail an aghaidh Julia, a' gluasad a cromagan agus a 'lùbadh a glùinean. Bha casan Julia air sleamhnachadh às a chèile agus dhùin i a sùilean fhad 's a bhiodh Nancy an toiseach a' putadh gruaidh asail làidir eatorra, an uairsin a 'suathadh a cnàimh-earbaill suas is sìos na h-aghaidh agus an uairsin a' brùthadh air a 'ghruaidh eile. Ghluais bog gu cruaidh agus an uairsin bog a-rithist.

Threòraich Nancy làmh dheas Julia sìos a corp. Suathadh i an toiseach an aghaidh a bolg, an uairsin thairis air a tom agus mu dheireadh eadar a casan. Bhrùth Nancy a meur-chlàr an aghaidh Julia, a 'croladh an dà mheur eadar a bilean bearrte agus a-steach don fhliuch aice. Phut i iad le chèile gu domhainn na broinn fhèin, a cromagan a' gluasad air adhart orra agus an uairsin air ais a-rithist an aghaidh Julia.

Às deidh gun a bhith nas fhaide na còig-deug no fichead diog, tharraing Nancy an dà mheur a-mach. Thog i iad gu a beul agus shleamhnaich i meur sileadh Julia eadar a bilean agus thòisich i air a suirghe.

Rinn Julia gàire. Bha am faireachdainn iongantach. Thug an suidse nuair a bha Nancy a' toirt air falbh a meur de shùgh na boireannaich bu shine a' toirt oirre a bhith a' gàireachdainn. Chaidh cur ris a' mhothachadh leis gu robh Nancy a' ruith a teanga a-null agus a-nall fon fhigear suirghe.

Sgaoil Nancy meur Julia. "Mmmm, blasta. Is toigh leam am blas." Ràinig i sìos a-rithist, a 'tumadh a meur fhèin na broinn fhèin mus tog i e agus ga thaisbeanadh thairis air a gualainn gu Julia. "Seo, a ghràidh, blasad dhut fhèin."

Shuidh Julia meur Nancy. Bha am boireannach bu shine ceart, bha a blas mìorbhaileach. Ghluais Nancy a meur ann am beul a' choille, agus thòisich i air a phumpadh gu slaodach air ais is air adhart. Aig an aon àm dh'àrdaich a 'bhoireannach as sine cuideam a h-asail an aghaidh Julia, a bha a' crathadh a pussy gu fiadhaich an aghaidh gruaidhean daingeann Nancy.

Mar a lean Nancy oirre a 'toirt ionnsaigh air mothachadh Julia, thionndaidh i a ceann agus rinn i feadaireachd ris a' bhoireannach ab 'òige. "Julia, tha fios agam gu bheil thu air do tharraing gu boireannaich, tha mi air do choimhead a choimhead orm. Tha mi airson ceist no dhà a chuir ort." Rinn i gàire. "Chan eil agad ach do cheann a chrathadh no a chrathadh. Ceart gu leòr?"

Chrath Julia. Is gann, oir bha i cho togarrach 's a bha i riamh.

"Julia, a bheil thu gay? An e leasbach a th' annad?" Gu h-iongantach, chrath Julia a ceann air gach taobh.

"Ah, mìorbhaileach," ghlan Nancy. "Tha thu a' faicinn, bu mhath le Seumas tighinn còmhla rinn. A bheil cuimhne agad?" A-rithist rinn Julia gluasad àicheil.

"Gu h-àlainn. Nam biodh tu air gearan a dhèanamh cha bhiodh e. Bidh sinn an-còmhnaidh a 'toirt spèis do mhiannan neach-tadhail sam bith don leabaidh againn. Fhathast, mura h-eil thu cofhurtail, cha bhean e rium ach, na cuir a-steach mi aig an àm cheart."

Leis nach robh Nancy air ceist fhaighneachd dhi, lean Julia air adhart a' faighinn tlachd bho fhaireachdainn bodhaig na boireannaich a bu shine na h-aghaidh agus faireachdainn meallta na meur a' sleamhnachadh a-steach agus a-mach às a beul.

Lean Nancy. "A-nis, mar mise, tha Jim den bheachd gur e boireannach òg gu math gnèitheach a th' annad agus bu toigh leis a bhith agad fhad 's a tha mi agad. Mus co-dhùin thu, 's dòcha gum biodh tu airson sùil a thoirt. Tha e na sheasamh dìreach ri taobh na leapa."

Gu mì-fhortanach, leig Julia a-mach am meur a bha a-nis gu math suirghe agus thionndaidh i a ceann. Bha an duine aig Nancy na sheasamh dìreach rin taobh. Thug Julia sùil air. Bha fios aice mu thràth gu robh e gu math eireachdail agus ann an cumadh math. Tòn fèithe math, stamag rèidh agus bha coileach gu math snog aige a' suathadh a-mach. Gun a bhith mòr, chaidh Julia a thogail caran beag agus cha robh e airson feuchainn ri uilebheistean cas a ghabhail, ach nas freagarraiche, a 'gabhail ris gu robh fios aige mar a chleachdas e e. Bha i an amharas gun do rinn e sin.

Mar fhreagairt, thionndaidh Julia air ais gu Nancy. Le a ceann fhathast air a tionndadh gus coimhead thairis air a gualainn, b 'urrainn do Julia am boireannach as sine a phògadh air a bilean, a' putadh a teanga a-steach don bheul fosgailte. Ràinig i mun cuairt agus chup i na cìochan troma. Chrath i iad, bhris i a' phòg agus thuirt i "Tha."

Thionndaidh Nancy mun cuairt air an leabaidh agus phòg i Julia air ais. An uairsin shìn i a-mach, a 'sgaoileadh a casan mar a rinn i, fear air gach taobh de chorp glùine Julia. Ruith i a làmhan suas is sìos a corp agus dh'ainmich i "Thig an seo Julia."

Bha Julia cho togarrach 's gun do dh'fhàg i i fhèin gum biodh i air a h-aodann a thilgeil air adhart eadar casan a' bhoireannaich as sine. Ach rug Nancy oirre agus tharraing i i gus an do cheangail beul fosgailte a' choille air tè dhe a cìochan cruinn.

"Tha thu air a bhith a 'coimhead orra fad an latha, Julia. Tha mi a' smaoineachadh gum bu chòir dhut tlachd fhaighinn às mus ruig thu am prìomh àite."

Bha aig Julia ri aontachadh. Lìon i a làmhan le cìochan Nancy, eadhon nuair a deogh i a-steach cho mòr 's a b' urrainn dhi den tè a bh 'aice. Chuir i ioghnadh air cho rèidh 's a bha orbs na caillich, 's cho truime 'n a làmhan. Bha a h-eòlas le boireannaich eile air a bhith cuingealaichte ri Andrea agus caraid no dhà eile sa cholaiste, agus cha robh gin dhiubh cho mòr. Chùm i an dà orbs slàn còmhla agus bha a teanga a' sreothartaich air ais is air adhart bho aon nipple cruaidh donn chun an tè eile.

Ruith Nancy a corragan tro fhalt dorcha Julia, a' gearan mu bhrosnachadh don bhoireannach òg aig a broilleach. Tharraing i anail gheur ach domhainn fhad 's a thiodhlaic Julia a h-aodann a-steach don sgoltadh eatarra, a' rèidh a teanga agus a 'tòiseachadh air a shlaodadh sìos corp Nancy. Bha làmhan a' choille a' sìneadh, òrdagan agus meuran-meòir a' dùnadh air na nipples, a' toirt dhaibh frasan socair agus slaodadh beag, eadhon mar a bha a beul a' rannsachadh na b' ìsle.

Stad Julia gus a bhith a' reamhrachadh navel Nancy agus an uairsin leig i a teanga a dhol thairis air cho socair sa bha bolg na boireannaich as sine mus do thòisich i air a caismeachd sìos. Gu mì-fhortanach, leig a làmhan a-mach cìochan Nancy, an toiseach a' toirt aon tughadh làidir mu dheireadh dha na nipples. Bha na làmhan sin a 'ruith suas is sìos na casan a bha air an deagh chruthachadh agus an uairsin a' sleamhnachadh fon bhoireannach a bu shine dìreach mar a bha a 'chànan ceasnachail a' sgaradh bilean Nancy mar-thà. Ghabh Julia grèim air asal Nancy oir, le srann de bhuannachd, chaidh a teanga a-steach do phussy fliuch a' bhoireannaich as sine.

Chreach an leabaidh agus ghluais i air a cùlaibh. Ghlac làmhan làidir grèim air a cromagan, shuath òrdagan a gruaidhean asail. chrom Jim agus phòg e cùl a h-amhaich. Dh'fhaodadh Julia a bhith a 'faireachdainn ceann a choileach an aghaidh a cas eadhon nuair a bhruidhinn e ri a bhean.

" Ciamar a tha i a ghràidh ? Am bheil i 'gad dheanamh sona?"

"Tha i brèagha," thuirt Nancy, a corragan fhathast ceangailte ann am falt Julia. "Biodh milis rithe."

"Chan eil dad ach faireachdainnean math," thuirt Jim. A 'freagairt air na gnìomhan aige ris na faclan aige, threòraich e a choileach eadar casan Julia agus an aghaidh a fosgladh. Gu cùramach dh'atharraich e corp nighean òg na colaiste, gus am b' urrainn dha a dhol a-steach gu furasta. an uairsin le aon phut fada ach faiceallach air a chromagan, leig e leis a choileach na broinn.

Ghabh Julia a-steach, gu ìre mhòr a-steach do Nancy, cò am blas a bha i a' còrdadh eadhon nas motha a-nis gum b' urrainn dhi sampall a dhèanamh gu dìreach. Bha coileach Jim a 'faireachdainn mìorbhaileach innte, ga lìonadh ach gun a bhith ga shìneadh. Leig i leis an fhaireachdainn eadar a casan togail, a 'marcachd air na tonnan de thlachd a bha a' sìor fhàs fhad 'sa bha am fear a bu shine a' sgoltadh a-steach agus a-mach às. Thug a h-uile gluasad dheth freagairt co-ionann agus theanga i agus phòg i agus shuath i air a' phussy air thoiseach oirre. Knowing that cock and pussy belonged to a pòsda couple excited her even more as Julia reveled in her first three-way.

Thòisich corp Julia a 'crathadh. Cha mhòr gu fiadhaich chleachd i a teanga air Nancy, an toiseach a 'dràibheadh a-staigh oirre agus an uairsin a' gluasad gus a bhith a 'caoidh clit cruaidh agus cruaidh a' bhoireannaich. Chleachd i gasps agus gearan Nancy mar stiùireadh.

"Tha mi a 'smaoineachadh gu bheil i gu bhith cum, a ghràidh" chaidh aig Jim air a ràdh, eadar na fiaclan a bha air am bualadh leis a' cho-dhùnadh aige am boireannach òg a chuir air thoiseach air.

" Is mise so, a Sheumais," ghlaodh a bhean. Bha a corragan a 'teannachadh ann an glasan Julia agus tharraing i aghaidh a' choille a-steach thuice. Chaidh i às a chèile agus dh'fhairich Julia cabhag neachtar a' bhoireannaich as sine agus i a' spasadh agus a' tighinn. Bhreab a corp fhèin air ais is air adhart air coileach Jim, a bha a 'faireachdainn mar gum biodh e a' fàs gus a lìonadh gu tur.

An uairsin lìon i mar a rinn Jim nuair a chaidh Jim a-steach dhi aon turas mu dheireadh agus dh' fhalbh na bàlaichean aige an luchd a-steach do Julia. Bha a h-aodann glaiste air Nancy, cha b' urrainn don choille guth a thoirt don orgasm aice fhèin, ach sheall i le bhith a' feuchainn ri gach braon de shùgh Nancy a reamhrachadh, a' suathadh ri pussy a' bhoireannaich phòsta gus an do thuit an triùir aca dhan leabaidh.

Ghabh an triùir fois agus fhuair iad an anail air ais. Tharraing Nancy Julia suas agus phòg i i.

"Mo, mo," rinn am boireannach bu shine gàire. "Cha b' e sin a' chiad no an dàrna turas a rinn thu sin do bhoireannach eile." Bha a sùilean a' deàrrsadh. "Cha leig thu leas freagairt ghràdhach agus gun adhbhar sam bith a bhith a' faireachdainn nàire. Bha e air a chiallachadh mar mholadh."

"A-nis ma-thà, am faod mi moladh dhut laighe air ais air an leabaidh Julia?" Nuair a ghèill am boireannach òg, sgaoil Nancy na casan caol agus chaidh i air a glùinean eatorra. Thog i a làmh dheas gu a beul agus reub i am pailme ann an stròc fhada slaodach. A 'ruighinn air a cùlaibh chuir i slaod air a h-asal le "Pop" àrd. Leum i am pailme clì agus bhuail i a' ghruaidh eile, eadhon nas duilghe.

"O, tha gaol agam air sin," thuirt i. Lean i air adhart, a glùinean fhathast fodha, a 'dol eadar casan Julia. Phòg i taobh a-staigh aon ghlùin agus an uairsin am fear eile, mus do shleamhnaich i a teanga suas gu pussy bog Julia. Phòg i Julia an sin, a 'crathadh a teanga thairis air a' mheasgachadh de shùgh na coille agus cum an duine aice.

Sheall Julia gu mì-chreidsinneach nuair a chuir Nancy a teanga suas na h-aghaidh. Dh'fhaodadh an nighean caol a bhith a 'faireachdainn gu robh e a' sleamhnachadh air na ballachan aice agus an uairsin a 'lùbadh, a' slaodadh cum Jim bhon bhroinn. Dhùin a 'bhean falt dorcha a beul air Julia agus thòisich i a' tarraing a pussy eadhon nuair a shleamhnaich a làmhan fo Julia agus rug i air a h-asal cheerleader teann.

Julia a h-aire air falbh bho cheann Nancy fhad 's a bha" Pop "geur eile a' nochdadh tron t-seòmar. Bha Jim air ais air an leabaidh, an turas seo air cùl a mhnatha. Shlaod e asal Nancy a-rithist, fhad 'sa bha a làmh eile a' suathadh a choileach, cruaidh a-rithist agus fhathast air a chòmhdach leis a 'mheasgachadh cum a bha a bhean a' tarraing bhon bhoireannach òg, eadar gruaidhean asal làn Nancy.

"Tha thu cho dàna nach eil thu nad leannan?" Dh'fhaighnich Jim ann an uisge-beatha gruamach. "Seall ort, air do làmhan is do ghlùinean a' reamhrachadh pussy nighean colaiste. Agus tha a h-uile càil làn de cum fireann blàth. Tha boireannach dona mar thusa airidh air a bhith air a làimhseachadh gu dona. Mar choileach snog dìreach suas an asal sin agadsa. " Thug làmhan Sheumais greim air cnapan a mhnà. Bha Julia a' coimhead le ùidh fhad 's a bha an duine a' lùbadh a-steach do Nancy. Chuir a chorp leisg an uairsin rinn e osnaich agus chaidh a chromagan air adhart.

Chaidh Nancy a-steach gu Julia. Bha a làmhan a 'ruith suas a' bhroinn chòmhnard agus thairis air cìochan nighean na colaiste, cha mhòr a 'spìonadh aig na nipples mus deach iad air ais sìos agus fo Julia. Leis gu robh sin a' faireachdainn cho math, chuir Julia cupa air a cìochan le a làmhan fhèin agus spìon i na cnapan aice fhèin fhad 's a bha i a' coimhead teanga Nancy a 'dol a-null agus a-steach innte, a' gob sìos na sùgh measgaichte.

Rinn Jim gruntadh, a 'tarraing a sùilean, mura h-eil i a' tarraing a h-aire bho theanga Nancy. Bha na cromagan aige a' draibheadh gu cruaidh an aghaidh a mhnà. Chluinneadh Julia fuaimean slap fhad 's a bha an groin aige a' dol a-steach do asal àrd Nancy. A h-uile turas a chaidh e a-steach innte bha e coltach gu robh i a' glacadh asal Julia nas teann agus a' sàthadh a teanga nas doimhne am broinn a' choille. Chaidh meur a-steach do sgolt Julia, fliuch le sùgh a' sleamhnachadh sìos a perineum.

"O Dhia." Bhris na faclan bho Julia fhad 's a bha meur drip Nancy a' brùthadh an aghaidh a fàinne anal. Thog a cromagan, a 'bleith a pussy an aghaidh Nancy agus a' toirt cothrom don bhoireannach as sine a meur a shìneadh a-steach do asal teann Julia.

Bha an triùir de na daoine air an leabaidh a 'dol fiadhaich. Bha bogha aig cùl Sheumais nuair a chuir e a choileach a-steach dha bhean. Bha Nancy a 'gluasad air ais na aghaidh fhad' sa bha i a 'pumpadh a meur a-steach agus a-mach à asal Julia agus a teanga a-steach agus a-mach à pussy na coille. Agus bha Julia, Julia dìreach a' cumail grèim air a' bheatha ghràdhach, dh' èirich an duilleag leapa na dòrn clenched agus a corp a' teannachadh fhad 's a bha i a' feuchainn ri stad a chuir air mullach spreadhaidh nach gabhadh a dhiùltadh tuilleadh. Rinn i sgreuchail. An uairsin bha a h-uile duine a 'sgreuchail còmhla agus a' dol fiadhaich airson rud a bha coltach ri sìorraidheachd gus an d 'fhuair Julia i fhèin suidhichte eadar a' chàraid phòsta agus cho toilichte leisg is gann gum b 'urrainn dhi fèithean a ghluasad.

An ath mhadainn tharraing an dà bhaidhsagal-motair a-steach do ghàrradh aghaidh an t-seann taigh agus dhìrich Julia far cùl baidhsagal Nancy. Ghluais i caran slaodach agus beagan stiffly. A' pògadh beannachd an dithis aig an Daer, choimhead i iad a' gluasad dheth. Nuair a thionndaidh i a dh'ionnsaigh an taighe, tharraing càr air nach robh mi eòlach suas agus chaidh Andrea a-mach, às deidh dhi stad fada gu leòr airson an draibhear a phògadh. Nuair a chaidh an càr air falbh, cha do ghlac Julia ach ìomhaigh neo-shoilleir de bhoireannach tarraingeach le falt fada bàn.

Shreap an dithis charaidean gu sàmhach suas an staidhre chun phoirdse agus an uairsin an staidhre chun dàrna làr agus an seòmar-cadail aca. Chaidh aig an dithis air na brògan aca a chuir dheth agus pàirt dheth a leigeil ma sgaoil mus do thuit an dithis air an leabaidh agus a' lùbadh suas còmhla. Mus do thuit Julia na cadal rinn i gàire gu socair. Bha e coltach nach b' i an aon fhear le sgeulachd ri innse.

CAIBIDEIL 3

"Uh. uh. uh. uhhh." Rinn Anndra Màrtainn gàire. A' dùnadh a beul, rinn i strì ri anail a tharraing tro a sròn. Cha do mhair sin ach beagan mhionaidean mus do thòisich i air anail a tharraing a-rithist. Dhùblaich i na h-oidhirpean aice. Theich gainmheach bho bhith fo a casan. Bha a sùilean air an suidheachadh air pòla stiallach air thoiseach oirre a bha a' comharrachadh ìrean a' mhuirt. Bha i air briseadh a-steach don sprint aice nuair a bha i den bheachd gu robh i mu cheud slat air falbh bhon chomharra sin. Chùm i a gàirdeanan aig ìre a 'bhroilleach, gan gluasad ann an tìde le pumpadh a casan.

Trèig Andrea an oidhirp air anail a tharraing tro a sròn airson math. Rinn i gas airson èadhar gus a h-oidhirpean a bhrosnachadh fhad 's a bha i a' rèiseadh a dh' ionnsaigh a comharra. Airson mionaid bha i an dùil gun robh i air a bhith ceàrr, gun robh a ghaoth a' dol a bhriseadh mus do rinn i loidhne crìochnachaidh. Às deidh na h-uile, bha i air a bhith a 'dol airson mìltean. Ach bha e ann. Thilg i a gàirdeanan farsaing agus spreadh i thairis air an loidhne neo-fhaicsinneach.

Chaidh an astar aice nas slaodaiche. Le làmhan air a cromagan, choisich Andrea mun cuairt cho luath 's a b' urrainn dhi an toiseach. Thug i sùil air a' chuisle aice grunn thursan, a' cleachdadh uaireadair a seanar gus amannan a buillean cridhe fhad 's a bha i a' fuarachadh sìos. Mu dheireadh, le buille a cridhe air ais fo smachd agus a h-anail a' tilleadh gu ìre àbhaisteach, rinn i maill air agus an uairsin dh' iarr i an staidhre fiodha a bha a' dol suas bhon tràigh. Thionndaidh i agus shuidh i air a 'cheum ìosal.

"Maitheas," thàinig gàire aotrom bho shuas. Thòisich Andrea a' faicinn boireannach òg, is dòcha dhà no trì bliadhna nas sine na i, a' coimhead sìos oirre. Bha an abairt aice na mheasgachadh de spèis agus mì-chreidsinn. "An e Oiliompaics a th' annad a' trèanadh? No 's dòcha

115

masochist? Tha mi a' ciallachadh, an samhradh a th' ann, tha sinn air an tràigh agus tha thu a-muigh a' ruith."

Rinn Anndra gàire. "Bha aislingean Oiliompaiceach agam aon uair," dh'aidich i. "Ach a-nis-a-latha tha mi dìreach airson dèanamh cinnteach gun cùm mi mo sgoilearachd. Agus bhon a tha e air an t-slighe, feumaidh mi cumail a 'dol."

Thàinig an nighean eile sìos an staidhre agus shuidh i sìos. Sheall Andrea thairis oirre. Bha i mu 5 troighean 5 òirleach, a bha faisg air àirde a companach seòmar Julia. Àirde a bha Andrea air a mheas airson na bliadhna gu leth a dh' fhalbh mar an tè foirfe dha nighean. Ach far an robh falt dorcha aig Julia, bha falt bàn agus sùilean gorma air a 'chaileag seo le coltas meadhanach dìreach beagan pinc bhon ghrian a Deas.

"Hi, is mise Missy. Missy Collins," thug am boireannach òg eile a-steach i fhèin.

"Anndra Màrtainn." Rinn nighean na colaiste a Deas gàire. " Tha mi 'faicinn nach 'eil thu o'n cuairt an so."

Rinn Missy gàire. "Tha mi creidsinn gu bheil sin follaiseach cho luath 's a dh'fhosglas mi mo bheul nach eil? Tha thu, air an làimh eile, a 'fuaimeachadh mar gum buin thu an seo."

"Gu fìrinneach is ann à Georgia a tha mi, chan ann à Carolina a Deas, ach chan eil mi cho fada air falbh agus tha an diofar eadar na sràcan cha mhòr do-dhèanta innse mura h-eil thu air do bheatha gu lèir a chaitheamh anns an Deep South."

" Shuidh mi ceart," rinn Missy gàire. "Uill, tha aon reubaltach a' faireachdainn mun aon rud ri fear eile don fheadhainn againn à Illinois. "

Rinn Andrea gàire agus leig i a blas nas doimhne. " Carson maoth mo bheul. Tha mi ' m shuidh' an so le nuff cinnteach " YANKEE ! Adhbhar na tròcair."

Ghluais Missy agus bhuail i hip Andrea leatha fhèin. "Dìreach cuimhnich cò a bhuannaich an Cogadh Catharra."

"Cogadh Sìobhalta?" fhreagair Andrea ann an guth guth meallta. "Dè an Cogadh Sìobhalta a bhiodh ann? Spàinntis? Beurla? Ma tha thu a' toirt iomradh air a' chòmhstri a thachair air a' mhòr-thìr SEO ceud bliadhna air ais, is e an teirm cheart 'The Glorious War of Southern Liberation'. Faodar cuideachd ainmeachadh mar 'The Glorious War of Southern Liberation'. Cogadh na h-ionnsaigh a tuath.'" Stad Anndra airson mionaid fhad 's a bha an nighean eile a' feuchainn ri casadaich a bhacadh. "Gu fìrinneach, ann an comann POLITE shìos an seo, ma dh' fheumas tu iomradh a thoirt air idir, canar 'The Late Unpleasantness' ris a' chòmhstri sin."

Cha b' urrainn Missy a sunnd a tharraing air ais tuilleadh. Cha mhòr nach do thuit nighean a' Chinn a Tuath a' gàireachdainn air an taobh. Dh' fheuch Andrea ri a faireachdainn trom a chumail suas ach cha deach aice air sin a dhèanamh ach airson 3 no 5 diogan eile mus deach i a-steach do Missy ann an gèilean suirghe.

Nuair a sguir an dithis nighean an giùlan air adhart, fhuair Missy air a casan agus thairg i làmh do Anndra. " Thig a nios do m' àite 's gheibh mi dhuit rud fuar ri òl." Dhìrich an dithis an staidhre còmhla, le Missy a' faighneachd "Really? 'The Late Unpleasantness' huh?"

"Gu dearbh."

Cha robh e ach coiseachd dà mhionaid bho mhullach na staidhre chun bhungalo beag a bha Missy a' faighinn air màl airson an ath sheachdain. Bha Andrea air leth toilichte le cho grinn 's a bha an t-àite. Sheall i a-mach air an uinneig.

Thàinig Missy còmhla rithe agus thug i glainne uisge fuar dhi. "Tha seo math," thuirt Anndra.

"Nach e? 'S e seòrsa rud a th' ann mar bhaile-turasachd. Tha na togalaichean fa-leth sin seach seòmraichean agad, uile timcheall air goireas an ionaid le amar, club oidhche, taigh-bìdh agus ionad chur-seachadan uile còmhla."

Chrìochnaich Andrea a h-uisge agus ghabh i anail domhainn. "Uill, tapadh leat Missy, ach tha mi creidsinn gum bu chòir dhomh a bhith

a 'dol air ais." Stad i gu smaoineachail. Air an t-slighe, dìreach càite a
bheil mi?" Nuair a chaidh innse dhi, rinn i feadag. "Tha mi creidsinn
gun do ruith mi tòrr nas fhaide na bha mi an dùil. Bidh sin a' tachairt
uaireannan, ach WOW."

"Uill, dè mu dheidhinn a bheir mi air ais thu? Ma dh'fheumas tu a
dhol."

Bha beagan mì-thoileachas ann an guth Missy a thug air Anndra
suidhe suas agus aire a thoirt,

"A bheil thu an seo leat fhèin Missy?"

"Uill, tha. Tha mi a' ciallachadh, dìreach airson a-nis. Tha mo
leannan gu bhith an seo, nuair a gheibh e air falbh tha sin."

"Chan eil mi ann an cabhag sam bith," thuirt Andrea. "Ach
feumaidh mi fras a ghabhail."

"Tilgidh mi d' aodach anns an inneal-nigheadaireachd," thuirt
Missy. "Chan eil sinn dìreach den aon mheud ach tha mi a'
smaoineachadh gu bheil shorts agus mullach agam nach biodh a
'coimhead ro fhada ort gus an tiormaich an stuth agad."

"Tha thu air adhart."

Andrea a 'còrdadh ris an fhras, a' caitheamh ùine a bharrachd fon
uisge blàth agus a 'sgoltadh cuid de stuthan cùram falt Missy. Nuair a
dhìrich i a-mach às an tuba lorg i an t-aodach a chaidh a ghealltainn.
Cha robh fo-aodach sam bith ann ach cha mhòr gu robh dragh air
Andrea mu dheidhinn sin.

Bhruidhinn an dithis nighean. Mhìnich Andrea mun bhuidheann
de dh' oileanaich na colaiste leis an robh i a' faighinn an taigh air
màl nas fhaide sìos an eilean. Fhuair i a-mach gun robh Missy trì air
fhichead, tidsear treas ìre, dìreach dà bhliadhna a-mach às an sgoil agus
gu robh i na fuaran de sgeulachdan is gàire. Bhruidhinn iad gu lòn,
aig àm lòn chuidich Andrea Missy ag ullachadh agus mar a bha iad a'
glanadh. an uairsin shocraich iad sìos air an t-sòfa a bha a 'coimhead
a-mach thairis air an tràigh agus thòisich iad air bruidhinn.

Bhruidhinn Missy agus Andrea am feasgar air falbh. Chòmhdaich an deasbaireachd gach ni fo'n ghrèin ; poilitigs agus eachdraidh, creideamh agus litreachas. Thuit iad gu leabhraichean labhairt agus dealbhan-cluiche, a' briseadh bho àm gu àm gus lionn eile a spìonadh à inneal-fuarachaidh Missy agus dòrlach de chips bho chunntair a' chidsin aice.

Thàinig cluasan Andrea suas nuair a thug aon de na beachdan aig Missy iomradh leantainneach air nobhailean Paula Christian. Coltach ri mòran nigheanan colaiste eile, bha i eòlach air obair an ùghdair pulp boireann a bha san fhicsean a' dèiligeadh ri tàladh bhoireannaich gu boireannaich eile. Bha na h-obraichean sin gu h-obann air an toirt seachad bho làimh gu làmh, a 'dèiligeadh ri leasbach mar a bha iad.

"Dè as fheàrr leat,' Seòrsa Gràdh Eile 'no' Twilight Girls '," dh' fhaighnich Andrea gu cas.

"Gu cinnteach 'Twilight Girls'," fhreagair Missy. "Is e sgeulachd iongantach mu fhèin-lorg a th 'ann, tha mi a' smaoineachadh." Bhris am boireannach fionn beagan. "Seachad air an taobh gnèitheasach, gu dearbh."

"Gu dearbh," thuirt Anndra gu seòlta. Ach bha beachdan na h-ìghne eile air ùidh nighean na colaiste a thogail ann an rudan a bharrachd air litreachas. Thug i sùil eile, na bu doimhne, air an tidsear òg, a' toirt a-steach a corp barrachd na bha i roimhe. Gu cinnteach tarraingeach agus is fhiach faicinn càite an tèid seo.

Mar a bha am feasgar a' tarraing air adhart bha an dithis nighean a' faireachdainn gu robh iad leisg airson an ùine còmhla a thighinn gu crìch. Rinn Missy beachd neo-shoilleir mu dheidhinn is dòcha gu robh an t-àm ann gum feumadh Andrea a dhol a choinneachadh ri a caraidean agus rinn Andrea aonta gu math leth-chridhe. Cha do ghluais nighean seach tè bhon leabaidh far an robh iad air fuireach.

"Is dòcha," thòisich Missy, agus an uairsin thuit i sàmhach.

"'S dòcha dè?"

"Tha an taigh-bìdh an seo fìor mhath. Dè a bhiodh tu a' smaoineachadh nan iarrainn ort dinnear ithe còmhla rium agus 's dòcha a dhol leis a' chlub oidhche às a dhèidh?"

Rinn Anndra gàire. "Chanainn gum feum mi faighinn air ais dhan taigh agus aodach atharrachadh ma tha sinn a' dol air ceann-latha. Dè bu chòir dhomh a chur orm?"

Rinn Missy gàire. "Ceann-latha? oh cinnteach. Uill ma-thà, dè mu dheidhinn rudeigin dubh is caol?"

Rinn an nighean eile gàire. "Chan eil mi a' smaoineachadh gun urrainn dhomh 'slinky' a dhèanamh ach tha sgiorta no dhà agam. Tha fear dubh. An dèanadh sin?"

"Gu cinnteach."

Leig Missy sìos Andrea aig an taigh agus dh' aontaich iad àm airson an nighean as sine a bhith air ais gus a "ceann-latha" a thogail fhad 's a bha iad a' magadh air a chèile. Sgeadaich Andrea, co-dhiù uimhir 's a rinn i a-riamh taobh a-muigh dannsa foirmeil. Chuir i oirre sgiort ghoirid dhubh le mullach pinc gun sleeve. Bha i a' deasbad a bhith a' caitheamh paidhir den pantyhose a cheannaich Julia dhi agus cho-dhùin i gun a bhith. Ach chuir i oirre bra, rud nach robh i a' dèanamh ach ainneamh agus shleamhnaich i a-steach do phaidhir de panties dubha sJuliapy. Phut i a casan a-steach don aon phumpa dhubh a bha aice. Nan seasamh, thug i sùil oirre fhèin san sgàthan.

"Wow, tha mi àlainn," rinn i gàire. Dìreach an uairsin sheinn an adharc agus leum i sìos an staidhre. A' sgrìobadh nota cabhagach ri phostadh air a' bhòrd fiosrachaidh ri taobh an dorais aghaidh ag ràdh gum biodh i a-muigh fadalach. Bha i an dòchas a-steach don chàr agus a' feadalaich. Bha dreasa dearg air Missy agus sàilean co-ionnan.

Chuir Andrea a-rithist na faclan aice o chionn mionaid gu a caraid ùr. "Wow. Tha thu àlainn."

Ghluais Missy, an uairsin dhùisg i. "Thoir an aire. Tha thu gad thoirt fhèin air falbh, nighean an fheasgair."

Rinn Andrea gàire còmhla ri Missy, ach bha fo-shruth anns an gàire agus sealladh a' dol seachad eadar an dithis bhoireannach òg. Cha robh an dàrna cuid deiseil airson a thighinn a-mach agus aideachadh gun robh tarraing eadar an dithis aca nach b' urrainn dha na faclan magadh aca falach.

Beagan uairean às deidh sin, às deidh suipear agus às deidh deochan agus dannsa aig a 'chlub, bha dithis bhoireannach òga a' gàireachdainn ri chèile agus iad a 'feuchainn ri cùrsa dìreach a stiùireadh a dh' ionnsaigh bungalo Missy. Bha 'n t-slighe cho lùbte 's a bha iad a' lùbadh, agus chaidh iad air ais 's air adhart air, a' dol air seachran an toiseach gu aon taobh 's an dèigh sin air an taobh eile. Cha tug gach stàball ach barrachd èibhinn, a 'cur ris an neo-chomas a bha a' sìor fhàs a bhith a 'fuireach dìreach.

Gu fortanach chaidh aca air an doras a ruighinn. Às deidh grunn mhionaidean de bhith a' sgrùdadh gun toradh tro sporan Missy airson an iuchair, thionndaidh Andrea an doorknob. Gun fhosgladh, dh'fhosgail an doras agus rinn iad a-staigh e, a 'dùnadh an dorais le bhith a' lùbadh air ais air a chèile. Ghabh iad anail domhainn, gan cruachadh fhèin airson an luachair mu dheireadh. Mu dheireadh deiseil, gàirdeanan timcheall meadhan a chèile, phut iad a dheth agus chaidh iad chun t-seòmar-cadail. An lorg an rùm sin ro fhada air falbh, shuidh iad sìos gu trom air an leabaidh.

"Mmmmm," thuirt Missy. "Bha sin spòrsail Anndra." Thog i a casan agus bhreab i dheth aon bhròg Ghabh i gàire nuair nach tàinig am fear eile dheth. Thionndaidh i a cas agus rinn i sgrùdadh air. "Carson a tha a' bhròg seo fhathast air mo chois?" rinn i gearan.

"Tapadh leat," thuirt Anndra. Thuit na pumpaichean aice gu furasta. Ach thug an oidhirp, rud beag mar a bha e, oirre sleamhnachadh far a suidheachan cugallach air an leabaidh agus suidhe air an làr mu dheireadh. Sheall Missy sìos oirre.

"Dè tha thu a 'dèanamh an sin?"

"Tha e nas comhfhurtail," mhìnich Andrea, anns an dòigh urramach a bhios an deoch ag obair nuair a tha iad a' feuchainn ri bhith sòlaimte."

Shleamhnaich Missy sìos ri taobh Andrea, mu dheireadh chaill i a bròg eile. "Ceart gu leòr ma-thà." Lean i an aghaidh na h-ìghne eile. "Mmm, uill, tha, tha seo math."

Lean Anndra a ceann an aghaidh gualainn Missy. "Tha, tha sin fìor."

Mhal Missy gàire eile. "Chan urrainn dhomh smaoineachadh dè bha na daoine sin a 'smaoineachadh, a' coimhead oirnn a 'dannsa còmhla. Bha mi a' dol a thoirt cuireadh dhaibh gearradh a-steach, ach Dara Andrea, bha e uamhasach èibhinn am faicinn a 'leum gu co-dhùnaidhean."

"Dè an co-dhùnadh a bha sin?" dh'fhaighnich Andrea, aig an robh fìor dheagh eòlas ach a bha airson faicinn mar a bha Missy a' dol a thoirt freagairt.

"Coltach ri caileagan tobar no dhà," thuirt Missy.

"O," fhreagair Anndra. "Ach nam b' e nigheanan den t-seòrsa sin a bh' annainn, is dòcha gum biodh sinn air pòg a thoirt dha chèile. Mar seo." A' freagairt air na rinn i ri a briathran, thionndaidh Andrea aodann Missy a dh'ionnsaigh a cuid fhèin agus bhrùth i a bilean thairis air a' bhoireannach eile.

Bha a' phòg socair agus beul dùinte. Airson mionaid bha bilean Missy a' cumail ri bilean Andrea agus an uairsin thàinig a' phòg gu crìch. Rinn an dithis nighean gàire a-rithist, ach bha grèim air an gàire.

"No mar seo," thuirt Missy agus lean i a-steach do Andrea, a beul beagan fosgailte. Mhair a' phòg na b' fhaide an turas seo agus bhris an dithis nighean às a chèile gu deònach.

"Nam b' e nigheanan cianalais a bh' annainn, bhiodh sinn a' suathadh mar seo." Ruith Andrea a corragan suas gàirdean an tidseir òg, a' gabhail cùram den chraiceann gu socair, eadhon nuair a dh' èirich cnapan gèadh fo a suathadh.

"Nam b' e caileagan an fheasgair a bh' annainn," cha mhòr nach robh Missy a' gul, "Suidheamaid faisg air a chèile, mar seo." Bha am fionn ri taobh na coille as dorcha. "Agus bhiodh sinn a' coimhead ann an sùilean a chèile. Agus nam b' e caileagan feasgair a bh' annainn..." Chaidh guth Missy dheth nuair a chuir i a làmh air sliasaid a caraid ùr. "Tha," thug anail Anndra. "Nam biodh sinn." Chòmhdaich i làmh Missy le a làmh. A' gluasad beagan an aghaidh na h-ìghne eile, lean Andrea air adhart agus dhùin i a beul air beul Missy. Nuair a b' e beagan crith a bh' anns an aon fhreagairt, bhrùth Andrea a teanga eadar bilean dearga Missy. Bha mionaid de strì ann, an uairsin dhealaich bilean Missy. Thug Andrea aghaidh na boireannaich a bha beagan na bu shine na dà làmh agus thòisich i air a pòg gu domhainn. Aig a' cheart àm ghluais i gus an robh i mu choinneamh Missy, agus an uair sin a' dol thairis air na casan sìnte a bha romhpa, a' glùinean thairis oirre.

Phut làmhan Missy gu goirt air guailnean Andrea airson mionaid, agus an uairsin chaidh i an sàs ann am falt na boireannaich a b' òige. Thàinig moans bhon dithis nighean agus suathadh an cuirp. Airson grunn mhionaidean dh'fhuirich iad glaiste còmhla.

Mu dheireadh thàinig a' phòg gu crìch agus shuidh Andrea air ais beagan. Sheall iad air a chèile. Bha iongnadh air Andrea nuair a phut an tidsear air ais i gu socair agus dh' èirich i gu a casan. An uairsin chaidh gàire thairis air aodann Missy agus ràinig i sìos gus Andrea a chuideachadh suas.

"Co-dhiù an e nigheanan feasgair a th' annainn no nach eil, "thuirt sùilean Missy. "Chan eil mi a' fuireach air an làr nuair a tha leabaidh fìor mhath dìreach tron doras sin. "

Lean Andrea an tidsear òg a-steach don t-seòmar-cadail, a 'coimhead air buaidh cnapan Missy. Nuair a ràinig an nighean eile an leabaidh stad i agus thionndaidh i gu leisg. Thug an dithis nighean sùil air a chèile. shluig Anndra. Dh' fhosgail Missy a beul agus an uair sin dhùin i e.

Bhris an nighean òg an stalemate. Cheum Andrea air adhart agus chupan aodann Missy na làmhan. Bhuail bilean a-rithist. Lean a 'phòg agus rinn e domhainn. Shleamhnaich teanga Anndra eadar bilean na h-ìghne eile. Beul Missy fosgailte, a 'gabhail ris agus a' cur fàilte air an ionnsaigh. Ghluais an dà chorp nas fhaisge. Chaidh làmhan Andrea sìos, an toiseach gus fois a ghabhail air guailnean Missy. Bha a corragan a' leantainn strapan na h-èideadh dearg, a' ruith ri taobh a' chraicinn bhàin agus a' gabhail cùram mu mhullaichean cìochan a' bhoireannaich eile. Ghluais an tidsear-sgoile. Bha palms Andrea rèidh air na cìochan slàn agus gan suathadh ann an cearcallan mòra tron èideadh, agus thuit am bra a bha a' coimhead a-mach fhad 's a bha na criosan gualainn sìos gàirdeanan Missy.

Thug an nighean bu shine aon, agus an uairsin dà cheum air ais. Nuair a bhean a casan ris an leabaidh, chaidh i fodha air ais oirre, a' tarraing Andrea leatha. Cha do chaill an dithis bhoireannach òg ceangal ri chèile a-riamh. Shìn Missy a-mach air an leabaidh, le Andrea na laighe air a taobh agus fhathast ga phògadh. Shleamhnaich am brunette aon chas thairis air an fhionn. Le gluasad beag ann an cuideam Andrea agus a glùin dealaich sliasaid Missy agus ruitheadair daingeann suas an dreasa dhearg agus choinnich i ri taiseachd panties an tidseir.

Bha pògan a 'fàs cabhaig agus dùbhlanach. Tharraing Andrea sìos an dà chuid èideadh is strap bra agus tharraing Missy a gàirdean saor, a' leigeil le broilleach cruinn cruinn a bhith air a chupaigeadh agus air a chuartachadh. Ghluais Anndra a ceann agus shleamhnaich a bilean thairis air a' bhroilleach sin. Ruith làmhan Missy sìos druim Andrea eadhon nuair a bha i beagan boghach fon nighean eile. Lorg corragan meallta an zipper de sgiort Andrea agus tharraing iad sìos e. Ghluais am brunette airson cuideachadh agus tharraing am fionn an dà chuid sgiort agus panties dubha sìos casan an lùth-chleasaiche òg gus am faigheadh Andrea saor iad.

Cha do chaill Andrea a-riamh an grèim a bh' aig a bilean air broilleach ceart Missy, air a roiligeadh air mullach na h-ìghne eile. Bha i a' strì ri a làmhan fhaighinn air cùl Missy, a' ruighinn airson zipper an dreasa dhearg agus am bra fodha. A 'lorg a' chiad fhear, tharraing i agus ghluais Missy, a 'bogadh suas air a guailnean agus a' leigeil leis a 'chaileig air a' mhullach faighinn a-steach do ghlacan a 'bhra lace dearg. Le gearan buadhach dh'fhairich Andrea an clasp a' gèilleadh agus shlaod i, a' dòrtadh broilleach eile a' bhàn an-asgaidh agus ag obair a h-aodach sìos gu a meadhan.

Chaidh cnapan Missy fodha, cha mhòr a' tilgeil Andrea dhith. Ghluais am fear fionn air a h-aodach, ag èigheach "Feuch Andrea, cuir dheth mi."

Ghèill a' choille gu toilichte, a' gluasad a corp eadar casan na h-ìghne eile. Rug i air an èideadh dearg agus tharraing i e, agus na panties dearga a bha co-ionnan, sìos na casan daingeann agus thilg i gu aon taobh iad. Bha sùilean uaine a' ceangal gu h-acras air an fhalt bàn eadar casan na h-ìghne eile.

"O chan eil," dh'fhaighnich Missy, a' leantainn sùil Andrea chun cheann-uidhe agus a' tuigsinn gu robh an nighean eile gu bhith a' dol sìos oirre. "An toiseach gheibh thu am blobhsa sin agus am bra dheth."

Chrath Andrea aonta. Fhuair i a-mach gun robh e na b' fhasa a ràdh na rinn i ge-tà. Nuair a bha iad a' gluasad mun cuairt air an leabaidh, bha am blobhsa air fàs toinnte agus bha cuid de na putanan cha mhòr do-ruigsinneach. Gu mì-thoilichte, tharraing i mu dheireadh am blobhsa suas os a ceann, còmhla ris a 'bhra a fhuair i gun a bhith air a cheangal.

Air a gabhail a-steach fhad 's a bha i na strì, cha do smaoinich Anndra mu bhith a' brùthadh na leapa agus gluasad a' bhobhstair gus an do chuir làmhan gu h-obann am blobhsa duilich timcheall air aodann Andrea, ga dalladh. Aig a' cheart àm bha beul blàth glaiste air a broilleach agus chuala an nighean glaiste gàire sona.

"Fhuair mi thu," rinn Missy gàire, na faclan air am brùthadh leis na bha de bhroilleach Andrea a dh' fheuch i ri chumail na beul.

Rinn Andrea oidhirp ghaisgeil gus a ceann a tharraing às a blobhsa ach cha robh feum air. Chaidh an nighean eile a ghlacadh. Chaidh mar a chaidh a ghlacadh a nochdadh beagan mhionaidean às deidh sin nuair a chuir Missy a cas timcheall Andrea agus ga tionndadh air a druim, leis an tidsear fionn air a muin, a beul fhathast a' còmhdach broilleach Andrea, a teanga fhathast a' ruith thairis air a' mhullach chruaidh eadar a bilean.

"A chailleach!" ghearain lùth-chleasaiche na colaiste tron blobhsa a bha fhathast ga phasgadh. B 'e an aon fhreagairt a bh' ann dha Missy a corp a ghluasad gus am biodh aon chas chumadh a 'sgaradh ruitheadair na colaiste agus gan cumail fosgailte fhad' sa bha seata de chorragan a 'dannsa sìos a' bhroinn chòmhnard agus a 'cupadh na brathan donn grinn de phussy Andrea. Dhealaich meur-chlàr caol na cuiridhean sin agus chrom e am broinn Andrea.

"O Dhia." Dh'fhàs strì Andrea eadhon nas fiadhaich nuair a bha i a 'sabaid gus faighinn a-mach às a blobhsa agus a bra. Ghluais Missy bho aon bhroilleach chun an eile, a 'glacadh an nipple cruaidh an sin na bilean agus ga tharraing. Chuir i dàrna meur ann am pussy Andrea agus thòisich i air a làmh a phumpadh gu slaodach, a 'sgoltadh nan aon mheuran sin gach uair a chaidh iad a-steach do Anndra. Lorg òrdag rannsachail clit an lùth-chleasaiche a bha fhathast falaichte agus chuir e às dha fo a chochall.

Andrea stad air na h-oidhirpean aice a bhith saor bhon aodach aice oir bha e coltach nach biodh iad ach ga ceangal nas miosa. Sgaoil i a casan farsaing agus thog i i fhèin an aghaidh corragan Missy. Rinn Missy gàire timcheall an nipple a bha aice agus thuirt i, "Give Up?'

Ann an gluasad gu h-obann thilg Anndra a casan timcheall Missy agus ghlas i an nighean as sine thuice, a' glacadh a làmh eatorra. "Chan eil eadhon." Thàinig tughadh mu dheireadh agus am blobhsa bhàrr a cinn airson a thilgeil chun na gaoithe còmhla ris a' bhrà. Rug na làmhan saor air Missy agus tharraing i suas i gus am b' urrainn dha Andrea a beul a cheangal ri bilean a caraid ùr uaireigin. Ghluais na casan agus shleamhnaich sliasaid le fèithean rèidh eadar casan an tidseir agus phut e gu cruaidh an aghaidh a' phusgain lom fhliuch ris an do thachair e. Rinn Missy gearan a-steach do bheul Anndra. Cha do chuir a corragan stad air an ionnsaigh air pussy agus clit a 'bhrunette. Gu dearbh, ghluais iad nas luaithe agus nas doimhne, a 'dèanamh Andrea crith. Bha a sliasaid a' sàbhadh air ais 's air adhart, a' dealachadh labia Missy agus a' pronnadh a' chlit gun chochall. Shuidh Missy i fhèin sìos an aghaidh cas Anndra, ag àrach agus a' marcachd craiceann caol na h-ìghne fodha. Bhris i i fhèin le a làmh an-asgaidh, a' crathadh an treas meur am broinn Andrea eadhon nuair a bha an nighean eile a' greimeachadh air asal teann a' bhàn agus ga slaodadh sìos air a' chas agus air a' bhodhaig fo a h-aghaidh.

Bha an dian cus. Bha Missy a' faireachdainn gu robh fèithean Andrea a' spasm agus an uairsin a' glasadh sìos air a corragan fhad 's a bha an nighean a b' òige a 'bualadh fodha, cha mhòr ga thilgeil dheth. Ach chrom Missy a casan timcheall sliasaid Andrea agus mharcaich i e fhad 's a bha tonnan an orgasm aice a' sguabadh thairis oirre. Airson mionaid fhada chùm iad còmhla, cha mhòr reòta, an uairsin thuit Missy air muin Andrea agus an dithis nighean a 'crathadh a chèile, na h-ath-bhualaidhean a' toirt orra crith, gus an do ghabh iad fois gu slaodach agus thuit iad nan cadal ann an gàirdeanan agus casan.

Le solas na grèine a' coimhead tro na dallsaichean thug air an dithis nighean gluasad an ath mhadainn. Rolaig Andrea a-null agus tharraing i cluasag feumail thairis air a ceann. Thuirt Missy suas, le sùilean dubha agus choimhead i sìos air a' bhodhaig caol ri thaobh. Corp air nach robh dad air a chòmhdach ach an aon chluasag sin. Ràinig an tidsear sìos agus chuir e strìochag air an asal làidir.

"Hey!" Shuidh Andrea suas, a' priobadh a' chadail bho a sùilean.

"A mhadainn." Bha sùilean Missy a' deàrrsadh. "Nach eil thu a' dol a ruith?"

Lean Anndra a-null agus phòg i Missy. Bhuail làmh ri stamag lom agus chaidh i suas gu cupa broilleach. Bha na sùilean a' deàrrsadh mar a choinnich iad.

"Is e an aon ruith a tha mi a 'dèanamh an-diugh airson bracaist agus às deidh dhut."

"Chan eil mi a 'dol a dh'àite sam bith."

"Tha mise."

"O? càite?"

"Dìreach an seo." phut am brunette coed an nighean eile air a druim. A' suathadh a bodhaig mun cuairt, chaidh i thairis air Missy agus lughdaich i a h-aodann eadar casan na h-ìghne eile. "Mus till mi air ais dhan taigh, tha mi a' dol a dh'fhaicinn a bheil thu a' blasad cho math 's a bha mi air a bhith a' smaointinn bhon a chunnaic mi do bhodhaig a' gluasad agus sinn a' dìreadh an staidhre an-dè.

"Tha sin a' faireachdainn math, "dh'aidich Missy nuair a bha a làmhan a' ruighinn suas, ceangailte air na cnapan os a chionn agus tharraing i pussy Anndra, cho fliuch rithe fhèin, sìos gu a beul.

Cha do dh'ith iad bracaist a-riamh.

CAIBIDEIL 4

Phaisg Julia Carraux a gàirdeanan timcheall a casan agus phòg i iad, chaidh a glùinean suas fo a smiogaid. "Chan urrainn dhomh a chreidsinn," thuirt i. "Chan urrainn dhomh a chreidsinn nach eil againn ach dà latha air fhàgail."

Bha swing a' phoirdse ag èirigh nuair a shuidh companach seòmar Julia, an caraid as fheàrr agus an leannan Andrea Martin aice ri thaobh. Shìn an nighean a b'àirde a casan a-mach. Chòrd an sealladh ri Julia nuair a bha Andrea a' lùbadh nan casan sin. An-còmhnaidh cumadh bhon a h-uile ruith a rinn a caraid lùth-chleasaiche, bha grian a' chladaich air an dath donn buidhe.

"Tha e air a bhith spòrsail ge-tà, nach eil?" Rinn Andrea gàire oirre, a' ruighinn a-null gus suathadh air an fhalt ghoirid dhubh nach robh eadhon grian soilleir Carolina a Deas air lasadh.

"Tha," lean Julia an aghaidh a caraid, a 'socrachadh a ceann air gualainn brunette. "Agus bidh barrachd spòrs againn. An teine-teine air an tràigh a-nochd. A' còcaireachd a-muigh air an teine. A' seinn."

Shleamhnaich Andrea gàirdean timcheall na h-ìghne as giorra. "Agus 's dòcha gun sleamhnaich sinn leinn fhìn dhan oidhche. A' tumadh craicte anns a' chuan agus an uair sin a' tiormachadh dheth air searbhadair a' sgaoileadh a-mach far a bheil na dùintean gainmhich gar falach."

Bha sùilean Julia a' deàrrsadh. "Carson, rud sam bith a bheireadh beachd dhut a bhith a 'dèanamh rud sam bith mar sin?"

"Bhiodh tu, a nighean gnèitheach." Bhris corragan Andrea thairis air taobh broilleach Julia agus roinn an dà chompanach seòmar sealladh a gheall dha chèile gum biodh an oidhche sin cuimhneachail. Mar gu dearbh bhiodh e, ged nach robh e buileach mar a bha iad air smaoineachadh.

Chuir iad seachad an latha a' glanadh an taighe, bho mhullach gu bonn. Bha a' bhuidheann gu lèir dìorrasach an t-àite fhàgail gun spot, gu dearbh, nas glaine agus ann an staid nas fheàrr na bha iad air fhaighinn. Thionndaidh Brian a mach gu bhi 'n a shaor mhaiseach, an deidh dha ionnsachadh bho athair, agus chàraidh e morghan fuasgailte agus dorus-seididh fhad 's a bha na gillean eile a' gearradh an fheòir, a' tarraing às an sgudal agus a' cuideachadh nan caileagan fhad 's a bha iad a' sgrìobadh an taighe. Co-dhiù dà uair chuir Andrea agus Julia ceàrr air aon de na càraidean a chruthaich thairis air na làithean a chuir iad seachad an seo. Aon uair 's gun d' fhuair iad a-mach càite an robh paidhir a bha a dhìth ach a 'breithneachadh bho na fuaimean a bha a' tighinn bho chùl nan dorsan dùinte cha robh feum air Stan agus Laurie a bhith air an lorg. Gu dearbh, ghabh an luchd-seòmar brath air an ùine leotha fhèin gus pògadh agus suathadh a dhèanamh leotha fhèin.

Mar a thòisich na faileasan a 'leudachadh chaidh a' bhuidheann sìos don t-sloc teine. Chaidh teine a lasadh agus bha hamburgers agus coin teth air am bruich air seann griola meatailt a bha na nigheanan air an dìcheall a dhèanamh ga ghlanadh. Bha tòrr gàire ann nuair a thuit corra rud ceàrr dhan teine. Ach bha gu leòr ann airson a h-uile duine, a' toirt a-steach grunn luchd-tràghad a bha air seacharan a stad agus a fhuair cuireadh fuireach.

Airson greis an dèidh suipeir thog iad an teine àrd agus a 'dannsa timcheall air, a' coimhead air na lasraichean a 'leum tro na faileasan thairis air a' ghainmhich. Mu dheireadh thòisich am fìon a bha iad uile a 'roinn air a thoirt gu buil agus shocraich iad sìos air plaideachan a chaidh a sgaoileadh timcheall an teine. Bidh na lasraichean a 'bàsachadh gu slaodach, a' tionndadh gu gual. Bha coltas gu robh fuaim an surf a' tighinn còmhla ris an t-seinn aca agus Brian a' tarraing a ghiotàr a-mach a-rithist agus òrain na linne a' seòladh sìos an tràigh agus a-steach don oidhche.

Bha Andrea agus Julia air an snuggladh air aon phlaide, còmhla mar a bhiodh iad mar as àbhaist. Bha Andrea na suidhe le a casan air

am pasgadh agus Julia na laighe air ais na h-uchd. Bha fear no dhà de
na daoine a bha air am mealladh le fàileadh na suipeir air coimhead car
taobh air an dithis nighean a thòisich air an fheasgar le bhith cumail an
làmhan mus deach iad air adhart chun an t-suidheachaidh làithreach
aca.

Bha an luchd-seòmar den bheachd gu robh e èibhinn. Cha b' e
leasbach a bh' ann idir. Bha iad air faighinn a-mach an tarraing a bh' aca
dha chèile aon oidhche o chionn còrr is bliadhna gu leth, ach chòrd a'
chuideachd de ghillean agus boireannaich eile riutha gu mòr. Bha iad a'
gabhail cùram de chàch a chèile ach cha robh dùil aca gun leanadh dad
seachad air deireadh am bliadhnaichean colaiste ach a-mhàin càirdeas
domhainn a mhionnaich iad le chèile nach tigeadh crìoch air. Mar sin
uaireannan rinn iad cus spèis don phoball ach bha e dìreach airson
spòrs. Nuair a bha aon chàraid a bha a' dol seachad air sùil gheur a thoirt
air na corragan eadar-cheangailte aca , lean Andrea a-null agus phòg i
Julia gu domhainn. Is gann gum b' urrainn dhaibh an gàire a mhùchadh
nuair a dh' fhalbh a' chàraid eile gun crìoch a chuir air an t-suipear
an-asgaidh aca.

Chan e nach robh iad an dùil beagan ùine a chaitheamh còmhla
a-nochd a' dèanamh rannsachadh dòigheil is toilichte air cuirp càch
a chèile. Shuidhich a' chàraid air ais a-steach do na faileasan frasach
agus thòisich corragan a' falbh. Shleamhnaich làmhan Julia suas is sìos
sliasaid làidir an ruitheadair agus bhrùth an nighean eile falt dubh
air falbh bho amhach a bha coltach gu robh e dìreach foirfe airson a
bhith a' cnagadh. An uairsin dà ghuth làidir ris an canar "Hello" agus
choimhead a 'chàraid suas gus dà fhigear eòlach fhaicinn a' dol a-steach
don fhàinne solais.

" Dennis! Seòras!" Thuit briathran na caileagan thairis air a chèile
agus iad ag èirigh gus fàilte a chuir air an dithis a thàinig a-steach às ùr.
Sheas Dennis an sin le sealladh diùid air aodann fhad 's a ghluais Seòras
gu leisg a dh' ionnsaigh Julia, a bha a' cur fàilte air le gàire blàth. Chaidh
an dithis thairis gu na fir òga ris an do choinnich iad agus chuir iad

seachad oidhche cuimhneachail leotha aig co-fharpais Club Tàileasg ann am Prìomh-bhaile na Stàite air ais tron gheamhradh. Bha Andrea air ceann-latha a chuir air Dennis bho àm gu àm, a bha air fàs gu bhith na ghille a bha tòrr nas fèin-mhisneachail. Mar an ceudna, bha Seòras agus Anndra air a dhol a-mach grunn thursan. Cha robh nighean sam bith air mion-fhiosrachadh a roinn mu na bha a' dol air adhart aig na cinn-latha sin, ach bha iad uile an-còmhnaidh air tilleadh le gàire air an aghaidhean.

Bhite a' dèanamh iomlaid air dubhagan agus pògan càirdeil. Às deidh dhaibh plaide eile a shireadh thill an ceathrar chun chearcall timcheall an teine, a' tighinn còmhla ris na càraidean eile a bha ann mu thràth.

"Mar sin dè tha sibh uile a' dèanamh an seo?" dh'fhaighnich Anndra. "Chan e nach eil sinn toilichte d'fhaicinn ach tha e na iongnadh." Shuidhich i fhèin agus Dennis sìos air aon phlaide. Bha Seòras agus Julia air an tè eile a ghabhail thairis mar-thà. Thug Andrea fa-near le gàire falaichte gun robh gàirdeanan Sheòrais mu thràth air am pasgadh timcheall an neach-ionaid òg à Canada. Bha barrachd ann na bha aon seach aon dhiubh ag aideachadh.

"Gu fìrinneach bha Julia air iomradh a thoirt oirnn air an turas seo nuair a bha sibh uile ga planadh an toiseach. Cha b' urrainn dha gin againn a thighinn oir tha sinn le chèile ag obair airson an t-samhraidh ach DH'AONTAICHEADH i a dhol a-steach nam biodh an cothrom againn."

"Uill," rinn Anndra gàire. "Tha mi toilichte gun robh an cothrom agaibh uile." Thug i sealladh èibhinn dha Julia. "Gu dearbh dh' fhaodadh tu a bhith air ainmeachadh dhomh."

"Rinn mi," thuirt sùilean Julia. "Ach bha thu ag ionnsachadh cho cruaidh air an fheasgar sin is dòcha nach robh thu air a bhith a' toirt aire. "

Bha sùilean Andrea a' deàrrsadh air ais. Cha do rinn am brunette Theatre Arts mòran sgrùdadh san t-seòmar leis gu robh a' mhòr-chuid de na cùrsaichean aice nan seòrsa practaigeach. Thug "Studying" iomradh air gnìomhan a rinn an dithis nighean nuair a bha iad a' roinn an aon leabaidh.

"Feumaidh gun robh mi air mo tharraing. Co-dhiù," lean Anndra air ais an aghaidh Dennis, "tha mi toilichte gun do rinn thu uile e." Bha Anndra toilichte gun robh Dennis agus Seòras air a dhèanamh. Chòrd an cluicheadair tàileasg diùid rithe a bha air a thighinn a-mach barrachd is barrachd bhon t-slige aige bho chuir an dithis seachad oidhche còmhla air ais tron gheamhradh. Bha e na ghille gu math snog agus chòrd a chuideachd rithe. Cha robh e uile sealbhach, bha e inntinneach agus tuigseach agus nam biodh i air a bhith a' smaoineachadh air socrachadh uair sam bith a dh' aithghearr bhiodh e àrd air liosta nan cèile a bha san amharc.

Sheinn a' bhuidheann leudaichte beagan a bharrachd òrain agus shocraich iad sìos gus an teine a choimhead gu sàmhach a' dol a-steach do ghual soilleir. Chaochail an còmhradh gu rud sam bith a bharrachd air gearan bog. Thòisich càraidean air falbh bhon teine. Bha Dàibhidh Woods, stiùiriche na buidhne agus a leannan Beth air saor-thoileach fuireach gus an robh an teine gu tur a-mach agus mar sin cha robh feum air duine a bhith draghail mu bhith a' falbh.

Nam measg bha Andrea agus Dennis agus Julia agus Seòras. Thog a' chiad chàraid am plaide aca agus chaidh iad à sealladh dha na dùintean. Rinn an dithis mu dheireadh gàire air a chèile agus dh'èirich iad fhèin, Seòras a' pasgadh a' phlaide agus ga chuir fo aon ghàirdean. A 'gabhail an ùine, choisich iad sìos an tràigh. Cha mhòr gun do chuir e iongnadh air an dithis aca, chuir Julia a-mach gu sgiobalta agus ghabh i làmh Sheòrais. Ghluais a chorragan agus thug e suathadh dhith.

Choisich iad ri taobh a' chladaich airson greis, a' gabhail tlachd ann an èadhar na h-oidhche. Bhruidhinn iad gu sàmhach, gun a bhith ag iarraidh dragh a chuir air an t-sàmhchair mun cuairt orra, air a bhriseadh a-mhàin leis na tonnan a 'tighinn a-steach. Às deidh ùine gun chrìoch, thill iad air ais agus lean iad air an t-slighe gus am faiceadh iad deàrrsadh an teine a bha a' bàsachadh.

Ghluais Julia beagan anns a' ghaoith.

"Fuar?" Thòisich Seòras air a' phlaide fhosgladh. Chuir i stad air le làmh air a ghàirdean.

"Beag, ach 's urrainn dhomh smaoineachadh air cleachdadh nas fheàrr airson a' phlaide sin agus dòigh nas fheàrr air blàthachadh." A' seasamh air a òrdagan phòg i am fear òg a b' àirde. Phaisg e aon ghàirdean timcheall oirre agus thill e a pòg. Gu dearbh, phaisg e a ghàirdeanan, plaide agus a h-uile càil, timcheall oirre agus thog e bho a casan i mus do ghiùlain e i gu aonaranachd nan dùintean.

Bha aon mhionaid ann nuair a dh' fheuch an geas ri briseadh. Rug cas Sheòrais air oir na plaide agus cha mhòr nach do thuit a' chàraid dhan ghainmhich. Rug e air fhèin ge-tà. A 'toirt sìos Julia, bhris e a' phlaide fosgailte agus tharraing e na h-aghaidh i. Phòg iad a-rithist agus shleamhnaich iad sìos gus laighe an aghaidh a chèile. Bha na pògan socair an toiseach, mar a bha na corragan sgrùdaidh. Mheudaich an dìoghras eatorra a dh'fhairich iad aig a' chiad choinneamh aca agus an uairsin bha iad uile thairis air a chèile.

Cha tug e ach mionaidean airson a' chàraid cuidhteas fhaighinn den aodach aca. Rolaig Seòras air a dhruim agus tharraing e Julia air a bharr. Bha a bheul ceangailte ri aon bhroilleach beag daingeann. Chuir aon làmh cupa air a' bhroilleach an-asgaidh fhad 's a bha am fear eile a' dannsa sìos a druim agus ruith i thairis air a h-asal teann.

Air a son, ràinig an cheerleader sìos agus eatorra. Lorg i a làmh chruaidh agus chuairtich i e. Shleamhnaich i a làmh gu socair suas is sìos, a 'cur ìmpidh air a bhith a' tiormachadh eadhon nas motha na bha e mar-thà. Nuair a dh' èirich i, thug i an aire do na gearanan muffled leis gun do chaill Seòras grèim air a broilleach. Chaidh i thairis air an òganach fodha agus threòraich i a choileach eadar a labia agus a-steach don fhosgladh aice. Shuidhich i sìos, a 'leigeil leis gu slaodach sleamhnachadh suas taobh a-staigh aice mar-thà fliuch pussy.

"Mmmmm," rinn Julia gearan gu socair.

"Mmmmm, gu dearbh," fhreagair Seòras. Shuidhich a lamhan air a cromagan agus a suilean air an ceangal air a cìochan, far an robh a lamhan a nis a' gabhail fois 'n a àite. Bha e a' coimhead nuair a thòisich i a' ruith a corragan thairis air na h-orbs beaga rèidh aice, a' toirt aire shònraichte do na nipples cruaidh pinc. Choimhead e fhad 's a bha a sùilean a' dùnadh goirid agus thòisich na h-aon chorragan sin a 'tarraing agus a' roiligeadh nan nubbins.

Lean Julia air ais beagan, a 'tarraing a nipples oir thòisich i a' breabadh beagan air coileach Sheòrais. Dìreach beagan an toiseach, dh' fhàs na gluasadan aice beagan na bu luaithe ach dh' fhan i seasmhach, a' meudachadh cho fada 's a shleamhnaich i suas is sìos air a' chrann a bha na broinn. Dh'fheuch i ri a h-àrdachadh agus a 'tuiteam ann an tìde le strumming a corragan air puingean cruaidh a cìochan. Chùm Seòras i gu sìmplidh, a 'leigeil leatha an astar a shuidheachadh.

Bhon suidheachadh aice air mullach Sheòrais, ghlac cluasan Julia gearan ìosal ach eòlach bho astar air falbh. A' reubadh a sùilean car tiota bhon fhear a bha i an dàrna taobh, choimhead a' choille dhubh ris an taobh cheart. Cha robh i a' faicinn ann an solas na gealaich ach paidhir chasan eòlach agus beagan de dhà laogh cumadh. Leis gu robh na casan sin a' crathadh san adhar leis na òrdagan a' shealltainn gu na speuran, bha Julia gu furasta a' faighinn a-mach gur dòcha gu robh Dennis air mullach a companach seòmar agus gun robh Andrea a' faighinn deagh ùine i fhèin. An uairsin ghlac Seòras i le a cromagan agus thòisich e air a breabadh suas is sìos air a choileach agus dhìochuimhnich Julia a h-uile dad a dh 'fhaodadh Andrea a bhith a' dèanamh.

Bha Anndra a' dèanamh gu math. Nuair a shleamhnaich i fhèin agus Dennis bha iad air coiseachd làmh ri làimh tro uisge domhainn an ankle, gun dad a ràdh, dìreach a' faighinn tlachd bho fhuaimean na h-oidhche agus an surf a' frasadh timcheall orra. Nuair a choisich iad an sàth thionndaidh iad a dh'ionnsaigh nan dùintean gainmhich. A' lorg àite sgiobalta a-mach à gaoth an fheasgair sgaoil iad a' phlaide a bha

Dennis air a ghiùlan. Shuidh e sìos agus chaidh i snuggle ri thaobh air a glùinean le a casan fo a h-aghaidh.

Ruith Dennis a chorragan gu socair thairis air aodann Andrea mus lean e air adhart agus phòg e i. Dh'fhosgail i a beul dha agus shleamhnaich na corragan ciùin sin sìos a taobhan, a' glacadh iomall a h-aithghearr agus ga tharraing a-null agus a-null a cinn. Phòg iad a-rithist agus thug an cluicheadair tàileasg cìochan biorach an ruitheadair na làmhan, gan cupa agus a' putadh na nipples, oir bha i air teagasg dha a' chiad uair a rinn iad gaol. Rannsaich an teangannan beòil a chèile a-rithist.

Bha làmhan Andrea a' slugadh air sliasaid an fhir òig agus dh' èirich e air a ghlùinean fhèin, a' leigeil leatha faighinn a-steach na bu shaoire air na shorts aige. Thill e an gluasad, a 'toirt a-mach na jeans gearraidh aice agus gam putadh far na cromagan aice. Fhuair i a chrios fosgailte agus na briogais ghoirid aige gun fhosgladh mun aon àm. Rug e suas na ghàirdeanan i agus shìn e a-mach i air a' phlaide. Thog Andrea a cromagan agus shleamhnaich Dennis a shorts agus a panties sìos a casan fada caol.

"Tha thu cho brèagha. Agus," lean Dennis thairis, thog e cas Andrea agus ruith a theanga air a 'chraiceann mìn, "Tha na casan as gnèithe agad a chunnaic mi a-riamh." Thàinig a bhreugan gu bhith na phògan agus an uairsin bha Anndra a' crith fhad 's a bha beul a maighstir tàileisg ga cheangal fhèin air a pussy. Sgaoil i a casan farsaing agus tharraing i suas iad, a 'cur a casan air a' phlaide. Shleamhnaich a theanga na broinn agus thog a làmhan suas a bolg rèidh.

"O Dennis," thug anail air Anndra gu toilichte leis gu robh làmhan an duine òg a' còmhdach a cìochan. Rinn a chorragan sgrùdadh gu socair orra, a chorragan a' cnagadh na nipples air ais gu daingeann rèidh. Bha a theanga a' dannsadh a-steach agus a-mach à pussy an lùth-chleasaiche òg, a-nis a' cladhach a-steach innte, a-nis a' dealachadh a curls fliuch agus a' cromadh suas is sìos a slit fhosgailte. Stad e agus phòg e taobh a-staigh gach sliasaid, reub e an sin agus an uairsin chuir e a bheul air a pussy.

Bha Anndra air chrith. Chan e a-mhàin gu robh Dennis air ionnsachadh gu math na bha i air a theagasg dha, bha e follaiseach gu robh e air a bhith ag obair. Bha a bhilean agus a chorragan ag obair mar sgioba agus dh'fhaodadh an nighean brunette a bhith a 'faireachdainn gu robh a corp a' freagairt agus a 'togail gu ruige orgasm mu thràth. Rinn i deasbad goirid leatha fhèin mu bhith a' leigeil leatha fhèin a dhol dìreach mar a bha cùisean ach cho-dhùin i gu robh i ag iarraidh corp Dennis na h-aghaidh. Nuair a ràinig i sìos, rug i air a ghàirdeanan agus tharraing i.

Gus a h-iongnadh, stad an duine òg, choimhead e suas oirre agus rinn e gàire mus do thill e an aire gu a pussy fliuch is critheach. Bha e a' magadh air a chlit a-nis, ga roiligeadh mun cuairt le a theanga. Chrath Andrea air feadh. Chòmhdaich i làmhan Dennis le a làmhan, gan cumail gu daingeann air a cìochan fhad 's a bha i a' magadh air glaodh tlachd. Feumaidh gun robh Dennis air mothachadh gu robh i a' tighinn faisg air an stairsnich aice, oir aig an dearbh mhionaid cheart, phron e a nipples agus bhrùth e a chlit le a bhilean. Cha b' urrainn Andrea a bhith air cumail air ais, a' gabhail ris gu robh a bu lugha de mhiann aice sin a dhèanamh, agus thàinig i ann an cabhag agus le guth àrd "Yesssssss."

"Tha sin nas fheàrr," shleamhnaich Dennis suas corp an lùth-chleasaiche òg, ga chòmhdach leis fhèin. "A-NIS is urrainn dhuinn na tha mi a' smaoineachadh a bha thu ag iarraidh o chionn beagan mhionaidean a dhèanamh. "

Mhill Anndra gàire. Rinn i gàire agus leig i a sùilean a dhùnadh letheach slighe. "Uill, bha sin an uairsin. Chan eil fhios 'am a-nis. Tha mi a' faireachdainn cadalach a-nis às deidh a 'chainnt àlainn sin a thug thu dhomh. Theagamh gu bheil feum agam air nap."

Thuit beul Dennis fosgailte. An uairsin chunnaic e am mì-mhisneachd a' dannsadh ann an sùilean Andrea. Le magadh air, ghlac e i na ghàirdeanan. A-cheana a' sileadh eadar a casan, cha robh trioblaid sam bith aig a choileach a' sleamhnachadh a-steach innte. Chrom e a ghàirdeanan agus thòisich e air sàthadh a-steach agus a-mach às. Rol i a cromagan suas gus a choinneachadh, sheall a casan gu speur na h-oidhche.

Bha Julia air dìochuimhneachadh mu chasan Andrea, Andrea, Dennis, an teine-campa, an cuan agus an còrr den t-saoghal. Chaolaich an saoghal aice rithe agus Seòras. Bha grèim làidir aig Seòras air a cromagan a-nis agus bha e a' cleachdadh a ghàirdeanan gus a cuideachadh a' rothaireachd suas is sìos air a choileach straining. Bha a' choille òg a' toinneamh a cìochan agus a' boghadh a druim fhad 's a bha a casan ag obair gu fiadhaich gus i fhèin a bhreabadh suas is sìos air Seòras. A h-uile turas a thuit i sìos air fhad 's a bha e a' smeòrach suas bha e coltach gun robh e a' ruighinn beagan nas doimhne a-steach don choille. Dh'fhaodadh i a bhith a 'faireachdainn a cheann a' toirt buaidh air an àite bog aice.

Leig am fear-duthaidh a-mach cuach tachdta. Cha b' urrainn dhi cur an aghaidh, thrèig i a nipple ceart agus chuir i a gàirdean thairis air a ceann.

"Rach 'am bòcach!" ghabh i gas.

Rinn Seòras gàire fo 'n ghrein. Ghluais an duine òg suidheachadh, na shuidhe còmhla ri Julia fhathast a 'cur bacadh làidir air a choileach. Dhùin a beul air a broilleach agus ghlac a làmhan grèim air a h-asal. Dh'fhairich i e fo shud fo. Thug a bilean greim air a nipple agus chladhaich a corragan làidir a-steach do ghruaidhean a h-asail, ga cumail dìreach sìos air. Ghlaodh Julia a-mach, a 'dèanamh oidhirp sam bith a bhith sàmhach a-nis mar a chuir Seòras tuil air a pussy fhad' sa bha a sùgh fhèin a 'sruthadh thairis air a choileach agus eatorra. Thuit Seòras air ais agus chaidh Julia gu deònach còmhla ris.

Rinn am pàirt bheag de a h-inntinn a dh' fhan dealaichte gàire nuair a chuala i freagairt eòlach bho dhùin gainmhich eile. Bha Anndra a' tighinn cuideachd. Math dhi agus math dha Dennis. Chaidh i sìos an aghaidh Sheòrais.

Lorg grian na maidne an dithis nighean air ais san rùm aca. Bha e air fàs beagan fuar tron oidhche, ro fhionnar airson fuireach air an tràigh gun chòmhdach a bharrachd. Agus mar a thàinig e a-mach, cha robh ach ùine aig an dithis bhalach airson turas itealaich a dhèanamh. Bha obraichean samhraidh aig an dithis agus bha aca ri faighinn air ais. Bha an ceathrar air bracaist tràth a shocrachadh bhon bhiadh bheag a bha air fhàgail sa chidsin. An uairsin phòg Andrea Dennis agus phòg Julia Seòras agus bha an dithis nighean air tuiteam suas an staidhre agus a-steach don leabaidh bhlàth aca às deidh dhaibh coimhead air na balaich a 'draibheadh air falbh. Dh' fhosgail Andrea aon sùil gu math às deidh briseadh latha fhad 's a bha a caraid a' gluasad.

"Madainn mhath, ceann cadail."

Shìn Julia mar an cat beag a bha Andrea gu tric a' smaoineachadh a bha i. "Madainn mhath dhuibh cuideachd."

"An robh deagh àm agad an turas mu dheireadh?"

"Glè mhath gu dearbh." Bha Anndra a' coimhead smaoineachail. "Is e duine brèagha a th' ann an Seòras dha-rìribh. " Mus b' urrainn do Andrea an loidhne smaoineachaidh sin a leantainn, rinn an neach-togail gàire oirre. "Agus Dennis? Ciamar a tha e agus ciamar a bha an dithis agaibh?"

"Tha e a' fàs eadhon nas fheàrr, "thuirt Andrea. Rinn i gàire. "Tha mi a' smaoineachadh gu bheil e air a bhith ag obair leis fhèin agus chan ann leis fhèin. Gu cinnteach cha do dh' ionnsaich e gin de na rudan a theagaisg mi dha. Tha fios aige mar a làimhsicheas tu boireannach gu ceart. Mar a chuir Seòras I geall air neo cha bhiodh ùidh agad cho mòr ann. "

"Cò tha ag ràdh gu bheil ùidh agam ann?" Dh'fheuch Julia ri bhith neo-chùramach. Leis gu robh an nighean milis Canèidianach dubh-dhorcha cho follaiseach ri glainne soilleir, dh' fhàilnich a gnìomh gu truagh.

"O, feumaidh gur e dìreach mo mhac-meanmna tha mi creidsinn," fhreagair Anndra.

Chaidh an dithis nighean a-mach às an leabaidh. Rug Julia air searbhadair, thug i sùil a-mach air an doras agus chaidh i an uairsin airson an fhras, air a h-èideadh a-mhàin anns an lèine-t fhada anns an do chaidil i. Choimhead Andrea le cead nuair a chunnaic i cnap teann cheerleader a companach a' coimhead a-mach às an lèine-t sin.

Thug gàire gàire air oiseanan beul a' bhrùideil. Is dòcha nach b' e seo an dòigh sa bha i fhèin agus Julia a' smaoineachadh gun tigeadh an oidhche roimhe gu crìch, ach bha e air a bhith gu math spòrsail. Agus, thug i sùil air a companach seòmar, a thill a sealladh le sùilean dòrainneach, bha fhathast a-nochd airson an snàmh meadhan-oidhche sin agus plaide roinnte anns na dùintean gainmhich.

CAIBIDEIL 5

"Dè tha sin a-muigh anns an uisge?"

"Càite?"

"Dìreach a-muigh an sin," thàinig a' chiad ghuth.

"Chan eil mi a' faicinn dad," thuirt treas neach. An turas seo bha an guth boireann.

"A-mach AN SEO." Bha a' chiad ghuth a-nis air a shàrachadh. "Dà nì dorcha."

"Tha, uill, is dòcha," thàinig guth eile fhathast, am fear seo cuideachd boireann agus a' fuaimneachadh gu math amharasach.

Mar as trice bhiodh iad sin air a bhith nan seata de bheachdan gu tur neo-chiontach, gu cinnteach chan e feadhainn a bheireadh air Andrea MaGuire feuchainn ri fuireach gu tur gun ghluasad ach a-mhàin an làmh a ghlac grèim air an tè a bha fada bho Julia Carraux. Sguir an dithis nighean bhon anail. Às deidh na h-uile, bha an aon bheachd aig an dithis aca. Bha e coltach gu robh na daoine a bha cha mhòr do-fhaicsinneach a' coimhead orra.

Gun teagamh bha e dorcha, fada an dèidh dol fodha na grèine. Agus is dòcha nach robh a' bhuidheann de dhaoine neo-aithnichte a' faicinn glè mhath. Ach nuair a tha thu nad dhà choille colaiste a thachras a bhith a' dupadh tana sa chuan agus a thuigeas tu gur dòcha gu bheil buidheann neo-aithnichte de dhaoine dìreach air do ghlacadh, tha thu dualtach fuireach gu math sàmhach agus an dòchas gun tèid na daoine sin air falbh.

Fiù 's anns an t-suidheachadh bha aig Andrea ri gàire a dhèanamh. Nuair a bha an dithis aca air bruidhinn air a' mhadainn sin, b' e a bhith air an glacadh an rud mu dheireadh air an inntinnean...

(Na bu thràithe air an aon latha)

Shuidh an dithis nighean air staidhre na staidhre fiodha a 'dol sìos chun tràigh. Bha am fiodh gun pheantadh airgid bho bhith fosgailte do na h-eileamaidean. Thog Andrea gu seòlta air a' choille fhad 's a bha

Julia a' pògadh a glùinean fo a smiogaid agus a' coimhead a-mach air fàire.

Rinn Andrea gàire agus shleamhnaich i beagan nas fhaisge air a companach seòmar. Rinn i feadaireachd ann an cluais Julia. "A 'smaoineachadh air Seòras?"

Leum an t-oganach dubh, agus an sin rinn e gàire. "Is dòcha beagan. Ach chan urrainn dhut innse dhomh gu robh thu duilich Dennis fhaicinn no nach robh deagh àm agad a-raoir. Fiù mura b' e sin dìreach mar a bha sinn air a phlanadh." Rinn Andrea gàire agus chrath i an aonta aice agus lean Andrea. "Mar as trice bha mi a' smaoineachadh barrachd air cho spòrsail 's a tha an dà sheachdain seo agus cho duilich sa bhios mi a bhith ga fhaicinn a' tighinn gu crìch. "

Dh'aontaich Anndra. Bha e air a bhith uabhasach math. Bha iad air snàmh anns a' chuan agus air gabhail na grèine, air dealachadh agus air gaol a thoirt dha chèile agus do charaidean ùra agus do sheann fheadhainn. Bhiodh an dithis aca a' spòrs tans dorcha, gun bhriseadh le mòran ann an dòigh loidhnichean tan. Bha falt donn Andrea air a bhualadh le solas na grèine fhad 's a bha Julia fhathast dubh dubhach.

Bha an taigh a bha iad air a roinn le ochdnar charaidean eile leth falamh a-nis. Bha ceathrar de na h-oileanaich eile air falbh mu thràth. Cha do dh'fhuirich ach Daibhidh agus a leannan Beth còmhla ris an dà chompanach seòmar. Bha Andrea a' dol a thoirt Julia a-steach don bhaile-mòr faisg air làimh a-màireach gus am faigheadh i itealan chun dachaigh aice ann an Canada. Às deidh sin bhiodh an nighean as àirde a Deas a' draibheadh dhachaigh àite pàrant eile ann an Georgia.

Shleamhnaich Andrea gàirdean timcheall a caraid as giorra agus thug i grèim air. "Uill, smaoinich air mar seo. Tha cuimhneachain iongantach againn, cha bhi e cho fada gus an coinnich sinn a-rithist as t-fhoghar agus," thuirt a sùilean uaine, "Tha sinn fhathast a-nochd."

Rinn Julia gàire air a caraid agus lean i na h-aghaidh. Bha làmh a' tuiteam eatorra agus Andrea a' fàs cruaidh fhad 's a bha corragan a' dannsadh suas taobh a-staigh a sliasaid. " Ni sinn gu dearbh," ars' an t-oganach dorch ri a caraid a b' fhearr. Gu mall shleamhnaich an latha air falbh. Chaidh na caileagan thairis air an taigh a-rithist, a 'dèanamh cinnteach gu robh e spìosrach glan. An ath mhadainn nighidh iad na loidhnichean leabaidh agus chroch iad a-mach iad. Gheall Dave agus Beth na leapannan a dhèanamh mus do leig iad dheth iuchair an taighe. Mu dheireadh thàinig an oidhche. A 'tagradh sgìth, leig Daibhidh agus Beth dheth a dhreuchd tràth don t-seòmar-cadail aca. Ghabh Andrea agus Julia fois anns an t-seòmar-suidhe beag, a 'leughadh agus a' cuimhneachadh gu socair air na h-oidhcheannan tlachdmhor a chuir a 'bhuidheann gu lèir seachad an seo. Bha Andrea mar-thà air a' chlàr a rinn Julia a phacadh gu faiceallach de na h-òrain gu lèir anns a' cheòl-ciùil "Once Upon a Mattress", bhon riochdachadh theatar earraich a bha Andrea air sùil a thoirt air gun robh a' bhuidheann gu lèir air seinn agus dannsa chun a' chiad oidhche a bha iad anns an taigh.

Mu dheireadh thòisich solas airgid a 'sruthadh tro na h-uinneagan aghaidh agus rinn na caileagan gàire air a chèile. bha a' ghealach suas. A' sleamhnachadh a-mach air an doras aghaidh, fhuair iad air ais na plaideachan agus na tubhailtean a bha roimhe seo ann an suidheachan cùil seann Dodge Dart aig Andrea. Bha na deiseachan snàmh orra fo na geàrr-chunntasan agus na mullaich aca, ach bha Andrea air beachd a ghabhail orra mu thràth agus bha gàire beag aingidh air a h-aodann fhad 's a bha an dithis a' crathadh sìos an staidhre air an robh iad nan suidhe air a' mhadainn sin.

Thug ath-sgrùdadh roimhe seo orra faighinn a-mach dè an ceann-uidhe a th' aca an-dràsta. Bha camadh beag den chladach air sloc a dhèanamh anns na dùintean gainmhich. Dìreach beagan shlatan air falbh bhon loidhne làn-mara, bha an lag snug a-mach às a' ghaoith agus air a dhìon bho amharc cas eadhon tron latha. Sgaoil na caileagan am plaide tràigh a thug iad leotha agus chuir iad air dòigh na tubhailtean airson an tiormachadh às deidh dhaibh snàmh.

Tharraing Julia dheth a lèine-t agus chuir i às do na shorts jeans aice. Bhreab i dheth iad, a' fàgail a còmhdach ann am bicini dubh a-mhàin. Dh' innis an meirgeach faisg air làimh dhi gur dòcha gu robh a companach seòmar a-nis san deise dhearg aice a bha a cheart cho eireachdail. Thionndaidh i agus chrom i.

Anndra a-mach às a h-aodach. Bha i a-mach às a h-UILE aodach. Bha solas na gealaich a 'deàrrsadh air a corp tana, gu tur nude. Bha fiaclan geal a' deàrrsadh fhad 's a bha i a' gàireachdainn.

"Dè tha thu a' dèanamh?" chuir e dragh air Julia, eadhon nuair a chaidh Andrea suas rithe.

"'Tha sinn nar n-aonar," thuirt an nighean as àirde gu socair. Shleamhnaich a làmhan air cùl druim Julia agus chuir i às do na ceanglaichean a lorg i an sin. "Chan eil duine an seo air an tràigh ach sinne." Tharraing i am mullach dubh sìos gàirdeanan Julia agus thilg i air a h-aodach eile e. " Thig air adhart, rachamaid a dhumpadh sgith." Chaidh an lùth-chleasaiche òg air a ghlùinean agus, mar a rinn i iomadh uair roimhe le pìosan aodaich eile, lughdaich i na h-ionadan beaga bìodach sìos casan a caraid agus a leannain. A 'fàs gu a casan, rug Andrea air làmh Julia. "Siuthad!"

Ruith an dithis nighean sìos gu oir an uisge. Bha foam a' gluasad timcheall an casan. Rinn Julia gearan. "Tha e ro fhuar!"

"Mar gum biodh an t-aodach beag sin gad chumail blàth," thuirt an nighean eile ri magadh. Chaidh i na b' fhaide dhan uisge. "Bidh e ceart gu leòr nuair a gheibh thu a-steach." A' freagairt air na faclan aice, chaidh Andrea a-steach don ath bhriseadh fhad 's a bha i a' gluasad chun a' chladaich.

Shuidhich Julia a fiaclan agus chaidh i a-mach. Mar a chaidh a ghealltainn ge-tà, lorg i gu robh an t-uisge nas blàithe na teòthachd an adhair. Thàinig Andrea am bàrr agus roilig i air a druim, a' snàmh gu leisg co-shìnte ris a' ghainmhich. Fhuair Julia a gàire aingidh fhèin. Le dìreach a ceann a' nochdadh, dh'fheitheamh i gus an tàinig an nighean eile a-steach agus leum i oirre, a' dunadh a-steach do dh'uisge saillte na mara.

Thàinig Andrea suas a' spùtadh. " Ud ! Tha thu dol a phaigheadh air son sin !"

"Feumaidh tu mo ghlacadh," thuirt Julia. Chaidh i tron uisge le a companach seòmar air tòir teth. Bha casan fada Andrea ga giùlan nas luaithe tron uisge. Chaidh Julia air falbh bhon tràigh, a 'dol a-steach gu uisge nas doimhne. Rinn an dithis nighean gàire gu sunndach.

Dìreach nuair a bha Andrea gu bhith a 'glacadh a caraid, bha Julia gu h-obann a' coimhead chun a 'chladaich agus a' gèilleadh.

"O Dhia."

"Dè?"

"Shhhhh. Nach cluinn thu?"

Chuir Andrea cuideam air a cluasan airson mionaid agus an uairsin thuig i cò mu dheidhinn a bha Julia a' feadaireachd. Bha guthan a 'seòladh air an tràigh, a' tighinn nas fhaisge. Bha na nigheanan a' coimhead gu fiadhaich mun cuairt. A' tuigsinn nach robh tìde ann ruith air ais chun a' chladaich agus gun teagamh àite sam bith airson falach air chùl san uisge, dh'ìslich iad iad fhèin dhan uisge gus an robh an cinn dìreach os cionn an uisge. Bhiodh iad a' crathadh gu h-aotrom leis na tonnan a' tighinn a-steach agus a' feuchainn ris an anail a bhacadh.

Thàinig buidheann de chumaidhean neo-chinnteach thuige. Sguir an dithis nighean anns an uisge a bhith a' tarraing anail nuair a chaidh fear dhiubh nas slaodaiche agus thionndaidh i thuca. Thòisich an còmhradh mu na dh' fhaodadh a bhith san uisge. Airson an rud a bha coltach ri co-dhiù uair a thìde, ach is dòcha nach robh e nas fhaide na 30 diog, dh' fhan an dithis nighean cho sàmhach sa ghabhas. An uairsin thug an guth taht aire na buidhne an toiseach chun an neach-surfaidh.

"Tha mi creidsinn nach eil e gu diofar. Rachamaid." Thòisich na cumaidhean air an gluasad sìos an tràigh. Mu dheireadh chaidh iad timcheall lùb den chladach agus chaidh iad air falbh. Ruith an dithis nighean suas an tràigh agus a-steach do na dùintean, a 'lorg am plaide agus an aodach slàn. An uair a choimhead iad air a chèile agus a chuir iad osna faochadh co-roinnte chaidh an glacadh le gàire.

Thionndaidh na giggles gu gàire. Goirid bha an dithis bhoireannach òg a 'bualadh air a chèile, a' feuchainn ri socrachadh às deidh an teicheadh caol.

Beag air bheag chaochail an gàire, ach cha do rinn na coilltean oidhirp sam bith air a chèile a shaoradh. An àite sin, thòisich làmhan a 'gluasad, gach nighean a' rannsachadh a chèile. Cha robh pàirt de chuirp a chèile air nach robh an dithis leannan eòlach, ach bha na suathaidhean socair fhathast a' cur toileachas air a chèile, cho mòr 's a fhuair iad a' chiad oidhche a lorg a 'chàraid an tarraing.

A 'gluasad suidheachadh, bha iad a' glùinean mu choinneamh a chèile. Chaidh ceithir cnapan cruaidh a bhrùthadh air ais is air adhart. Ruith Andrea a corragan tro fhuilt dhubh fhliuch, a 'cupadh an aodainn air thoiseach oirre fhad' sa bha a bilean a 'coinneachadh ri Julia. Thill an nighean eile a' phòg, a' fosgladh beul gus a' chainnt cheasnach aideachadh. Ruith a làmhan fhèin suas taobhan a companach seòmar agus shocraich i air na cìochan beaga, lùth-chleasachd.

Rinn Andrea gearan gu domhainn a-steach do bheul a caraid agus leig i a làmh dheas gu stamag rèidh Julia. Chaidh a corragan sìos thairis air tom a caraid gus na curls dubha tais a chupa. A-nis b 'e tionndadh Julia a bh' ann a bhith a 'maidseadh gearanan Andrea.

Shleamhnaich teangannan a-null is a-nall a chèile nan dannsan air a bheil iad a-nis eòlach. Bha Julia a 'roiligeadh nipples cruaidh pinc agus chuir Andrea meur eadar labia an cheerleader agus a' tumadh a-steach don phussy fliuch. Dh'fhàs na pògan na bu mhiosa. Bhrosnaich gach gluasad de mheur Andrea teannachadh air corragan Julia gus an robh i a' prìneadh agus a' tarraing peitean an ruitheadair. Bha an dithis nighean air chrith mu thràth. An uairsin chaidh gàirdeanan Julia timcheall Andrea agus thuit an dithis air gach taobh chun a 'phlaide agus a' ghainmhich bhog fodha.

Chaidh na coeds air ais is air adhart le Julia mu dheireadh a 'tighinn gu crìch air mullach a caraid brunette. Bha a beul air a dhol an àite a corragan air broilleach deas Andrea, smeòrach a sliasaid eadar na casan fada a bha air an sgaoileadh fodha. Ruith làmhan Andrea sìos an cùl rèidh os a chionn agus shocraich iad air a' chrann teann, a' slaodadh na h-ìghne Canèidianach sìos air a ceann. Bhuail an dà chorp ri chèile. Dhùin Julia a fiaclan air nipple Andrea agus thug i tarraing. Bhuail an nighean eile, a corragan a 'cladhach a-steach do asal Julia.

Chuir Julia beagan air an nubbin cruaidh, an uairsin leig a-mach e gu h-obann agus chuir i a corp nas lugha suas, a-rithist a' glasadh a beul ri beul na h-ìghne eile. Phaisg Andrea casan fada an ruitheadair timcheall air Julia, a' bualadh suas le a cromagan fhad 's a bha an nighean dubh a' laighe cha mhòr gu borb an aghaidh a caraid. Bha an triantan dubh eadar casan aon nighean air a roiligeadh an aghaidh donn tè eile. Bha sùgh a' sruthadh, a' measgachadh aon leis an fhear eile. Bhiodh clits gun chochall a' dol sìos, a' sgrìobadh aon gu fear eile agus a' sleamhnachadh sìos claisean fliuch fosgailte.

Ghluais Anndra, a corragan a' ràcadh cho rèidh sa bha asal Julia. Chaidh glaodhan Julia a mhùchadh leis na pògan fiadhaich a dh' atharraich an dithis nighean, am bilean a' spìonadh agus an teangannan a' suirghe. Chòmhdaich tuil neachtar an dithis bhoireannach òg, a 'ruith a-steach dha chèile far an robh iad air am pronnadh ri chèile agus sìos na sliasaidean daingeann.

Cha deach faclan a ghluasad nuair a chaidh na còmhlachan sìos. An àite sin, dh'èirich Julia air a làmhan agus a glùinean gus a bhith a 'dol thairis air a companach seòmar. Thionndaidh i an uairsin a corp agus chuir i sìos i fhèin air ais gu Andrea. Thòisich i air sliasaid a caraid a-staigh a reubadh, a' reubadh suas an fhliuchas an sin a bha blasad dhiubh le chèile.

Fhreagair an nighean aig a 'bhonn sa bhad. Dhealaich a teanga ris an ata, a' sileadh bhilean os a cionn, a' slaodadh air ais is air adhart ann an slit fhosgailte Julia. Bha am fàileadh deoch làidir, le bhith a' measgachadh sùgh am boireannaich còmhla ri teas am cuirp cha mhòr a' toirt air ceann Andrea snàmh. Chaidh i air adhart, a' reamhrachadh agus a' croladh a teanga am broinn a caraid, a' faighinn blasad de bhlas mìorbhaileach a leannain còmhla ris a' chum aice fhèin.

Ràinig an dàrna orgasm co-roinnte airson a 'chàraid cha mhòr cho luath ris a' chiad fhear. Bha an da chaileig cho eolach air a cheile, am meadhoin, an cuirp, na comharran suarach a leig fios do'n fhear eile gu'n robh iad a' tighinn faisg air a' bhruthach. Thiodhlaic Julia a h-aodann a-steach do phussy Andrea agus chuir i a teanga sìos a-steach innte. Phaisg Andrea a gàirdeanan timcheall meadhan Julia agus tharraing i, a 'cleachdadh a teanga fhèin mar sleagh gus a dhol a-steach do chorp a companach seòmar agus a chumail fosgailte. Dh'òl iad as a chèile, 's a bha iad co iomadh uair roimhe, agus ghràdhaich iad e air an uair so a cheart cho mòr 's a bha aca air a' cheud fhear.

Chrìochnaich iad air ais ann an gàirdeanan a chèile às deidh na h-ath-bhualaidhean a dhol sìos, snuggl. gàirdeanan agus casan eadar-cheangailte. Gluais an anail gu faisg air ìrean àbhaisteach. Dh' fhaodadh gach fear faireachdainn cridhe an neach eile a shocrachadh. Ghabh iad fois, toilichte a bhith a 'cumail a chèile gus an do ghluais Julia.

"Tha an gaoth a 'togail."

"Tha," dh' aontaich Andrea, a shuidh suas, ga fhuasgladh fhèin bho a caraid. Aon uair eile chòrd e ri Julia solas na gealaich a' deàrrsadh air a' bhodhaig ri thaobh, corp a sheall cho taiseachd sa bha an obair a bharrachd air na neactaran nighean roinnte. " Eisd, cluinnidh tu e anns na craobhan shuas ri taobh rathad a' chladaich."

Shuidh Julia suas i fhèin, a 'ruighinn airson aodach a chaidh a thilgeil. "Chan e nach eil mi dèidheil air fuaim an sin, ach tha mi a 'fàs fuar."

Rinn Andrea gàire domhainn na h-amhaich. Leum i gu a casan agus thog i a gàirdeanan, a' leigeil leis an t-solas airgeadach dannsadh thairis oirre airson mionaid fhada. An uairsin thuit i gu h-obann gu a làmhan agus a glùinean, a 'coimhead airson a h-aodach trèigte fhèin. "Bò naomh, tha i fuar."

"Is fuath leam a dhol suas dhan taigh ach tha mi creidsinn gum feum sinn."

"Na biodh eagal ort, a mhaighdeann bhàn," thuirt Anndra agus i a' ruith tron gèar a thug i, agus aig an aon àm a' tarraing a h-aodach oirre. Gu buadhach sheall i plaide eile, am fear seo le braid agus tiugh. "Tha mi a' smaoineachadh ma gheibh sinn gu math, FÌOR faisg faodaidh sinn seo a dhùblachadh thairis oirnn agus a bhith snug. "

"Uill," thuirt Julia. "Tha mi creidsinn gum faigheadh mi faisg ort. Ach feumaidh tu gealltainn nach gabh thu brath orm."

Phòg Andrea a companach seòmar. "Is e cùmhnant a th 'ann."

Gu cabhaig thug an dithis nighean gainmheach fon chiad phlaide airson cluasag a dhèanamh. Chuir iad sìos ri chèile a-rithist, gan còmhdach fhèin leis an dàrna plaide. Shuidh Julia a ceann air gualainn Andrea.

"Nas fheàrr?"

"Mòran." Ghluais Julia, comharra a bha Andrea a 'maidseadh cha mhòr sa bhad. "Tha thu ceart, tha a' ghaoth anns na craobhan a' faireachdainn eagallach, ach cuideachd dòigh air choireigin gu math comhfhurtail. Gu h-àraidh a-nis gu bheil e snog agus blàth an seo."

Sheall a' ghrian thairis air fàire an ath mhadainn, a' deàrrsadh thairis air an uisge agus a' ghainmhich. Mu dheireadh dh' èirich e fada gu leòr airson an dùn a ghlanadh a' falach an dà chruth snuggled. Bhris Andrea, agus an uairsin shìn e. Shuidh Julia suas. Chan ann airson a' chiad uair a bha am brunette a' smaoineachadh cho eireachdail sa bha ceann leabaidh a caraid agus a leannan a' chiad rud sa mhadainn.

Eu-coltach ris an-raoir, bha an èadhar madainn an-diugh fhathast. Chuir na caileagan a' phlaide uachdair mu'n cuairt 's iad nan suidhe agus a' faicinn na grèine ag èirigh an còrr dhen rathad an àite meirge nan craobh ri taobh an rathaid.

"Tha seo air a bhith cho brèagha. Tha mi a 'guidhe nach robh e a' tighinn gu crìch." thuirt Julia gu dùrachdach.

"Tha fios agam." Phaisg Andrea gàirdean timcheall guailnean a companach seòmar. Bha an dithis sàmhach airson mionaid, agus lean Andrea air adhart. "A bheil e uile a 'sleamhnachadh bhuainn Julia? Tha an dà bhliadhna mu dheireadh seo air a bhith mìorbhaileach."

Choimhead Julia air an nighean eile. "Chan eil e gu crìch. Tha aon bhliadhna eile san sgoil air thoiseach oirnn fhathast."

Chrath an nighean lùth-chleasaiche i fhèin. "Gu dearbh nì sinn. Agus bidh i a' bhliadhna as fheàrr a-riamh dhan dithis againn." Sheas i suas agus chuidich i a caraid gu a casan. Chruinnich iad an stuth ri chèile agus roinn iad pòg. "A-nis ma-thà, feumaidh mi do thoirt chun phort-adhair sa bhaile mhòr agus an uairsin feumaidh mi tòiseachadh aig an taigh."

Dhìrich an dithis nighean an staidhre. Bha an dithis a 'fuireach airson dìreach mionaid. An uairsin thòisich Andrea suas an t-slighe a dh' ionnsaigh an taighe. Choimhead Julia thairis air a' chuan aon uair eile, an uairsin air a companach seòmar, a caraid agus a leannan.

"Saoil, am faic sinn rud mar seo còmhla a-rithist?" Chrath i a ceann mar gum biodh airson a ghlanadh agus bhris i a-steach do throt airson a dhol suas.

Gu dearbh ged nach robh fios aig an dithis nighean air, bhiodh iad gu dearbha còmhla air tràigh a-rithist aon latha fada san àm ri teachd agus bhiodh tòrr rudan air atharrachadh.

AN GHAIRM BEANNACH

CAIBIDIL I

Dhùin Iseabail Carter a sùilean airson mionaid. Cha mhòr nach robh gluasad an t-seann bhus air na fuarain chaite aige fhad 's a bha e a' cromadh sìos an rathad. A-mhàin cha mhòr, oir bha e a 'wheezed agus a' cromadh agus an einnsean a 'bualadh. Nochd a sùilean fosgailte diogan às deidh dhaibh dùnadh. Air a beulaibh, bha Mgr Stanton bho oifis luchd-trèanaidh lùth-chleasachd na colaiste a' carachd leis a' chuibhle, a shùilean suidhichte air an rathad dhorcha air thoiseach. Math. Bha e na dhùisg agus a' draibheadh gu faiceallach. Ach an uairsin chaidil e sa chumantas air a' bhus, is dòcha fad na h-ùine a bha a' choinneamh air a bhith a' dol.

dona, rinn am boireannach geur 35 bliadhna a dh'aois gearan rithe fhèin, cha robh gin de sgiobaidhean a 'bhalaich, ach is dòcha gun do shiubhail an sgioba tàileasg mar seo. Bha an sgioba ball-coise eadhon ag itealaich gu geamannan taobh a-muigh a' bhaile a-nis. Chaidh na sgiobaidhean ball-basgaid agus ball-basgaid agus tha, eadhon sgioba slighe nam fear, a-steach do na busaichean ùra ann an stoidhle Greyhound le fionnarachadh-àile, chan e an seann ribe rattle seo. Bha e ann an 1986 air sgàth Dhè. Cuin a bha an rianachd a' dol a dhùsgadh mu spòrs boireannaich?

Gu dearbha cha robh na seann duddiies san tùr ìbhri sin ris an canar Oifis Ceann-suidhe na Colaiste air tuigsinn gur e latha ùr a bh' ann agus beachdan ùra a' sguabadh na dùthcha. Cha robh eadhon na taisbeanaidhean agus na suidheachaidhean-suidhe air aire a thoirt dhaibh mun bheachd air co-ionannachd agus cudromachd lùth-chleasachd boireannaich.

Shiubhail a sùilean timcheall taobh a-staigh dorcha a' bhus. Cha b 'urrainn dhi mòran a dhèanamh a-mach à duine sam bith ach bha fios aice càite an deach a h-uile nighean aice a chàrnadh. Dh' aithnich i iad agus rinn i gàire orra. Bha fios aice cò a bha a' mhòr-chuid dhiubh a' dol agus mar a bha na comharran aca a bharrachd air cuspairean mar na tachartasan air an robh iad a' deàrrsadh agus cò a ruith na h-ath-chraolaidhean as fheàrr còmhla. Bha fios aice gu robh co-dhiù aon dhiubh a' faighinn feise le fear de na fireannaich a bha gu math nas àirde air an robh i a' gearan gu sàmhach. Rinn i gàire rithe fhèin. Bha sin ceart gu leòr. Rannsaich a sùilean gus an dithis nighean a lorg a chòrd geamannan sònraichte a chluich iad còmhla rithe san oifis aice leis na dorsan glaiste.

Rinn i srann. Sin rud eile. Dh' fhaodadh an nighean sin nach bu chòir a h-ainmeachadh an oidhche a chuir seachad gu faiceallach ann an àros Ollamh fireann sònraichte far an àrainn agus cha chanadh duine facal. Ach leig le Rhonda neo Daphne an oidhche a chur seachad na h-àite agus bhiodh i a-mach à obair an ath latha. Cha do leudaich gaol an-asgaidh gu Lesbians eadhon san latha an-diugh.

Dhealaich sgòthan na h-oidhche agus bha am bus air a shoilleireachadh leis an leth ghealach. Bha Iseabail gu soilleir a' faicinn buill chan ann a-mhàin den sgioba aice ach cuideachd na buill caran air nach robh iad eòlach den sgioba cheerleading a bha air a bhith còmhla riutha chun na coinneimh. Bha sin snog dhiubh, dh' aithnich i. Cha robh feum orra sin a dhèanamh, ged a bha a' mhòr-chuid dhiubh nan cùl-taic. Shìn i a sùilean ris a' chùl far an robh dithis nighean a' cadal air an aon chathair.

B' e fear dhe na caileagan a bh' ann an Andrea Martin. Bha am brunette caol, le casan fada math thairis air na cnapan-starra ach na b' fheàrr fhathast airson astar fada. Bha a falt fada airson lùth-chleasaiche agus bu toil leatha leigeil leis tuiteam ann am brathan bog timcheall a guailnean. B' e oileanach ealain theatar a bh' innte, raon caran annasach nuair a bha a' mhòr-chuid de na com-pàirtichean aice nan àrd-ollamhan ann am Foghlam Corporra. Goirid chòrd aon de na fantasasan a bha na lùib; fantastachd anns a bheil an deasg aice, a strapon agus casan fada na boireannaich òig.

Cha robh i dha-rìribh eòlach air companach seòmar Andrea, Julia Carraux . Bha an nighean eile à àiteigin shuas ann an Canada, a' fuireach còmhla ri càirdean Aimeireaganach gus leigeil leatha a dhol dhan sgoil an seo. Bha i, de gach nì, na maighstir matamataigeach. Chan e dìreach dè a bha duine a' smaoineachadh nuair a thàinig am facal "Cheerleader" gu inntinn. Rinn Iseabail srann a-rithist. Abair beachd gòrach. Aig amannan b' e na claon-bhreith agad fhèin na rudan a bu duilghe fhaicinn, eadhon mar a bhiodh tu a' gearan mu rudan dhaoine eile. Ghluais i gu suidheachadh nas comhfhurtail agus dhùin i a sùilean.

Bha an dà chompanach seòmar air a' chùl air an ceangal ri chèile, ach cha robh iad nan cadal. Bha Andrea air aodach a nochdadh agus atharrachadh às deidh an t-slighe a choinneachadh, ach bha am brunette òg air a h-aodach àbhaisteach de shorts agus lèine sgaoilte gun sleeve a chuir oirre le a stocainnean geala agus a brògan ruith. Bha an gruagach dubh , a bha beagan na bu ghiorra, fhathast a' caitheamh a h-aodach soilleir dearg is buidhe cheerleader. Lean i a ceann an aghaidh gualainn a caraid agus rinn i sgrùdadh air a' choidse boireann air beulaibh a ' bhus tro shùilean a sùilean dùinte.

"Bha a 'Bh-Uas Carter a' coimhead ort a-rithist," thuirt i gun a bhith a 'gluasad a bilean. Rinn i gàire gu socair. "Tha i airson do thilgeil sìos air an leabaidh leathair sin san oifis aice agus do fuck."

a tha fios agadsa?" Fhreagair Andrea, a bilean a 'gabhail fois an aghaidh falt Julia. "Chunnaic mi i a 'coimhead air do chasan fhad' sa bha thu a 'dèanamh gàirdeachas. A h-uile uair a chaidh do sgiort suas bha i a' reamhrachadh a bilean. Tha mi air cluinntinn gu bheil aon de na rudan seòrsa acfhainn sin aice a leigeas leatha nighean a fuck mar a tha i na duine. Cuiridh mi geall. tha i a' smaoineachadh air cheerleader sexy a tha air a shìneadh a-mach air an t-sòfa sin le a sgiort suas agus a casan leathann."

"A dha-rìribh? A bheil fear de na whadda -call -its sin aice ?"

" Strapons , tha mi a 'smaoineachadh gur e an t-ainm a th' orra. Chuala mi Rhonda Kelly a 'bruidhinn mu dheidhinn le cuideigin ann an seòmar fras a gym aon latha. Saoil cia mheud ball den sgioba a tha air a bhith aig Miss Carter mar-thà?"

"A bheil ùidh agad?" Dh'fhaighnich Julia. Cho-roinn na caileagan gàire nach robh ri chluinntinn taobh a-muigh an t-suidheachain aca. Bha an dithis aca air a bhith nan caraidean mus tàinig iad gu bhith nan leannan. Cha robh gin dhiubh air sùil a thoirt air caileagan no gillean eile, ged nach do thionndaidh iad sìos ach aon leabaidh air na h- oidhcheannan a bha iad le chèile san rùm aca. "Is e iomadachd spìosrachadh na beatha, gu sònraichte sa cholaiste," b' e na facail-suaicheantais aca. Cha robh gin dhiubh nan LUGS (Lesbians Until Graduation). Bha iad dìreach airson spòrs a bhith aca. Ged a thug iad cùram mòr dha chèile, cha robh fìor phlanaichean aca airson beatha às deidh dhaibh ceumnachadh còmhla. Gu dearbh, an-dràsta cha robh planaichean aca airson AON beatha às deidh dhaibh ceumnachadh. "An -dràsta ", b' e an dragh a bh' orra.

"Is dòcha mar sin. Ach tha mi a 'smaoineachadh gur dòcha gur e pròiseact nas inntinniche a th' ann an nighean fionn, Deborah, trì dorsan sìos an talla. Tha mi air mothachadh gu robh dà cheann-latha aice san Fall agus bhon uair sin gun dad. Tha mi a 'mionnachadh gu bheil mi air a tionndadh fhaicinn. a ceann nuair a thèid cuideigin tarraingeach seachad oirre."

"A dha-rìribh? Tha i grinn. Ach a 'bruidhinn air a bhith a' coimhead nighean, chunnaic mi an neach-faire dorm Meredith an latha eile. Bha thu a 'tighinn air ais bho chleachdadh agus bha a sùilean cho stèidhichte air do chasan, shaoil mi gu robh i a' dol a ruith a-steach don bhalla. "

"Tha thu a' magadh. Wow. 'S e seann duine a th' innte. Tha sin brosnachail."

Ghluais Julia timcheall mar gum biodh i gu cadal a' feuchainn ri bhith nas comhfhurtail an aghaidh gualainn a companach. Bha a corragan a' suathadh ri bann-meadhain shorts nighean eile. Rinn i gàire a-steach don fhalt a bha a' sruthadh agus shleamhnaich i a làmh a-steach don bheàrn eadar mullach nan shorts agus bonn na lèine agus air an stamag teann.

"Julia," thainig cogarnach fann, "Dè tha thu a' deanamh?"

Cha do fhreagair Julia. An àite sin ghabh a làmh làmh Anndra agus tharraing i thairis thuice e. A' sgaradh a casan, chuir i làmh nan nigheanan eile fo a sgiort.

Bhuail corragan Andrea ri Julia. "Dia math," ars ise. "Chan eil panties agad."

"Chan e, thug mi dheth iad mus d' fhuair sinn air a' bhus."

"Aon de na làithean sin bidh thu a' dìochuimhneachadh agus dèan sin mus dèan thu gàirdeachas, " thuirt Andrea, eadhon fhad' s a bha a corragan a 'dèideag leis a' fhalt dhorcha dhorcha air pussy Julia.

" Co tha dol a ghearan ? Thusa ? Is aithne dhomh thu. Bhith thu a' caoineadh."

"Tha sin air sgàth gur tusa an nighean as feise air an àrainn."

"Liar." A' fàgail làmh Andrea eadar a casan, chaidh corragan Julia suas air ais fo lèine Andrea. "Fàg do bhra dheth a-rithist, tha mi a' faicinn." Bhuail i an cruinneag bheag, a meur-chlàr a' bruthadh thairis air an nipple stiffening.

"Mura stad thu sin, Lisette," chrath Andrea beagan a dh' ionnsaigh na h-ìghne a bha na suidhe as fhaisge orra, "Tha i gu bhith amharasach."

"Carson a chanadh tu sin?" Gu h-obann bha Julia a' mùchadh gasp nuair a lorg dhà de mheòir Andrea an slit tais aice agus dh' fhuasgail i fosgailte gu socair. "Agus dè tha thu a' creidsinn a dh' fhaodadh i smaoineachadh, a bharrachd air a' bhus gu lèir, nuair a thòisicheas mi a' sgreuchail d' ainm?"

"Na dèan sgreuchail ma-thà." Shleamhnaich na corragan nas doimhne a-staigh agus sguir a h-uile còmhradh.

Thiodhlaic Julia a h-aodann ann an gualainn a companach seòmar, a 'cur dragh air gearan neo-eisimeileach. Bhrùth Andrea sàil a làmh an aghaidh clit Julia, ga suathadh ann an cearcallan beaga bìodach ann an tìde leis an dà mheur a bha i air tuiteam am broinn ballachan teann sìoda Julia. Bha cnapan Julia a' magadh gus coinneachadh ri gach tionndadh de chorragan a companach seòmar. Ghluais i air ais is air adhart an aghaidh cuideam na làimhe air a clit smeòrach. Chaidh aon de chorragan Julia a-steach don òrdag a chaidh a chuir air nipple Andrea. A' glacadh a' chnap chruaidh eatorra bhiodh iad a' bruthadh a h-uile uair a bhiodh corragan na h-ìghne eile a' bruthadh na broinn. Mar a dh'fhàs gluasad làmh Andrea na bu luaithe agus na bu duilghe, dh 'fhàs Julia nas teann agus nas teann air a' nipple cruaidh pinc. Chuir i cupa air a' bhroilleach agus an còrr de a làmh ann an greim daingeann.

Dhòirt fliuchd thairis air corragan Andrea. Ghluais Julia a h-aodann aon uair eile, a bilean a' putadh collar sgaoilte lèine Andrea gu aon taobh. Bha i a' sireadh sruth dorcha air a h-amhaich ìosal, a' sealltainn far an do chomharraich i a companach seòmar o chionn ghoirid fhad 's a bha i a' dèanamh gaol. Mar a bha na fèithean teann aice a-staigh glaiste air corragan Andrea, dhùin i a fiaclan san aon àite sin agus phron i an nipple a bha aice eadhon na bu duilghe. Bhris sùilean Andrea fosgailte agus bhìd i a bilean ìosal fhad 's a bha i a' faireachdainn gu robh a caraid a 'crathadh agus a corragan gu h-obann a' fàs eadhon nas fliche.

Nuair a sguir an dithis nighean a bhith air chrith, sheall Julia timcheall na sgìre. Fhathast a' leigeil oirre a bhith a' cadal is gann gun do dh' fhosgail i a sùilean. Dh' fhan Andrea fhathast ach bha a sùilean farsaing fosgailte cuideachd a' sganadh a' bhus. Chùm an dithis an anail, a 'feuchainn ri faicinn an robh duine air mothachadh a dhèanamh air a' ghluasad bheag anns an t-suidheachan cùil.

"Whew," thuirt Julia. Thug i gàire beag. "Bha sin brosnachail."

"Tha mi an dòchas gun cùm sin thu gus am faigh sinn air ais don rùm," thuirt a caraid air ais.

"Mmmm, a bheil planaichean agad airson an uairsin?"

"Tha planaichean agam an-còmhnaidh dhut fhèin agus dhomhsa. Tha mi a 'mionnachadh, a bheil thu a' sleamhnachadh rudeigin nam bhiadh?"

"Chan ann bho na brownies sin deireadh-seachdain na cuirm-chiùil." Bha sgoltadh bog eile ann am falt Anndra. "Cha robh dragh agad orm gun a bhith a' caitheamh panties an uair sin.

"Cha do rinn an dàrna cuid am pitcher aig an sgioba ball-coise as motha. Tha sinn fortanach gu robh an seusan seachad. Chan eil mi a' smaoineachadh gun d' fhuair e seachad air airson seachdain."

Thill sàmhchair don t-suidheachan cùil agus an ceann greis chaidh an dithis nighean air falbh. Goirid às deidh sin, le sgreuchail de bhreicichean, chaidh am bus suas chun gym. Dh' fhosgail an doras agus thàinig na solais air adhart. Sheas a h-uile duine agus shìneadh iad. Thug Julia gu sgiobalta an searbhadair à baga gym Andrea agus chuir i sìos an t-suidheachan leathair sgàinte.

Chuir Iseabal na caileagan cadalach far a' bhus aon às deidh a chèile, a' feitheamh aig bonn na staidhre gus am faiceadh iad am bagannan agus a dh'ionnsaigh an dorms.

"Chan e, mar sin Roxanne, tha thu air do cheann anns an t-slighe cheàrr. Chì mi thu aig cleachdadh a- màireach Tina. Ursula, tha thu a 'bacadh an t-saoghail an sin, gluais air adhart. Rhonda," tha sùilean a' bhoireannaich glaiste leis an fhionn 20 bliadhna a dh'aois , " Faic mi anns an oifis agam a-màireach mu 10."

" A Julia," rinn Iseabal gàire agus a' phaidhir chaileagan mu dheireadh a' ruighinn mullach na staidhre, "Thug thu na h-iuchraichean agad." Sheall i air cùlaibh na h-ìghne a bha na seasamh aig mullach na staidhre.

"Tapadh leat Miss Carter ," fhreagair an nighean. Thionndaidh i letheach slighe, chrom i agus thog i suas iad. Chaidh i sìos an staidhre, dh'fheitheamh i gus an deach a companach rùm còmhla rithe agus chaidh an dithis aca, an fheadhainn mu dheireadh dheth, dhan dorchadas. Sheas Iseabal gun ghluasad airson mionaid. Dhùin i an doras, shèid i gu Gene Stanton agus choisich i gu slaodach chun oifis aice, a poca thairis air a gualainn agus a h-inntinn ann an smaoineachadh domhainn.

Dh' fhosgail i an doras, bhris i air an lampa air a' bhòrd-thaobh agus dhùin i an doras air a cùlaibh. Thug i sùil air an uaireadair aice. Chan eil feum air a dhol dhachaigh a-nis. Chuir i dheth a brògan agus shìn i a-mach air an leabaidh. Shuidh i aon ghàirdean thairis air a sùilean. Chaidh an làmh eile sìos chun na slacks aice. Dh'fhuasgail i an crios agus dh'fhosgail i na slacks aice. Shleamhnaich a làmh am broinn a panties agus bhean i rithe fhèin.

A-nis ma-thà, am faca i dha-rìribh na bha i a' smaoineachadh a bha aice? Dhealaich a corragan am falt a bha air a thàthadh air a pussy agus thòisich i a 'bualadh gu socair anns an t-slit deiseil. Bha aice, bha fios aice air. Cha robh Julia air a bhith a' caitheamh panties. A bharrachd air an sin, bha a bilean pussy air a bhith gu math puffy, agus fliuch. Gu follaiseach bha cuideigin air a bhith ann. Chrom Iseabal dà mheur na broinn fhèin agus thòisich i air a cunt fhèin a frioladh gu mòr. Is dòcha gu robh i dìreach air masturbated. Neo-choltach. Chuimhnich Iseabal mar a bha an dithis bhoireannach òg air snuggle còmhla. Cha robh freagairt sam bith eile ann. Bha e follaiseach gun robh Andrea air a companach seòmar a lorg air an t-slighe air ais. Thug Iseabal osnaich air ais oir thug a corragan i chun an oir air an robh i a' teannadh fad an latha.

"Uill ma ta, a bhean òig," rinn Iseabal gearan 's i toirt i fein gu àirde, a h-inntinn suidhichte air casan dealrach a ruitheadair fad air astar . "Tha mi a' smaoineachadh gum feum thu fhèin agus mise co-labhairt a bhith againn an seo cho luath. "

Bhiodh dòchasan agus fantasasan Iseabail air a bhith air an daingneachadh gu dòigheil nam biodh i comasach air an seòmar-cadail fhaicinn air a roinn leis an rud as tarraingiche dhi agus an neach-ionaid grinn. An uair a dhùin an doras air an cùlaibh bha an dithis nighean glaiste ann an gàirdeanan a chèile, a' frasadh phògan air aodainn a chèile. Dh'fhosgail Andrea an deise cheerleader aig Julia agus tharraing i sìos gu a meadhan e. Fhreagair Julia le bhith a 'greimeachadh air lèine-t Andrea agus ga tharraing thairis air a ceann agus ga thilgeil gu aon taobh mus glacadh i geàrr-chunntasan a leannain agus gan slaodadh sìos.

Rinn Andrea oidhirp neo-èifeachdach gus stad a chuir air Julia ach chuir an nighean dubh às i. Fiù 's nuair a bha i a' strì a-mach às a h-aodach, chaidh Julia air a glùinean agus thòisich i a 'pògadh cnoc a companach. Ann an dòigh air choreigin thàinig na gluasadan aice gu crìch leis a' chòmhdach aice a-mhàin anns na sneakers agus na stocainnean geala aice. Chuidich a làmhan le Andrea ceum a-mach às a shorts fhad 's a bha a teanga a' ruith sìos taobh a-staigh sliasaid na coille eile.

" Julia!" rinn gearan air Anndra.

Chaidh guth Julia a mhùchadh fhad 's a bha a bilean a' suathadh ri pussy Andrea. "Dè? Seo an rud a bha thu an dùil a dhèanamh dhòmhsa nach robh? Fhuair mi thu an toiseach. ' S e mo thionndadh a th' ann co-dhiù. Bha thu air a' bhus mi."

"Ach cha d' fhuair mi gu... ohhh ."

Bha Andrea air a bhith deònach a cùis a argamaid ach an uairsin rinn i osna toilichte nuair a shleamhnaich teanga a companach na broinn. A 'dùnadh a sùilean, rinn i gearan gu socair fhad' sa bha Julia a 'dol a-steach agus a-mach às a pussy. Shleamhnaich làmhan an cheerleader lithe mun cuairt gus an do chùm iad cnap daingeann an ruitheadair, ga tharraing air adhart. Bhrùth Julia a h-aodann eadar na casan fada caol air thoiseach oirre agus lean i air adhart gu bhith a' bualadh air a companach seòmar.

Fhathast air èirigh bhon tachartas dìomhair aca air a' bhus, cha b' fhada gus an do thòisich Andrea a' sèideadh airson èadhar agus thòisich a cnapan a' bleith air adhart, a' suathadh a preas air beul Julia. Thog Julia a ceann suas fon nighinn eile agus chuir i air falbh a teanga cho domhainn 's a b' urrainn dhi air ballachan a-staigh Andrea. Le eòlas air corp a companach seòmar, bha i a' faireachdainn gu robh a' chiad spasms a' ruith tro a leannan agus dhùin i a beul fosgailte thairis air Andrea nuair a leig an spreadhadh an tuil de shùgh nighean.

Nuair a dh' èirich Julia, a h-aodann fliuch is gleansach, rug Andrea oirre ann an dubhan teann, a' pògadh a companach san t-seòmar agus a' faighinn blasad fhèin air bilean Julia. Gàirdeanan timcheall a chèile, cha mhòr nach deach iad a-steach do aon de na leapannan agus thilg iad na còmhdaichean dheth mus do thuit iad chun bhobhstair. Bha mionaid de àbhachdas troimh-chèile ann agus iad a' strì ri na brògan is na stocainnean aca a thoirt dheth, àm a dh' fhaodadh a bhith air leantainn gu barrachd mura robh iad cho sgìth.

Cluasag Julia a ceann air gualainn Andrea agus bhuail i gu socair a stamag rèidh, caol. Phòg an nighean eile mullach falt dorcha Julia agus phaisg i aon ghàirdean timcheall oirre.

"Bu mhath leinn leabaidh dhùbailte a chuir a-steach an seo," thuirt Andrea. "Mar a tha gaol agam ort nam aghaidh, bidh mi uaireannan a 'guidhe gum biodh beagan a bharrachd rùm againn."

Chuir gigag bhog a' tic air a gualainn. "Tha mi a' smaoineachadh gur dòcha gu bheil e rud beag follaiseach mar a bhios sinn a' cur seachad na h-oidhche còmhla. Ged nach eil mi a' smaoineachadh gu bheil dragh aig duine againn air gossip dorm, no heck, fathannan air an àrainn, an urrainn dhut smaoineachadh dè a thachradh nan tuiteadh ar pàrantan gu h-obann? "

"O mo."

"San eadar-ama," thuirt Julia nas fhaisge, "A bheil thu a' dol a leigeil leis a 'Bh-Uas Carter do ghlacadh?"

"Uill, gu dearbh nì mi," fhreagair Anndra gu cadalach. "Ach tha mi a' dol a thoirt air mo thòir mus toir mi a-steach."

"Innis dhomh mar a thèid e."

"O, ma thèid e cho math 's a tha mi an dòchas a bhios, bidh thu gu cinnteach mar a' chiad neach a gheibh e."

CAIBIDIL II

Julia Carraux a corp beagan, is gann gun robh i mothachail air na bha i a' dèanamh. Bha a h-aire air a chuimseachadh air an t-sealladh a bha air a beulaibh. Choimhead i an reubadh, a-nis slaodach, a-nis sgiobalta. Choimhead i air a' chunnart agus a' faighinn seachad air. Bha e mar gum biodh i air a hypnotized, no 's dòcha air fàs gu bhith na bheathach beag air a mhealladh leis a' chreachadair a bha roimhe. Bha coltas gu robh an guth bog, socair a ràinig a cluasan ann an cànan cèin nach b' urrainn dhi a thuigsinn ach bha i airson faighinn a-mach. Gu h-iomlan, bha i air a h-uachdar gu tur.

O chionn ghoirid bha an oileanach colaiste òg air comhairle a chomhairliche a ghabhail gus a dhol air adhart agus cuid de na prìomh chùrsaichean fhaighinn a-mach às an dòigh anns an do leum i an toiseach na cabhaig gus sgrùdadh a dhèanamh air a' mhatamataig a bha cho inntinneach i. Bha i air co-dhùnadh crìoch a chuir air an riatanas cànain cèin aice an toiseach. Leis gur e Canèidianach a bh' innte, ged nach ann à Quebec a bha i, b' urrainn dhi beagan Fraingis a bhruidhinn mu thràth agus bha i den bheachd gun dèanadh sin ùine fhurasta, a' toirt barrachd ùine dhi airson a fìor sgrùdaidhean.

Bha i ceart, agus ceàrr. Cha robh duilgheadas sam bith aice leis a' chùrsa. Thug a bunait bhunaiteach sa chànan cothrom dhi cumail air thoiseach air a' chlas gu furasta. B' e an TEAGASG a bha a' toirt oidhcheannan gun chadal dhi.

Chan e gu robh i na h-aonar ann an sin, bha i gu math cinnteach. Bhon chiad latha den chlas, bha a h-uile oileanach fireann a bha air an ùidh as lugha a nochdadh ann an gnè boireann air tuiteam thairis orra fhèin nuair a chaidh eadhon a ràdh gu robh an t-Ollamh Sylvia Teverin faisg. Oir chan e a-mhàin gu robh an neach-teagaisg àrd an dà chuid fionn agus eireachdail, bha na casan as fhaide agus as iongantaiche aice a b' urrainn dha Julia cuimhneachadh a-riamh. Bha am boireannach trithead 's a dhà gu math mothachail air an tagradh agus cha do rinn i oidhirp sam bith air am falach. Gu dearbh, bha sgiortaichean oirre a bha, ged nach robh iad uabhasach goirid, air an gearradh gus leigeil leatha na casan sin a shealltainn airson am buannachd as fheàrr. Bha a 'chiad latha den chlas air dearbhadh gun robh Mademoiselle Sylvia, mar a b' fheàrr leatha a bhith air a gairm, comasach air aire a h-uile duine fhaighinn, agus cuideachd a chuir air falbh chun chuspair nuair a bha i ag iarraidh. Chuir i aghaidh ris a' chlas, shuidh i air cùl a deasg, sheas i air cùl a podium. Ach, nuair a thionndaidh i agus a sgrìobh i air a' bhòrd dhubh, is gann gun deach osnaich a' dol tron chlas air fad, gu sònraichte nuair a bha i a' sìneadh gu mullach a' bhùird a ruighinn. Cha mhòr nach robh an gàire air a h-aodann nuair a thill i chun an deasg aice, ach thug am beagan subhachais dhiabhalta aig oisnean a beòil air falbh i.

A bharrachd air cho tarraingeach sa bha i, bha Sylvia na neach-teagaisg tàlantach agus fìor eòlach air cànan agus cultar na Frainge. Bha i cuideachd gu math cleachdte ann a bhith a' diùltadh teachd-a-steach gu gràsmhor. Chunnaic Julia an dà chuid oileanaich agus buill dàimhe eile a' feuchainn a h-uile càil bho mholaidhean seòlta gu tairgsean soilleir, agus chunnaic i iad uile a' fàiligeadh.

Cha robh Julia fhèin idir air a dhìon bho tharraing na boireannaich as sine. Còmhla ri a companach seòmar Andrea Martin, bha an nighean òg à Canada air làn bhuannachd a ghabhail de na saorsaidhean gnèitheasach a bha a' sguabadh beatha na colaiste anns na 60n. Am measg nan saorsaidhean sin bha ùidh làidir ann am boireannaich eile. Gu dearbh, bha i fhèin agus Andrea air na leapannan aca a phutadh gu math faisg air a chèile o chionn fhada, agus air an toirt gu bhith a' roinn fear air an oidhche. Cho mòr 's a bha iad a' gabhail tlachd ann an càch a chèile, chaidh iad an tòir air càch mar a ghabh iad an toil, leotha fhèin, no còmhla.

Aon fheasgar bha Andrea air tuiteam ri taobh an togalaich far an robh Roinn nan Cànanan Cèin suidhichte gus am faiceadh i dhi fhèin am boireannach a bha air a bhith os cionn mòran den òraid chluasag aca o chionn ghoirid. B' fheudar do Julia grèim fhaighinn air gàirdean a companach seòmar gus an nighean eile a chumail bho bhith a' tuiteam a-steach do bhalla fhad 's a choisich i air ais gus a sùilean a chumail air an neach-teagaisg aig Julia.

"Na leig leat am fear sin faighinn air falbh," bha Andrea air comhairle a thoirt dhi às deidh dhi a bhith air a socrachadh. "Nuair a bhios sinn sean agus liath seallaidh tu air ais air seo le gàire MÒR."

Bha Julia air gàire a dhèanamh. Bha eud na rud nach deach a-steach don dàimh aca a-riamh.

"Dè mu do dheidhinn," bha i air magadh air ais. "Cuin a tha thu a 'dol a leigeil leis a' Bh- Uas Carter do ghlacadh?" Bha an Neach-teagaisg Foghlam Corporra agus an coidse boireann de Sgioba Track Woman air a bhith an tòir air Andrea airson ùine.

"Tha mi a 'smaoineachadh an ath sheachdain." Bha sùilean Andrea a' deàrrsadh. "Tha mi dha-rìribh ag iarraidh faicinn a bheil an strapon thingy sin ag obair cuideachd, no nas fheàrr eadhon, na fìor choileach."

"Tha thu a' dèanamh sin." Rinn Julia gàire. "Is dòcha gum bi sinn airson fear fheuchainn a-mach sinn fhìn latha air choireigin ." Leum i mar làmh luaineach a' bruthadh thar a bun.

"Tha tòrr rudan ann is dòcha gum biodh sinn airson feuchainn uaireigin," thuirt Andrea.

Cha robh beachd aig Julia air ùidhean gnèitheasach Sylvia. Bha fios aice gu robh an tidsear singilte agus cha robh coltas gu robh i a' conaltradh ri duine sam bith, fireannaich no boireann. Cha robh i ag iarraidh a bhith dìreach mar aon den fheadhainn a bha an-còmhnaidh timcheall air an tidsear. Cha robh e coltach gur e a bhith a' crathadh agus a' tarraing anail gu mòr thairis air Sylvia an dòigh air seasamh a-mach gu leòr airson a h-aire fhaighinn, a' gabhail ris gum biodh ùidh aice, gu dearbh.

An rud nach robh Julia ri faighinn a-mach gus nas fhaide air adhart gu robh Mlle Sylvia air mothachadh a thoirt do Julia mu thràth. An toiseach b' ann dìreach air sgàth 's gu robh an nighean dhorch à Canada fada air thoiseach air a co-oileanaich na tuigse air a' chànan a bha iad ag ionnsachadh. An uairsin bha am boireannach as sine air faicinn gu robh Julia na boireannach òg milis, an-còmhnaidh deiseil le gàire agus facal càirdeil dha na h-uile.

An uairsin aon fheasgar nuair a bha an neach-teagaisg a 'fosgladh a càr ann am pàirce chàraichean na dàimhe, bha i air sealladh fhaighinn air Julia aig a' phàirce far an robh cead aig oileanaich na càraichean aca a nighe. Bha paidhir teann de jeans gearraidh oirre agus mullach bikini le dath soilleir agus bha i casruisgte. Shìn Julia air a òrdagan gus rag siabann a ruith thairis air mullach na bha Sylvia a' smaoineachadh a bha na chàr aice. Thug na fèithean teannachaidh air an tidsear stad a chur air casan a 'bhoireannaich òig, an uairsin a bonn, an uairsin a h-uile càil.

Thug Sylvia fa-near gu robh Julia còmhla ri a companach seòmar, brunette air nach robh cuimhne aice gu mòr mu dheidhinn ach gu robh i grinn cuideachd, agus gu robh blas deas aice. Chunnaic i an dithis bhoireannach òga a bha air an sgeadachadh gu gann a 'gàireachdainn agus a' sruthadh dòrlach de builgeanan agus uisge air a chèile. Shuidh i na h-anail fhad 's a bha na caileagan a' coimhead gu faiceallach mun cuairt orra, a 'laighe beagan, agus a' pògadh a chèile.

Is dòcha nach b' e sin ann fhèin an clincher. Ach is ann nuair a chunnaic i làmh na h-ìghne eile air a bruthadh thairis air broilleach Julia a bha gann falaichte, rinn Sylvia gàire agus chaidh i a-steach don chàr aice. Nuair a dh' fhalbh i , smaoinich i air a companach seòmar colaiste fhèin nach robh cho fada air falbh ann an ùine agus na tachartasan a bha iad air a roinn.

Beagan làithean às deidh sin bha an seòmar-sgoile cha mhòr falamh. B' e Dihaoine a bh' ann agus dh'fhalbh na h-oileanaich frat agus brònach, a' faighinn leum air an deireadh-sheachdain. Chaidh a' mhòr-chuid den fheadhainn eile gu bhith an sàs ann an cruinneachadh an-aghaidh cogadh agus gearan. Cha robh ach Julia agus beagan oileanach ann agus chuir Sylvia às don chlas tràth.

"Julia," thuirt i nuair a bha an oileanach faisg air an doras.

"Seadh, a Mhle Sylvia?"

"A bheil beagan mhionaidean agad?"

"Gu cinnteach," fhreagair Julia sa bhad.

"Sgoinneil, thig don oifis agam."

Cha b' e seo a' chiad uair a bha Julia air a bhith ann an oifis Sylvia. Cha robh e gu math mòr, mar a bha iomchaidh do bhall dàimhe caran òg, ach bha e air a dheagh àirneis. A bharrachd air an deasg a shuidh Sylvia air a cùlaibh, bha dà chathair ann. Bha aon dhiubh air beulaibh an deasg agus b' e sin am fear a bha an-còmhnaidh air a thabhann do neach-tadhail sam bith. Bha am fear eile ri taobh na deasga agus mar bu trice bha e còmhdaichte le stac de leabhraichean agus phàipearan, mar gum biodh iad a' brosnachadh bheachdan air a chleachdadh.

An-diugh nuair a thug Sylvia Julia a-steach don t-seòmar agus dhùin e an doras, chaidh na pàipearan a chàrnadh air cathair àbhaisteach an neach-tadhail. Shèid Sylvia Julia chun a' chathair eile, shocraich i na cathair swivel comhfhurtail aice fhèin agus snìomh gus aghaidh a thoirt air a' bhoireannach òg.

Julia gu robh rudeigin ùr an-diugh. Bha e coltach gu robh a' Bh-Uas Sylvia a' caitheamh stocainnean nylon, seach a bhith cas-rùisgte mar a b' àbhaist. An uairsin thionndaidh Sylvia thuice, eadhon fhad 's a chùm i oirre a' rèiteach nam pàipearan air an deasg aice. Bha na casan a chuir ùidh cho mòr air Julia air an sgaoileadh gu math bho chèile. Bha an sgiort ghoirid air a chuartachadh mu shliasaid na boireannaich as sine, a 'toirt sealladh foirfe dha Julia.

Chaidh an nylon fad na slighe suas, thuig Julia. Bha pantyhose air Sylvia, ro-ràdh gu math o chionn ghoirid ann an saoghal an fhasain. Ghluais i na suidheachan. Bha iad cho dìreach ri stocainnean an fhad gu lèir cuideachd, chunnaic Julia. Aig mullach casan an tidseir chitheadh an coille curls fionn air an gearradh agus toiseach an sgoltadh a bha a' sgaradh bonn Sylvia. Shluig i. Dà uair. Cruaidh. Thilg Sylvia gàire soilleir air Julia agus thionndaidh i gu tur an aghaidh a h-oileanach. Thòisich i a' bruidhinn air coileanadh Julia sa chlas, agus an uairsin chaidh i a-steach gu monologue mun Fhraing, an cànan, cleachdaidhean agus traidiseanan. Julia air chall ann an ruitheam de na faclan. Bha a sùilean stèidhichte air casan Sylvia.

Bha Julia a' coimhead le ùidh mhòr fhad 's a bha Sylvia a' dol thairis air a casan gu slaodach aon dòigh, an uairsin a 'dol thairis orra agus ag ath-aithris a' ghluasad an rathad eile. A h-uile turas, ghlac fuaim lag an nylon ghrinn a bha a' sgoltadh a cluasan gu socair. Cha b' urrainn dhi i fhèin a chuideachadh. Leig sgiort ghoirid Sylvia sealladh sgiobalta de na sliasaidean rèidh aice, agus gach uair a shìn i aon chas chumadh thairis air an taobh eile a chitheadh Julia eadar na casan sin cha mhòr suas chun t-snaim aca.

Lean Sylvia air a bhith a 'bruidhinn ann an guth tlachdmhor, socair a fhuair Julia air freagairt, eadhon ged a bha a fòcas air na casan eireachdail air a beulaibh. Chaidh na casan sin tarsainn a-rithist, deas thairis air an taobh chlì. Thòisich a 'chas àrd a' gluasad, a 'lùbadh beagan mar a rinn i. Bha sàilean Sylvia crochte bho a òrdagan, a' crathadh fhad 's a bha a' chas a' crathadh. Ghlac a chas an t-sàil a-rithist, an uairsin leig leis i dhol a-rithist.

Cha do thionndaidh an tidsear thairis a casan ach airson a dhol tarsainn orra aig na h-adhbrannan. An turas seo nuair a shleamhnaich a' bhròg dheth, cha do rinn Sylvia oidhirp sam bith air fhaighinn air ais agus dh'fhàg i na laighe air an làr. Lean an dàrna sàil. Shleamhnaich a' chas dheas suas air an taobh chlì agus thòisich i a' bualadh a-rithist. Bha Julia a' reamhrachadh a bilean a-rithist agus Sylvia a' lùbadh agus a' sìneadh a òrdagan.

"Julia?" Cha mhòr nach robh guth Sylvia a 'cur dragh air ainm a' bhoireannaich òig.

Bha aig Julia ri slugadh dà uair agus a bilean a reamhrachadh airson freagairt. Fiù 's an uair sin, a sìmplidh "Tha?" bha sgith.

"Seall orm."

Chaidh aig Julia air a sùilean a reubadh air falbh bhon t-sealladh air an robh iad stèidhichte. Thachair i ri sùil Sylvia agus bha i air leth toilichte a bhith a' faicinn a' smoldering domhainn ann an sùilean an neach-teagaisg. Smoldering a bha fios aice a bha air a mhaidseadh le a sùilean fhèin.

" Tha e ceart gu leòr Julia." Thuirt Sylvia. "Rach air adhart. Dèan mar a tha thu ag iarraidh."

Shleamhnaich Julia bhon chathair aice, air a glùinean air beulaibh a' bhoireannaich as sine. Thog Sylvia a cas beagan, a 'tairgsinn a' chas do Julia, a chuir às dha na làmhan. Ruith Julia a corragan thairis air a' chraiceann còmhdaichte le nylon, an uairsin a corragan, an uairsin a làmhan gu lèir.

Mar a bha làmhan na mnà òig a' gluasad suas an laogh roimhe, thog Sylvia a cas na b' fhaide agus bhrùth i a òrdagan thairis air bilean Julia. Bhuail Julia. Dhealaich a bilean agus ruith i a teanga thairis air na òrdagan sin agus na h-ìnean air am peantadh dearg. Bha i ag imlich thairis orra agus fodha, mus deigheadh i gu sanntach an toiseach an ladhar mhòr, an uairsin a peathraichean gu lèir, na beul.

Thàinig osna dhomhainn bhon bhoireannach a bu shine. Ghluais i a òrdagan ann am beul blàth, fliuch Julia. Lean an oileanach orra gan deoghal airson beagan, agus an uairsin leig iad a-mach iad gus ruith rèidh a teanga air a' bhogha bhog agus an uairsin thairis air an t-sàil agus suas cùl na h-adhbrann.

Thog Julia cas Sylvia agus reub i gu slaodach suas sèid laogh na boireannaich a bu shine. A' ruighinn na glùinean, stad i gu bhith a' suathadh air an àite bhog a bha falaichte an sin, a' toirt air Sylvia crith. Ràinig an tidsear a-mach gu dall gus briogadh air a' phutan "Start" air a' chluicheadair teip ruidhle-gu-ruidhle. An dòchas gum biodh fuaim

Mozart a' còmhdach na fuaimean a bha fios aig an dithis aca a bha a' tighinn faisg.

Julia air caismeachd a bilean suas cùl sliasaid Sylvia, a 'gluasad gus socrachadh eadar casan a' bhoireannaich agus a theanga a thoirt gu taobh a-staigh mothachail na sliasaid. Bha a làmhan a 'cumail astar air cas eile an tidseir, a' rannsachadh na bha i air a bhith iongantach fad an teirm.

"Julia," thuirt Sylvia a-rithist. Nuair a sheallas sùilean glainne Julia suas, dh'iarr am boireannach air an nighean a bhith air a glùinean air thoiseach oirre. "Thoir leat d' aodach." Nuair a thòisich Julia ag èirigh, chuir Sylvia stad oirre. "Chan e, na èirich. Stial far a bheil thu."

Ghluais Julia. Cha d' thug e ach tiota a bròig a spionadh dhith, lèine gheal an fhir air an robh i a' chnap-starra a thoirt dheth agus a rùsgadh, a cinn air a snamhadh fo a cìochan. Mar a bha iomchaidh do bhoireannach a chaidh a shaoradh anns na seasgadan, cha robh bra a' caitheamh oirre. An uairsin cha do dh' fhàg e ach dhi a bhith a' faighinn a-mach às na shorts jeans gearraidh aice agus na panties cotan geal aice.

Bha Julia air a dhol sìos air barrachd air aon bhoireannach roimhe, bhon chiad uair a bha i fhèin agus Andrea air cuirp a chèile a rannsachadh. Bha seo cho eadar-dhealaichte ge-tà. Às deidh dhi pògadh air ais is air adhart bho aon sliasaid chun t-sliasaid eile fhad 's a bha i ag obair suas na casan a bha i ag iarraidh, fhuair i a-mach gur gann gum b' urrainn dhi a teanga a sparradh am broinn pussy Sylvia. Bha am pantyhose na bhacadh. An àite sin, chleachd i flat a teanga gus an nylon a bha a' sìor fhàs fliuch a shuathadh an aghaidh slit fosgailte Sylvia. Bha an stuth a' faireachdainn cho ciallach air a teanga, an aghaidh a bilean. Shreap a làmhan fo oir a' chathair, na corragan a' lorg nan sgàinidhean far an robh casan Sylvia a' sruthadh a-steach don asal aice.

Airson a pàirt, bha Sylvia air chall gu tur ann an cùram beul is làmhan a h-oileanach. Bha an ceann falt dubh a' leum beagan eadar a casan fhad 's a bha Julia a' leantainn air adhart leis na ministrealachd beòil aice chun phussy a bha a-nis a 'sruthadh. An uairsin lorg Julia clit Sylvia.

Bha seam math ann far an deach crotch a' phantyhose a cheangal. Bha teanga Julia a 'bruthadh an t-seam sin an aghaidh neamhnaid gun chochall. Cho rèidh 's a bha an nylon, sgrìob e am nubbin goirt. Ach bha an mothachadh iongantach, a 'toirt air Sylvia a bhith a' sgoltadh gu fiadhaich anns a 'chathair aice agus a' cromadh a pussy an aghaidh aodann a 'bhoireannaich òig.

Fiù 's mar a bha Sylvia a' faireachdainn gu robh i a 'tòiseachadh a' marcachd air suaicheantas na tonn a bha a 'tighinn a-steach, bha fios aice gu robh i airson rudeigin a bharrachd a dhèanamh airson a' bhoireannach òg a 'toirt toileachas dhi. Shìn i a cas, a 'ruith a cas eadar casan Julia. A 'lùbadh a h-adhbrann, ghluais i a h-òrdagan an aghaidh cuiridhean dorcha pussy Julia.

"O, a Thighearna mhath," rinn e gearan air Julia, faireachdainn agus fuaim a chaidh a thogail le Sylvia. Dh'fhàs an nylon, bogte le a seile, eadhon na bu fhliche mar a bha na òrdagan a bha e a 'còmhdach a' putadh eadar a bilean agus a-steach don phussy teann aice. Phaisg i a gàirdeanan timcheall cas Sylvia agus shleamhnaich i a corp suas is sìos, a chas còmhdaichte le nylon a 'sleamhnachadh eadar a broilleach agus an aghaidh a bolg.

Bha an dithis bhoireannach air chall sa mhionaid. Shìn Sylvia a h-adhbrann, a 'putadh a h-òrdagan a-steach agus a-mach à pussy Julia. Thog i a cas beagan agus fhuair i duais le èigheach nuair a bha a ladhar mhòr a' suathadh ri clit Julia. Chaidh an glaodh sin a mhùchadh leis gun do thiodhlaic Julia a beul air pussy Sylvia, a' deoghal na sùgh a bha a' sruthadh tron chnap-starra nylon. Fhad 's a bha Sylvia foot a' fucked a 'bhoireannach òg, fhreagair i le bhith a' reamhrachadh, agus an uairsin a 'bìdeadh ceart far an robh an t-seam a' sgrìobadh thairis air clit Sylvia fhèin. Bha crathadh aon tighinn gu leòr airson an tè eile a thoirt chun oir agus a phutadh thairis. An dà chuid tidsear agus oileanach orgasmed còmhla, cha mhòr fòirneartach.

An fheasgar sin bha Julia air ais aig an dorm, ga sgrùdadh fhèin san sgàthan. Thionndaidh i gu taobh, agus an uairsin sheall i thairis air a gualainn air a taobh chùil. Rinn i gàire agus rinn i gàire, eadhon nuair a dh' fhosgail agus a dhùin doras an talla.

"Maitheas, dè a tha ort" dh'fhaighnich Anndra is a sùilean a' lasadh suas.

"Pantyhose lom," fhreagair Julia, gàire dona a 'tarraing oiseanan a beul.

"Gu cinnteach tha iad a' coimhead snog ort," fhreagair a companach seòmar. Le sùil oirre suas is sìos, lean Andrea. "Chan e gu bheil feum agad air cumadh sam bith, ach tha iad gu math rèidh."

"Tha iad a' faireachdainn math cuideachd, "thuirt Julia. A 'dol chun an dreasair aice thog i pasgan beag còmhnard agus thilg i chun na h-ìghne eile e. Rug Andrea air a' phacaid, ga suirghe airson mionaid leis a' bhogsa a bha i mu thràth.

"Dè tha seo?"

" Paidhir dhuibh. Carson nach glas sibh an dorus 's am feuch iad air?"

"An-còmhnaidh deagh bheachd," thuirt Andrea, a' gluasad chun doras. Bha clioc fann a' ghlais a' glacadh. Chuir an nighean as àirde an dà phacaid gu faiceallach air an leabaidh agus thòisich i air sleamhnachadh a-mach às a h-aodach. "Tha faireachdainn agam nach e dìreach bruadar a th' ann am Miss Sylvia leat tuilleadh.

" Mmmmm , chan eil, chan eil, ged a tha mi an dòchas gum bi ath-aithris ann san àm ri teachd." Dh' èirich an t-acras air Julia a-rithist fhad 's a bha a companach seòmar rùisgte na shuidhe air oir na leapa agus a' tarraing gu faiceallach air an pantyhose a cheannaich Julia dhi. "Co-dhiù, dè a tha sa phasgan DO," dh' fhaighnich i fhad 's a sheas Andrea agus a' dol timcheall.

"Uill, tha thu a' faicinn, "thuirt an ruitheadair ann an cluais an oileanach matamataigs agus iad a' tighinn còmhla, gàirdeanan a 'cuairteachadh agus cuirp a' brùthadh ri chèile. "Rug Miss Carter mi an-diugh cuideachd. Bha i coibhneil gu leòr airson rud a bharrachd a thoirt dhomh air iasad den t-seòrsa a ghlac i mi." Mar a thàinig am bilean còmhla thuirt Andrea, "Agus às deidh dhut sealltainn dhomh mar a tha seo ag obair, tha mi a' dol a shealltainn an rud sin ort. "

CAIBIDEIL III

Thug Iseabail Carter sùil air ais is air adhart bhon uaireadair stad aice chun na ruitheadairean a' tighinn timcheall a' chnap mu dheireadh. Thòisich i a 'gairm na h-amannan chun an neach-cuideachaidh aice, a bha a' coimhead air ais is air adhart bhon leabhar-notaichean aice gu na h-àireamhan a bha air am brùthadh air broilleach gach ruitheadair fhad 'sa bha buill sgioba slighe na h-ìghne a' tilgeil sìos orra.

Airson tiotan, chaidh Iseabail sìos, a h-aire air a tharraing le casan fada deàlrach na h-ìghne air an stiùir. Bha a falt fada brunette, air a slaodadh a-steach do ponytail, a' seòladh air a cùlaibh na h-astar. Mharcaich an lèine-t giorraichte suas gus am bolg còmhnard fodha a nochdadh. Ach b 'e na casan a bha a' cumail aire coidse boireann na sgioba, na casan air an robh i air a bhith iongantach a-riamh bhon a thuig i gu robh am boireannach òg air a bhith a 'dèanamh a-mach còmhla ri a companach seòmar a cheart cho boireann agus tarraingeach ann an cùl bus na sgioba aon oidhche.

Tharraing i a h-aire air ais chun an stopwatch agus ghairm i gu meacanaigeach na h-amannan nuair a bha Andrea Martin a' rèiseadh seachad, agus an uairsin an fheadhainn eile. Aon uair 's gun deach an nighean mu dheireadh thairis air an loidhne crìochnachaidh, shèid Iseabail a fìdeag agus chuir i a h-uile duine a-null thuice. Airson na beagan mhionaidean ri teachd bhruidhinn i air rudan coitcheann agus thug i beagan bheachdan air mar a leasaicheadh i coileanadh agus astar. Fhuair i an leabhar notaichean aice bhon neach-cuideachaidh aice agus chuir i air dòigh amannan airson coinneachadh ri gach nighean fa leth san oifis aice.

Bha na coinneamhan fa-leth dìreach airson an adhbhar a chaidh ainmeachadh gu poblach. Bha Iseabail den bheachd gum bu chòir càineadh sam bith a bhith sònraichte, leantainn gu leasachadh, agus a bhith dìomhair. Bha i an-còmhnaidh a' feuchainn ri cuideigin a sheachnadh air beulaibh chàich. Cha bu chòir fiù 's moladh a bhith ro làn, bha i a' creidsinn, mura b' urrainn dhi an sgioba gu lèir a mholadh. Bha aithne air tachartas air a dheagh ruith, gu dearbh, airidh air meal-a-naidheachd sa bhad, ach cha b' e cus suirghe.

Às deidh sin a ràdh, dh'aidich Iseabail dhi fhèin gun robh i a' coimhead air adhart ri seiseanan coidsidh aon-air-aon do bhoireannaich. Eadhon ged a bha i gu tur proifeasanta fhad 's a bha i, mar as trice a' toirt a-steach gin de na nigheanan "sònraichte" aice, bha e na thoileachas mòr a bhith leatha fhèin san oifis aice le gach lùth-chleasaiche òg aice. Rinn a h-uile corp òg, daingeann sin, mar bu trice air an èideadh gu cas agus gu follaiseach, le craiceann tana agus fèithean caol, i gòrach. Chuir Iseabail na cuimhne gu daingeann gur e "coimhead ach na suathadh" am facal faire, co-dhiù aig uairean obrach àbhaisteach. Co-dhiù, bha i a' coimhead air adhart ris an ath uair.

Às deidh don nighean mu dheireadh an oifis fhàgail, lean Iseabail air ais anns a' chathair mhòr còmhdaichte le leathar air cùl a deasg, dhùin i a sùilean agus a smaoineachadh. Bha an seisean air a dhol gu math. Bha i a' faireachdainn gun robh i air ìre mhath a choileanadh. Bha Lisette air a bhith a' faighinn trioblaid leis an toiseach aice agus bha iad a' smaoineachadh gun d'fhuair iad a-mach dè bha ceàrr.

Nuair a ghabh i fois, cha mhòr nach do chuir i iongnadh oirre a corragan a lorg a' goid suas cas a shorts. Rinn i gàire agus thog i a cromagan. Chan fheum a bhith gòrach. Chuir i às do na shorts aice agus phut i sìos a casan iad mus do shleamhnaich i a làmh am broinn na panties cotan geal bunaiteach aice. A 'lùbadh air ais, dhùin i a sùilean agus leig i le a mac-meanmna a dhol air adhart, eadhon mar a thòisich a corragan air na gluasadan eòlach aca.

Iseabal beagan mar aon, agus chaidh dà mheur eadar a bilean agus chrom i na broinn. Bha bàrr a h-òrdaig a' cromadh fo a cochall agus a' tarraing às e gu làn dhùsgadh. Chaidh dealbhan seachad ged a bha a h-inntinn coltach ri dealbhan. Chunnaic i grunn de na caileagan a ghabh i anns an dearbh oifis seo. Casan fada caol a dhealaich air a son, gàirdeanan caola tana a bha a' teannadh timcheall oirre fhad 's a bha i gan brùthadh fo a corp. Aig amannan bhiodh i a' cleachdadh a corp fhèin airson gaol a thoirt dhaibh, a' bleith a pussy air a bearradh gu faiceallach an aghaidh an fheadhainn òga.

Bha ball callus na h-òrdag aice a' suathadh nas luaithe agus nas luaithe air a clit at. Chuir an treas meur e fhèin ris an fheadhainn eile a' tuiteam a-steach don fhliuch aice. Is e an rud a b' fheàrr leatha ge-tà, an acfhainn ceangail a thoirt leis a choileach plastaig is rubair, a cheangal timcheall oirre agus a chleachdadh gus na boireannaich òga sin a mhùchadh. Agus an-dràsta, b' e an ìomhaigh a bha aice na h-inntinn, ìomhaigh Andrea Martin. Chitheadh i an lùth-chleasaiche òg, 's dòcha air a làmhan agus a glùinean air an leabaidh le a h-asal beag teann san adhar. No air a sìneadh a-mach le a casan fosgailte. Air neo... Bhuail Iseabal gu dìreach agus tharraing i a làmh saor bho na geàrr-chunntasan aice mar a bha gnogag air an doras. Dh'atharraich i a h-aodach gu sgiobalta agus thug i "Thig a-steach".

Bha an aodann a bha i dìreach air a bhith a' smaoineachadh a' dol tron doras aice. " A 'Bh-Uas Carter, tha mi duilich a bhith a' cur dragh ort, ach a bheil mionaid agad?"

" Gu dearbh is mise Andrea, thig a-steach." Bheachdaich Iseabail air slugadh mar a ghèill Anndra. Bha sandallan fras air a' bhoireannach òg, panties cotan gorm le gearradh àrd agus lèine-t tana a rinn e follaiseach nach robh dad fon sin ach Andrea. Bha a falt, beagan nas fhaide na a 'mhòr-chuid de na caileagan a' gearradh an cuid, a 'crochadh timcheall a guailnean, fliuch bhon fhras a dh' fheumadh i dìreach air falbh. Thuit braoin uisge bhuaithe. Chuir Iseabail slugan eile fodha nuair a thuit dà bhoinne air broilleach na coille, far an do bhrùth a nipple an aghaidh an stuth a bha cha mhòr ri fhaicinn.

Cha tug Andrea ach beagan mhionaidean leis a' mhearachd aice, ag iarraidh beagan comhairle a bharrachd mu na thòisich i agus an robh an coidse boireann den bheachd gu robh i a' briseadh a-steach don sprint mu dheireadh aice ro thràth. Rè na h-ùine sin sheas an ruitheadair le a casan air an sgaoileadh gu comhfhurtail bho chèile. Lean sùilean Iseabail aon uair nuair a bha coltas gu robh Andrea gu neo-làthaireach a' sleamhnachadh a làmh sìos a taobh agus ag atharrachadh agus ag ath-leasachadh a panties. Fad na h-ùine bha i ag èisteachd ri beachdan Iseabail agus cha robh i mothachail air buaidh sam bith air a coidse boireann.

An e sin no nach e sin cuireadh anns na sùilean uaine sin? Bha Iseabail, mar bu trice cho misneachail anns a h-uile gnothach a rinn i ri a h-oileanaich, a co-aoisean agus a h-uile duine eile, air a call. Cha robh e mar nach robh i air co-dhiù aon nighean deònach a mhealladh a h-uile bliadhna bhon a thòisich i san dreuchd seo. Bha fios aice air na comharran airson coimhead a dh'fhaicinn an robh ùidh aig boireannach òg an-dràsta no ùidh anns a 'ghnè aice fhèin.

Chuir Andrea dragh oirre airson adhbhar air choireigin. Bha Iseabail gun teagamh cinnteach gun robh Andrea agus a companach seòmar cheerleader air a bhith a' meòir a chèile aon oidhche co-dhiù air cùl bus na sgioba. A bharrachd air an sin ge-tà, chan fhaca i comharran sam bith gu robh ùidh Sapphic ann an taobh Andrea. Cha bhith sùil sgiobalta air na caileagan eile, gun suathadh sam bith a bha còir a bhith a' coimhead gun fhiosta, no eadhon an soidhne àicheil a bhith an-còmhnaidh a' coimhead air falbh nuair a bha nighean eile a 'rùsgadh.

Bha beachd aig Iseabal. Is dòcha gu robh Andrea agus a companach seòmar ann an dàimh còmhla. Ma tha , bha e gu math fosgailte. Bha muileann fathann na colaiste an-còmhnaidh làn de sgeulachdan gun stèidh mun h-uile duine bhon Cheann-suidhe sìos gu luchd-obrach cumail suas; ach cha robh na h-uisg- eachan a bha gu math fon talamh, glè fhaiceallach agus faiceallach air feadh na loidhne-phìoban gay agus leasbach air dad a ghiùlan mu na companaich òga san t-seòmar. A rèir choltais bha iad a' conaltradh ri daoine gu fosgailte. Nam biodh boireannaich eile an sàs bha e uamhasach falaichte.

Ghabh Iseabal osna an dèidh do Anndra falbh. Dè bha i a' dol a dhèanamh mun bhoireannach òg sin? Bha i an dòchas nach biodh e ro fhada gus an d' fhuair i a-mach.

B' e an ath fheasgar Dihaoine a thionndaidh gu bhith mar aon de na làithean sin nuair nach deach dad ceart. Bha a h-uile duine a' tuisleadh, a' ruith a-steach dha chèile agus a' bleith mun cuairt. Bha coltas gun robh na h-eacarsaichean sean agus cha robh duine a' faighinn mòran buannachd bhuapa. Mu dheireadh ghairm Iseabal a h-uile duine còmhla agus thug i dhaibh an còrr den ùine dheth. Mar a bha amharas aice, sgaoil na caileagan sa bhad chun na gaoithe.

Iseabal air tilleadh dhan oifis aice agus i a' cur cudrom air na pìosan de phàipearan a bha coltach gun robh iad uile a' cruinneachadh leatha fhèin. Tapadh le Dia cha robh aice ri pàipear fhoillseachadh às deidh pàipear mar a rinn a' mhòr-chuid den dàmh. Cha robh dùil aice ach a bhith a' leasachadh sgioba slighe boireannaich a bhuannaich agus eadhon an uairsin bhiodh an rianachd agus na h-alumni a' crathadh, a' gàireachdainn gu fann agus ag ràdh "Tha sin snog" mus dèanadh iad sgrùdadh air mar a bha am fastadh ball-coise a' dol. Ach, b' e an obair aice a bh' ann agus bha i airson a dhèanamh ceart.

Chaidh an dùmhlachd aice a bhriseadh le "sgiath" a-rithist bho raon na slighe taobh a-muigh na h-uinneagan aice. Gu h-iongantach, dh'èirich i, lùb i aon de na dallsaichean a bhiodh i a 'cumail a' tarraing agus a 'coimhead a-mach. Bha Andrea air fuireach agus i a' cleachdadh a cnapan-starra. Chaidh am fuaim adhbhrachadh nuair nach do ghlan i fear às deidh a chèile de na cnapan-starra agus thuit iad thairis. Chunnaic Iseabal an sàrachadh a bha sgrìobhte air aodann na h-ìghne. Dh'fheuch i a-rithist, a 'cruthachadh eadhon barrachd milleadh. Gu dearbh, dìreach mus do dh'fheuch i ris an dà chnap-starra mu dheireadh, gu h-obann chaidh i suas goirid agus grimaced mus deach i gu taobh na slighe.

Bha Iseabail a-mach às an oifis aice agus sìos an talla mus do chuir Anndra eadhon a-steach don doras. Phaisg i gàirdean timcheall an ruitheadair òg agus chuidich i chun oifis aice. Aon uair 's gu robh i an sin bha Andrea air suidhe sìos anns a' chathair àbhaisteach fhad 's a bha i a' sgrùdadh, agus an uairsin dhearbh i an amharas a bha aice.

"Tha each Charley agad, Anndra." Bhuail Iseabal an laogh air an robh buaidh. Bha a proifeiseantachd agus a dragh mu aon de na lùth-chleasaichean aice fo smachd iomlan. B' e smuaintean feise an rud a b' fhaide air falbh bho a h-inntinn. Loisg i sìos agus fhuair i duais nuair a dh'fhairich i gu robh na fèithean snaidhm a' gabhail fois. Shuidh i air ais air a sàilean agus choimhead i suas air a' choille.

"Nas fheàrr?"

"Tòrr nas fheàrr, Miss Carter. Tapadh leibh." Chaidh Andrea sìos air a coidse boireann.

Dh'èirich Iseabal agus rinn i gàire. "Tha fàilte ort. A-nis ma tha," thionndaidh a beachd gu sgiobalta. "Dè bha thu a' dèanamh a-muigh an sin fhathast? Thuirt mi ris a h-uile duine a thoirt dheth."

"Tha mi dìreach air mo shàrachadh nuair nach eil cùisean a' dol ceart. Tha mi air a bhith a' breabadh thairis air barrachd chnapan-starra a tha mi air a bhith a' fuasgladh. Chan urrainn dhomh co-dhùnadh am bu chòir dhomh fuireach le seo neo a dhol air ais gu astaran fada? Tha seo nas inntinniche, ach chan ann mura h-urrainn dhomh a mhaighstir."

"Tha thu nad shàr ruitheadair air astar, Andrea, ach faodaidh tu cnapan-starra a ruith ma thogras tu. Chunnaic mi na bha thu a 'dèanamh agus tha e dìreach a' dol a thoirt beagan atharrachaidh air suidheachadh do bhodhaig nuair a leumas tu. An seo," dh'fhàs Iseabail air a ghlacadh innte trèanadh boireannaich, mar a bha i an-còmhnaidh. "Leig leam seòlltainn dhut." Bhris i aon làmh air mullach an deasg agus thog i a cas. "Feumaidh tu a' chas seo a thoirt air ais 's suas dìreach beagan nas fhaide. Mar seo." Sheall i. Agus chan eil thu buileach a' sìneadh gu leòr leis a' phrìomh chas agad."

Ghluais Andrea suas ri taobh a coidse boireann agus ghabh i an aon suidheachadh. "Mar seo?"

"Chan eil, nas coltaiche ri seo," sheas Iseabail agus an uairsin thuit i gu aon ghlùin agus atharraich i cas chlì Andrea. An turas seo lorg i a làmhan a 'ceangal beagan ris a' chraiceann rèidh fodha. Cha mhòr gu mì-fhortanach leig i air falbh agus thòisich i a-rithist air a suidheachadh ri taobh na tè a b' òige. Dh'fheuch i ri a h-inntinn fhaighinn air ais. Bha fios aice gu robh i rud beag fliuch agus gun robh a h-anail beagan ro luath. Dè bha am boireannach òg seo a' dèanamh rithe?

Gluais Andrea mar gum biodh i a 'cuimhneachadh gluasad nam fèithean. Gu h-obann chrom a cas a rithist agus thuit i air an taobh a dh'ionnsaigh Iseabail, a rug i.

"Oops," rinn Anndra gàire. "Tha mi creidsinn gu bheil mi fhathast beagan mì-chinnteach." Thionndaidh an ruitheadair òg a h-aodann a dh'ionnsaigh a coidse boireann. Dh'fhosgail i a beul airson rudeigin eile a ràdh ach dhùin i a-rithist e.

Bha an dithis bhoireannach a 'coimhead ann an sùilean a chèile bho dìreach òirlich bho chèile. Dh'fhairich Iseabal corp Anndra na h-aghaidh. Bha druim is gualainn na coille far an robh a gàirdean glaiste, ga cumail suas, a' faireachdainn cho blàth is cho daingeann.

Bha Iseabail cha mhòr air chrith. Sheas i gu mì-fhortanach agus chuidich i Andrea gu a casan. An turas seo cha robh càil ceàrr air a' chuireadh anns na sùilean uaine a bha romhpa. Phut i Andrea na h-aghaidh agus bha a bilean gu h-acras a' sireadh beul na tè a b'òige. Bha corp òg, daingeann an oileanach aice a' cumadh na h-aghaidh. Dhealaich bilean Anndra agus shàth Iseabail a teanga a-steach don bheul blàth aoigheil, eadhon nuair a bha sgrùdadh làmhan air a theannachadh air druim na mnà òig.

Cha robh suil sam bith mu dheanamh gaoil Iseabal, cha b'ann an deigh dhi smuaineachadh air a' mhionaid so cho fada. Chreach i beul na h-òigh, a teanga a' toinneamh 's a' crolaidh gu dian. Chrath i an corp caol ris an fhrèam fèitheach aice, a' gabhail tlachd ann an gèilleadh Andrea. Ceum air cheum choisich i an ruitheadair òg air ais chun na leapa aice, an leabaidh leathair ri taobh a' bhùird bhig leis an drathair far an robh i a' cumail a strapon .

Stad Andrea nuair a chuir cùl a casan fios chun an leabaidh. a' ruighinn sìos, ghlac i iomall a mullach tanca agus tharraing i thairis air a ceann e, a' sealltainn a cìochan beaga, na nipples pinc gu cruaidh le arousal. Chuir Iseabail ìmpidh air a' bhoireannach òg le putadh socair sìos. Chuir am boireannach òg a-mach air an leathar dubh, a' gluasad gu ciallach oir, le gàire dona, sleamhnaich i a làmhan sìos a taobhan agus thòisich i air a shorts a phutadh sìos a casan.

Dh'òl Iseabal ann an corp Anndra, eadhon mar a nochd preas donn air a ghearradh gu grinn fhad 's a bha na shorts ag obair sìos na casan tana. Bha fois ann, agus gàire sàmhach, oir thuig Andrea gu robh na brògan ruith aice fhathast a' dol agus thug i air falbh iad gus am b' urrainn dhi na shorts agus na panties aice a bhreabadh an-asgaidh. Shìn i a-mach, a gàirdeanan thairis air a ceann. Thilg i aon chas suas air cùl na leapa, an t-eile an crochadh o thaobh an t-sòfa, a' cur a mach gu tur i fèin ri dian-shealladh na mnà bu shine.

Nuair a chaidh i gun stad, chaidh aig Iseabail air a lèine-t agus an còrr den aodach aice a thilgeil. Dh'fhuirich Andrea air an raon-laighe, a 'cumail fhathast na suidheachadh tagraidh. A-nis rùisgte, chrath Iseabail an corp làidir le a sùilean a-rithist agus an uairsin thuit a h-uile càil air Andrea. Chòmhdaich i corp na boireannaich òig leatha, oir phòg i Andrea le eadhon barrachd dìoghras na bha i airson a' chiad uair.

Cìochan làn chruinn a' còmhdach gach tè. Bidh nipples donn a 'bruthadh an aghaidh feadhainn pinc. Ghlac làmhan làidir grèim air dùirn caol agus thog iad gàirdeanan òga os cionn ceann an neach-seilbh aca. Thachair fliuch-chrith Iseabail ri curls donn tais Anndra. Chuir Iseabail a glùinean an aghaidh leathar dubh na cuiseanan sòfa agus phut i.

Bhris Andrea a' phòg fada gu leòr airson gasp domhainn. "O Dhia, Miss Carter." Chuidich a' chas a chuir i air an làr le luamhachadh na coille fhad 's a bha i a' putadh air ais suas an aghaidh a coidse boireann, a' coinneachadh ri smeòrach hip a' bhoireannaich as sine.

Rinn Iseabail i fhèin an aghaidh Anndra. Bha gaol aice air faireachdainn a' chuirp chaol foidhpe, a' gèilleadh d'a miann. Bha gaol aice air cho cruaidh sa bha cnapan Andrea an aghaidh a cìochan agus dh' fhaodadh i anail a tharraing a-steach don fhàileadh a' brathadh arousal na h-òige agus a' faireachdainn gu robh sùgh nan sùgh a' sruthadh bhon phussy òg fodha. Ach bha i ag iarraidh barrachd.

Gu h-obann dh'èirich i air a làmhan agus a glùinean, a 'cumail a' bhoireannach òg fo a h-àite fhathast. Lean i air adhart, a' cothromachadh air aon làimh fhad 's a bha a corragan a' frasadh airson drathair a' bhùird deiridh, thionndaidh an drathair a chùm i a dh' ionnsaigh an t-sòfa gus am biodh neach-tadhail cas ag ionndrainn e agus gun a bhith a' coimhead a-staigh gu seòlta. Drathair anns an robh acfhainn agus dildo a strapon , an tè a bha i a' dol a chleachdadh air Anndra.

Fiù 's nuair a dh' fhosgail i an doras agus a tharraing i an strapon leathair is plastaig an-asgaidh, ghluais Andrea fodha. Bha ceann falt donn air a shìneadh air ais agus beul fliuch ceangailte ri broilleach Iseabail far an robh e crochte. Cha do rinn Anndra gluasad sam bith eile fo Iseabail. Dìreach a beul a' suirghe broilleach a' choidse boireann a-steach agus a teanga a ' slaodadh a' chuain chruaidh. Dhùin an coidse boireann a sùilean agus chuir i fòcas air a' mhothachadh. An uairsin chaidh èadhar fionnar a bhrùthadh thairis air a broilleach a bha a-nis fliuch nuair a leig Andrea a-mach e gus a ghlasadh air an t-seam eile os cionn a h-aodann.

Tharraing Iseabal suas. An uairsin rinn i gàire. Fada bho bhith a' leigeil às, leig Andrea le a broilleach sruthadh saor dìreach gu leòr airson an nipple donn na fiaclan a ghlacadh. Agus chroch i oirre. Ghlaodh am boireannach a bu shine a-mach fhad 's a bha a cnap-starra a' sìneadh, an uairsin air a slaodadh gu cruaidh leis na fiaclan ceangailte. Bha e a' faireachdainn do-chreidsinneach. Bha i ag iarraidh air Andrea gèilleadh, ach chuir an gnìomh ar-a-mach seo, a bhith a 'gabhail os làimh eadhon airson mionaid , miann Iseabail.

Rinn i gàire gu brònach, a' gabhail ris a' phian bhlasta nuair a reub i a nipple saor bho fhiaclan Andrea. Bha làmhan air chrith a' ceangal an acfhainn timcheall a corp. Choimhead i sìos mar a shocraich i an dildo na h-aghaidh fhèin. Bha sùilean Andrea glaiste air a' choileach plastaig pinc lùbte a-nis a' suathadh bho a cromagan. Bha deòir acras anns na sùilean sin agus bha Iseabal airson a bhiadhadh.

Ràinig i sìos agus ruith i a làmh air cùl amhaich Andrea, a 'togail a ceann bhon leabaidh. Ghluais i air adhart, a 'putadh corp Andrea fo a cuideam. "Suck it, Andrea," dh'àithn i. Cha robh leisg sam bith ann. Shleamhnaich beul an lùth-chleasaiche òg dìreach thairis air a' cheann le cumadh agus sìos a' chas. Dh'fhairich Iseabal an greim teann a bh' aig bilean Andrea air an dildo nuair a thòisich bobs ceann na coille air a' bhunait a phutadh air ais na h-aghaidh, a' brosnachadh a clit.

Chùm an coidse boireann ceann an oileanach gu daingeann, a 'cleachdadh a cromagan gus a' choileach a thilgeil a-steach agus a-mach à beul Andrea. Nuair a dh'fhairich i gu robh i air a smachd ath-stèidheachadh, tharraing i air falbh e agus chaidh i air ais eadar casan Andrea a bha fhathast leathann = sgaoilte. A 'toirt a' chas ann an aon làimh phut i an ceann eadar labia Andrea agus a-steach don fhosgladh aice. Cho luath 's a dh'fhairich i gu robh am bàrr a' dol a-steach don bhoireannach òg, thuit i air adhart a-rithist air corp Andrea agus smeòrach le a cromagan làidir.

Cha mhòr nach deach sùilean Andrea a-mach às a ceann leis gu robh aon bhuille fada ga lìonadh gu tur leis an dildo. Dh' fhosgail i a beul ri èigheach ach an robh e air a mhùchadh le pòg chruaidh bhon bhoireannach a bha air a muin. Chuir Iseabail a teanga gu domhainn a-steach do bheul a 'bhoireannaich òg, cho domhainn' sa chaidh a coileach plastaig a thiodhlacadh a-steach do phussy an deugaire.

Shìn Iseabal agus chuir i a casan an aghaidh gàirdean thall na leapa. thòisich a casan làidir ri creag, a' draibheadh a' choileach dhan bhoireannach a b' òige. Chleachd i stròcan fada domhainn, a 'lìonadh na h-ìghne fodha agus an uairsin a' tarraing a-mach cha mhòr gu tur.

Ghluais Andrea fodha agus an uairsin gu h-obann phaisg i a casan fada timcheall corp Iseabail, a' glasadh a h-adhbrannan air cùl a' choidse boireann. Thog am boireannach bu shine suas air a làmhan. Grunting leis an oidhirp, i slammed hips aice air ais is a-mach, mu dheireadh fucking a h-oileanach lùth-chleasaiche mar a bha i air bruadar a dhèanamh.

Fhreagair Anndra, a' bualadh air gach buille gus gabhail ri cas a' bhoireannaich a-steach innte cho domhainn 's a b' urrainn dha a dhol. "O Dhia." An turas seo b' e Iseabail gasping a bh' ann. Chàin a h-uile stròc bonn an dildo na h-aghaidh, a 'bleith a' chnap plastaig le snìomh an aghaidh a clit. Chuir Anndra air adhart i, a' crùbadh na h-aghaidh agus a' teannachadh grèim a casan òga làidir timcheall Iseabail.

"Faca mi, fuck dhomh an gàradh agad," thuirt an coille. "O a' Bh-Uas Carter, chan urrainn dhomh cumail orm. Tha thu gam ghiùlan às mo chiall."

" Rach air adhart leanabh." Rinn Iseabal gàire. " Cum do choidse bhan." dhùin sùilean na caillich bu shine agus mheudaich i a h-oidhirpean. An uairsin thàinig a sùilean fosgailte a-rithist. Bha Anndra air a fiaclan a dhùnadh air an nipple eile aig Iseabail. Cha robh feum aice air tarraing air ais an turas seo. Le sgreadail bhig bha am boirionnach og air a cur sios gu cruaidh agus i a' crathadh a cinn gu fiadhaich, a' cuipeadh an teud bu truime a bh' aig Iseabal mun cuairt gu fiadhaich. Chàin Iseabal gu tur a-steach do Anndra agus chùm i domhainn na broinn fhad 's a bha an dithis bhoireannach a' tighinn gu crìch.

Nuair a dh'fhàs na h-ath-bhualaidhean nas slaodaiche, thoinneamh Iseabail a corp, a' tarraing a' choileach air falbh bho Anndra. Shuidh i suas, a 'feuchainn ri a h-anail a ghlacadh. A 'dol beagan, chaidh i chun an deasg agus thog i glainne de uisge deigh nach robh tuilleadh agus dh'òl i pàirt dheth. Thionndaidh i mar ghiggle bhris an t-sàmhchair.

"A 'Bh-Uas Carter, is e bruadar a th' annad, ach dòigh air choireigin, a-nis gu bheil cùisean nas socraiche, an sealladh dhut leis an rud sin mun cuairt ort. Tha mi a 'ciallachadh, feumaidh tu aideachadh, tha e a' coimhead neònach an coileach sin fhaicinn a 'sgoltadh a-mach às do bhodhaig."

Rinn Iseabal gàire. A' toirt glainne eile bhon bhòrd air cùl a deasga, thairg i e don cheannsachadh as ùire aice. "Chan eil mi a 'smaoineachadh gu robh thu a' smaoineachadh gu robh e 'neònach' dìreach beagan mhionaidean air ais."

Andrea osnaich gu toilichte. "Tha thu ceart. Agus tapadh leat." Ghabh i an glainne uisge agus ghabh i slugadh domhainn. An uairsin shleamhnaich i bhon leabaidh, chaidh i thairis air an t-seòmar i fhèin agus thill i le searbhadair. Nuair a thog Iseabal mala san robh sin, chaidh Anndra air a ghlùinean ri taobh an t-sòfa agus thòisich i air a sguabadh sìos. "A' Bh-Uas Carter, tha thu a' dol a mhilleadh an leathar seo ma tha,' bhris i a-steach do ghàire, "Ma dh' iarras tu air do sgioba a chuir air.

"Uill," fhreagair an coidse bhoireann agus i gu math èibhinn, "Càit a bheil thu a 'moladh gun dèan mi iad?" A' tionndadh gu dona, chaidh Iseabal air adhart. "Chan urrainn dhomh cuireadh a thoirt dhuibh uile dhan taigh agam, chan eil sinn a' dol a choinneachadh ann am bàraichean na colaiste agus bidh mi a' tarraing na loidhne aig suidheachan cùil càr. Agus chan eil e mar gum b' urrainn dhut an seòmar-cadail agad a thairgsinn."

"Tha fios agam." Chaidh Andrea thairis air an t-seòmar agus phòg i a coidse boireann. "Chan urrainn dha a bhith furasta dhut. Ach chan e, bha mi dìreach a' ciallachadh, uill, bha grunn argamaidean aig mo chompanach seòmar Julia agus mise co-dhiù am biodh tu air an leabaidh no suidheachadh eile."

" Do chomh-sheòmar ? An sin bha mi ceart," dh' ainmich Iseabal gu buadhach. "Tha an dithis nan leannan."

" O mo tha." Rinn Andrea sgrùdadh air a' choidse boireann. "Ciamar a bha fios agad ge-tà? Bidh sinn le chèile a 'dol air ais, agus a' cadal le gillean, agus corra nighean eile ged a tha sinn a 'cumail sin air an taobh. eile."

"B' e turas a' bhus a bh' ann. Bha an dithis agaibh a' dèanamh amadan anns an t-suidheachan-cùil. Cha robh mi cinnteach, ach bu chòir dhut panties an t-seòmair agad a chuir air ais oirre nuair a bhios tu deiseil."

Ghluais Anndra. "Bha sinn ann an cabhaig. Agus bha sinn a 'smaoineachadh nach fhaca thu."

"Cha do rinn mi sin. Chan ann gus an robh thu a' faighinn dheth agus chuir Julia sìos a h-iuchraichean. Agus chunnaic mi i, uile fliuch is dearg eadar a casan." Stad Iseabal agus choimhead i timcheall an t-seòmair. "Tha mi fiosrach. càite a bharrachd air an raon-laighe an robh dithis a' smaoineachadh gum faodadh cùisean tachairt.

"O," rinn Andrea gàire. "Aite." Thionndaidh an ruitheadair agus choisich e gu deasg Iseabail. Lean i thairis air gus an do sheas a corp àrd air a mhullach. Shìn i suas air a òrdagan agus choimhead i thairis air a gualainn. "Àiteachan." i a-rithist.

Thiormaich beul Iseabail a-rithist fhad 'sa bha i a' sgrùdadh nan casan fada, daingeann, a-nis teann mar a bha am boireannach òg na seasamh air a h-òrdagan agus cho cruaidh ri asal an lùth-chleasaiche. Choisich i air cùlaibh na h-ìghne agus ruith i a làmhan thairis air an asal sin. "Àiteachan." Rinn Iseabail leth- bhreac de dh' fhacal Anndra. "A' bruidhinn air àiteachan, "bhrùth an coidse boireann ceann a bha fhathast bog den strapon eadar gruaidhean asail Andrea agus thòisich i a' putadh air adhart. " Tha e mu dheidhinn àiteachan."

AN ATH-AONADH

Tharraing Andrea Martin Norton a glùinean suas fo a smiogaid agus phaisg i a gàirdeanan timcheall orra. Thàinig gàire thairis air a h-aodann. Bha solas na grèine blàth, briste na spotan dannsa le meuran an t-seann daraich bheò air a cùlaibh. Bha a' ghainmheach fo shàil mhòr na tràghad daingeann an aghaidh a bun. Thàinig gaoth bhog thaitneach bhon chuan air a beulaibh.

Bha a h-uile dad foirfe. Bha an uidheam campachaidh air a chruachadh ri thaobh leis an t-seann sloc teine. Bhiodh iad ga stèidheachadh nas fhaide air adhart. An -dràsta cha robh i airson a dhèanamh ach a bhith a' coimhead air a caraid as sine Julia a' builgean le gàire fhad 's a bha i a' frasadh an adhbrann domhainn san t-surf.

A Dhia, ciamar a leig iad le uiread ùine a dhol seachad? Bha e coltach o chionn ghoirid gun robh iad air a bhith nan luchd-seòmar colaiste, cho faisg 's a dh' fhaodadh dithis bhoireannach òg a bhith a-riamh. Bha iad air a bhith nan caraidean, nan luchd- earbsa agus nan leannan. Bha iad air gabhail ri beatha na colaiste anns na 80an le diongmhaltas a bhith a' faighinn a h-uile spòrs agus eòlas a b' urrainn dhaibh anns na bliadhnaichean goirid sin. An uairsin thàinig ceumnachadh. Bha tadhalan, an toiseach cho tric, air a dhol sìos oir bha iad uile air an glacadh suas nam beatha fa leth. Mar a chaidh na bliadhnaichean seachad, chaidh conaltradh a lughdachadh gu fiosan fòn, an uairsin litrichean agus mu dheireadh corra chairt fàilte.

An uairsin an-uiridh bha an dithis aca air dearbhadh gu robh ùine gu leòr air a dhol seachad. Chaidh na fiosan fòn a thogail a-rithist. Mu dheireadh bha iad air co-dhùnadh gum feumadh iad a thighinn còmhla a-rithist. Itealaich sìos gu Ceann a Deas na SA agus bha iad air a dhol gu aon de na saor- làithean as fheàrr le Andrea , aon de na h-eileanan far an oirthir gun mhilleadh. O chionn beatha bha iad air bruidhinn dìreach air an dithis a bha a' dèanamh seo aig àm fois an earraich mu dheireadh aca còmhla. Bha ionmhas agus geallaidhean teaghlaich air casg a chuir air. A-nis bha iad a 'dèanamh suas air a shon.

Julia Bha Carraux Keagan a' snìomh mun cuairt gu toilichte. Bha a' ghrian tòrr na bu bhlàithe na Canada a dh' àraich i. Cho mòr 's a chòrd an dachaigh rithe, bha e mìorbhuileach a bhith comasach air fuine sa ghrèin an seo. Bhreab i uisge mun cuairt, a casan fhathast daingeann agus caol, a 'maidseadh a' chòrr de a corp.

"Tha fios agad, bha sinn dìreach suas an oirthir às an seo o chionn còig bliadhna?"

"Dìreach? Thu fhèin agus Seòras?"

"Mise agus Seòras," dhearbh Julia. Às deidh dhi ceumnachadh, le Andrea a 'dol a-mach don t-saoghal agus ag obair, thug tabhartas ris nach robh dùil cead do Julia leantainn air adhart le a cuid foghlaim aig ìre ceumnachaidh. Aig an sgoil eile a fhritheil i chuir i iongnadh oirre, agus an uairsin toilichte, lorg Seòras Keagan, Iar-cheann-suidhe a 'Chlub Tàileasg ris an do choinnich i agus a chuir i ceann-latha roimhe bho àm gu àm. Bha i glè thoilichte faighinn a-mach gun robh Seòras air tòiseachadh ag obair a-mach agus a-nis a' toirt còmhla corp lùth-chleasaiche fhad 's a bha e a' cumail inntinn dealasach. Bha iad air ceann-latha a thoirt seachad tro bhith an làthair aig ìre sgoile. Bha an gabhail ri dreuchdan leis an aon bhuidheann corporra Chanada air na bha iad fhathast air a chuir ann am faclan a sheulachadh. Sia mìosan às deidh dhaibh tòiseachadh air an obair bha iad air pòsadh.

"Gee, tha mi a' guidhe gum biodh Màrtainn agus mise air a bhith san dùthaich, "fhreagair Andrea. Thug gàire air a beul. Bha Andrea air a bhith na neach-reic siubhail, a 'còmhdach taobh an ear-dheas na SA airson a' chompanaidh ùr-nodha air an deach i a dh'obair. Chòrd an obair rithe agus bha dùil aice fuireach còmhla rithe cho fada 's a b' urrainn dhi.

Bha planaichean air atharrachadh gu luath, mar a bhios iad tric. A' siubhal tro Georgia air turas, stad i gus tadhal air seann charaid a bha ag obair mar neach-obrach sìobhalta ann an dreuchd airm. Bha an caraid toilichte a faicinn a' nochdadh. Chan e a-mhàin gu robh e math a bhith a' bruidhinn thairis air na seann làithean, ach thachair i gu robh feum aice air cuideigin gus ceann-latha dùblachadh leatha fhèin agus a leannan agus caraid a leannain airson a dhol gu taisbeanadh ann an Atlanta an oidhche sin.

Bha Anndra an toiseach air feuchainn ris a' chuireadh a dhiùltadh. Bha a h-uile ceann-latha a b' urrainn dhi a làimhseachadh. Air oidhche àbhaisteach b' urrainn dhi coiseachd a-steach do thaigh-bìdh no cluba ge bith dè an taigh-òsta anns an robh i a' fuireach agus leth-dhusan cuireadh fhaighinn bho cho-luchd-siubhail. Chan e gun robh i a' smaoineachadh oirre fhèin mar leanaban gnè-magnet sam bith, ach às deidh a h-uile càil, bha 50 fear a' siubhal airson gach boireannach. Bha i faiceallach agus cianail, a' seachnadh an dà chuid fir phòsta agus an fheadhainn a bha an dùil ri feise sa bhad mar dhuais airson biadh a dh' fhaodadh i, às deidh a h-uile càil, a chuir air a cunntas cosgais fhèin. Dà uair anns na bliadhnaichean sin bha i air coinneachadh ri boireannach eile aig an robh na h-aon ùidhean a bha i fhèin agus Julia air a roinn a bha a-nis o chionn beatha.

Air falbh agus air adhart thar nam bliadhnaichean bha i air ceasnachadh mun tarraing sin. Mar as fhaide a bha i air falbh bhon cholaiste agus a-mach às an rathad, 's ann as motha a bha an ùidh ann an nigheanan eile a rèir coltais a' seargadh. Mun àm a bhris i sìos agus gun do ghabh i ris a' chuireadh a dhol a-mach leis an NCO òg sin san Arm cha robh i air a bhith còmhla ri boireannach eile ann am bliadhna agus dha-rìribh cha robh i a' smaoineachadh mu dheidhinn tuilleadh.

Bha an Seàirdeant Màrtainn Norton air a bhith na ghille sàmhach dorcha. Slender le fèithean seòrsa snàmh bha e glèidhte, ach le gàire a thàinig a-mach bho àm gu àm agus a dh'atharraich e. Grunn bhliadhnaichean na b' òige na i, aig amannan bha i a' faireachdainn gu robh i tòrr na bu shine na e, agus an uairsin a-rithist, bhiodh i a' faireachdainn tòrr na b' òige na 20 bliadhna a dh'aois a bha air turas a dhèanamh mar neach-coise ann an ear-dheas Àisia.

A dh'aindeoin aois, eòlas no rud sam bith eile, mìos an dèidh sin chuir cuirm shìobhalta sàmhach còmhla an dithis ann am pòsadh. Bha iad gu bhith a' pòsadh a-rithist beagan mhìosan às deidh sin, gu foirmeil, ann an eaglais. Chaidh iongnadh a dhèanamh air caraidean is teaghlach an dithis aca, eadhon air an iongnadh leis an astar. Thug beagan dhiubh sanas dhorch nach mair a leithid de dh'aonadh gu bràth. Còrr is trithead bliadhna agus ceathrar chloinne às deidh sin bha iad fhathast còmhla.

Thug barrachd frasadh agus fras obann de dh'uisge na mara i gu h-obann air ais chun an latha an-diugh.

"Julia!" Sputtered i.

Rinn an t-seann neach-seòmar aice gàire le gàirdeachas agus ruith i air ais chun t-sreap, a' tilgeil an t-soithich plastaig a chleachd i airson Andrea a dhùsgadh. "Thig air adhart," ghlaodh i air ais thairis air a gualainn. " Stad suidhe san dubhar agus gabh a mach an so." Chrath i adhbrann domhainn san t-sreap.

Andrea às a dèidh agus airson beagan mhionaidean fiadhaich ruith iad air ais is air adhart, a' frasadh tro rolairean a' Chuain Shiar a' cìreadh a' ghainmhich gheal. Chaidh iad a-mach na b' fhaide agus shnàmh iad còmhla. An uairsin, a 'cumail làmhan, chaidh iad air ais suas an tràigh agus thuit iad gu na plaideachan a bha air an cur a-mach fo sgàil dhubh na seann chraoibh còinnich sin.

" O bha sin spòrsail." Shìn Julia a-mach às a' phlaide tràigh le dath soilleir agus ghluais i, a' dùnadh a sùilean.

" Bha ," fhreagair Anndra. Dh'fheitheamh i gus an robh am boireannach eile air a shocrachadh gu comhfhurtail. Ràinig i a-steach don fhuaradair fhosgailte, spìon i botal uisge às an deigh agus dhòirt i thairis air a caraid e. "Bha sin eadhon nas spòrsail," chaidh i thairis air a gualainn agus i a 'tionndadh air ais gu a casan agus a' tòiseachadh a 'ruith sìos an tràigh. Shleamhnaich a cas às deidh dìreach còig ceuman deug agus thug an t-seann cheerleader sìos i le inneal itealaich. Rolaig an dithis bhoireannach còmhla sa ghainmhich, a' carachd gus an do thuit iad mu dheireadh ann an gàire.

"Tha thu SNEAK!" Bha Julia comasach air gàire a dhèanamh.

"Cha b 'urrainn dhomh a chuideachadh. Truce?"

"Seall oirnn!" Rinn a' chailleach-dhorcha gearan an uair a bha i 'na h-àrd, a' beachdachadh air a' ghaineamh a bha dlùth dhoibh o'm falt gu ruig an òrdaibh.

"Rachamaid dheth agus cha bhi gnothach èibhinn ann tuilleadh."

"Gealladh?"

"Gealladh."

Chaidh iad a-steach dhan mhuir a-rithist, a 'dol a-mach gus am b' urrainn dhaibh a dhol dhan uisge. A 'tilleadh dha na plaideachan aca, shuidh iad sìos a-rithist. An turas seo chaidh an t-uisge a tharraing bhon fhuaradair a bhith air òl, an dithis bhoireannach a' suathadh air botail gus an t-sìth a ròn.

"Dia, dè cho fada air ais nuair a rinn thu sin dhomh a 'chiad uair?" Dh'fhaighnich Julia.

"Dè, dhòirt uisge thairis ort?"

"Seòrsa de. Bha mi a' smaoineachadh air a' mhadainn anns an taigh-òsta sin nuair a thionndaidh tu am fras orm, agus b' e uisge fuar a bh' ann uile."

"O Dhia," rinn Andrea gàire. "Bha mi air sin a dhìochuimhneachadh. Sin an deireadh-sheachdain a choinnich thu ri Seòras an toiseach."

"Bha e a' còrdadh rium bhon toiseach, ach cha do smaoinich mi air ais anns na làithean sin gum pòsadh mi e. Fiù 's an dèidh a' chiad oidhche sin còmhla." Shuidh Julia suas agus phaisg i a gàirdeanan timcheall a glùinean. "Tha fios agad, airson ùine mhòr às deidh sin, bha aithreachas orm an oidhche sin."

"Carson?"

"Uill, chan e gun do choinnich mi ri Seòras. Tha e dìreach, uill, eil fhios agad, bha sinn gu math fiadhaich air ais an uairsin. Nuair a thòisich Seòras agus mise a' dol an sàs gu mòr, b' àbhaist dhomh a bhith a' faighneachd an robh e a' smaoineachadh gur e seòrsa de shlat a bh' annam airson na rinn sinn sin a' chiad oidhche."

Rinn Anndra srann. "Tarbh. Bha sinn fiadhaich ach cha robh sin na bu mhotha na bha paidhir ghillean air ais an uairsin. Ach tha fios agam," sheall i a-mach air a' mhuir, "Bha na gillean a bha a 'cadal mun cuairt cho mòr' s a rinn sinn na studs. Cha robh na caileagan. Agus Dhìochuimhnich mi cò bh' ann a thug oirnn sluts. Tha mi a' smaoineachadh gur e dìreach eud a bh' ann."

"Dh'innis Seòras an aon rud dhomh. Chuir e nam chuimhne gun deach an stoc aige am measg fhireannaich na sgoile suas gu mòr às deidh dha facal na h-oidhche sin tilleadh chun àrainn. Thuirt e rium cuideachd," stad Julia airson mionaid le sùil gheur, thoilichte air a h-aghaidh. "Thuirt e rium nach do smaoinich e a-riamh orm mar rud sam bith ach mìorbhaileach, agus gu robh e air a bhith measail orm bhon chiad oidhche sin."

"Rinn sinn fortan le paidhir bhuannaichean."

" ' S e rinn sinn."

"Fathast rud no dhà, eadhon le beagan mhìltean orra. Gu dearbh tha sinne."

Lean Julia air ais air a làmhan, shìn i a casan a-mach agus fhuair i gàire aingidh air a h-aodann. "An do dh'innis mi dhut dè rinn mi ri Seòras a 'chiad phàirt den t-samhradh seo?"

Rolaig Anndra air a taobh, a' crathadh a cnàimh-droma an aghaidh a' ghainmhich fon phlaide. " Ciod a rinn thu, a dhuine aingidh?"

"Trollop, mas e do thoil e," fhreagair Julia le fìor dhona. "Thuirt Peigi dham b' ainm sin. Mar a tha cuimhne agam, b' e thusa an 'hussy.'"

"Ge bith dè na tiotalan a th' ann, dè a rinn thu ris an duine àlainn sin agad?"

"Bha sinn nar suidhe a-muigh air an deic chùil aon fheasgar. Tha fios agam nach eil thu a' smaoineachadh sin, ach faodaidh e fàs gu math blàth ann an Canada air latha Ògmhios. Bha sinn a' faighinn deoch no dhà agus a' sìneadh a-mach air na recliners. bha iad le chèile a' caitheamh briogaisean goirid agus mullaich sgaoilte agus gun bhrògan.

"'S dòcha gun d'fhuair mi barrachd deoch na bhios mi mar as àbhaist, ach nam b' e sin a spor a tha mi an dùil sin a dhèanamh na bu trice. Cho-dhùin mi gu robh mi teth agus steigeach gu leòr airson mi a dhol a ghabhail fras. Thilg mi m' aodach anns a' bhac, Chrìochnaich mi mo dheoch agus fhuair mi a-steach. Uaireigin sa chiad mhionaid bha am beachd agam.

" Lean mi air mo bheachd agus an uairsin chuir mi crìoch air an fhras agam. Chaidh mi a-steach don t-seòmar-cadail agus chuir mi orm sundress buidhe. Dìreach an sundress, gun fho-aodach. Shuidhich mi deoch eile dha gach fear againn agus chaidh mi air ais air an deic gu cas.

"A-nis tha cuimhne agad bho na dealbhan sin chuir mi post-d thugad ag ràdh gu bheil an deic chùil againn gu math dìomhair. Tha an fheansa agus na preasan a' toirt seachad cha mhòr tèarainteachd iomlan. Mar sin nuair a thug mi deoch do Sheòras agus thug mi sip dhomh mus do leag mi sìos e, cha robh duine ann a dh'fhaicinn an uair a rainig mi nuas 's a tharruing mi mo sheud-ghrian thar mo cheann 's a thilg e dh' ionnsuidh an deic."

"O , myyyyy ," rinn Anndra gàire. "Dè rinn e? Agus dìreach dè do bheachd a lean thu troimhe anns an fhras?"

"O, ghlac thu sin rinn thu? Uill, b' e a fhreagairt a h-uile dad a dh 'fhaodadh mi a bhith an dòchas. Cha mhòr nach do leum a shùilean a-mach às a cheann, leig e às an deoch agus fhuair e sa bhad an cruaidh-chàs a bu mhotha a chunnaic mi ann an ùine. , cha'n e mhàin gu'n robh mi rùisgte fo 'n ghrein, 'N uair a bha mi 's an fhras , bha mi air mo phusadh a chrathadh."

"Ioighean!" Rinn Andre gàire gu domhainn. "Dè rinn Seòras?"

"Uill, b' e mise a bh' ann airson tòiseachadh. Chaidh mi suas thuige agus chrom mi na briogaisean goirid aige sìos a chasan. Chrom mi a-null leis an rùn glas-bhiorach math fhaighinn air a choileach nuair a ghabh e thairis e. Rug e orm leis na gàirdeanan. Thòisich e air mo phògadh, phut e mo chasan bho chèile agus bha e annam mus b' urrainn dhomh dà anail a ghabhail.

" Tapadh leat airson sin, oir rug e air na cromagan agam agus shlaod e sìos orra aig an aon àm a shèid e a-steach orm. Chuir an aon ghluasad sin a choileach fad na slighe a-staigh dhiom. Bha mi a 'dol tarsainn cathair an t-seòmar-suidhe le mo chasan air an deck agus dìreach thòisich mi a' breabadh suas is sìos air.Is e rud math a tha mi air cumail ann am beagan cumadh, b' e suidheachadh gòrach a bh' ann dha-rìribh ach bha e a' faireachdainn cho math agus mi a' faighinn a-mach air a mhullach gach turas.

" An uairsin ràinig e suas gu mo bhroilleach. Cha do chùm e iad, shuidhich e dìreach a làmhan gus am biodh mo nipples a 'bruiseadh thairis air a làmhan fhad' sa bha mi a 'dol suas is sìos air. Rinn an tarraing bheag sin orra cruaidh iad agus thug e orm feuchainn. Bha Seòras a' gàireachdainn agus a h-uile uair a dh' fheuch mi ri mo bhroilleach a phutadh na làimh thug e air falbh . a' gabhail tlachd do m' pheacaibh.

"Chùm mi a' lùbadh nas fhaisge agus nas fhaisge agus chùm e a 'tarraing a làmhan air ais. Fad na h-ùine seo tha e a 'putadh nas cruaidhe agus nas luaithe leis na cnapan aige. Bha e gu litireil gam bhreabadh suas dhan adhar agus a' leigeil leam tuiteam air ais air coileach àlainn an duine agam. air leantainn cho fada air adhart chaill mi mo chothromachadh agus thuit mi air a bhroilleach.

"Bha sin ceart gu leòr. Às dèidh na h-uile, chan eil duine againn 20 a-nis agus chan eil a bhith cho acrobatic 's a bha mi a' feuchainn ri dhèanamh a 'mairsinn. Mar sin nuair a chuir e a-null mi air mo dhruim, chuir e a làmhan air gàirdeanan na a' chathair longue 's lean e air adhart gus an ifrinn a bhualadh uam.Chan eil dad sam bith sanntach, dìreach gnè math seann-fhasanta, cruaidh punnd.Thug e sìos a cheann agus chòmhdaich e mo bhroilleach dheis le a bheul Eadar a theanga a 'ruith mo chuthag agus a chromagan a' draibheadh cas a-steach orm, bha a' chiad orgasm agam mu dhà mhionaid às deidh dhomh a bhith air mo dhruim.

"Chan eil fhios 'am an e na deochan a bh' aige no dè a bh' ann, ach cha do rinn Seòras eadhon nas slaodaiche. Chùm e air adhart a' dol.

Chuir mi m' uilinn fo mo ghlùinean agus chaidh mi air ais, a' leigeil leis am pìos beag mu dheireadh sin fhaighinn. Mun àm sin dh'fhairich mi na bàlaichean aige a' bualadh an aghaidh mo bhuille . "Tha mi a 'togail a-rithist agus an turas seo tha fios agam gu bheil e cuideachd. Is urrainn dhomh a bhith a' faireachdainn gu bheil e a 'fàs a-staigh orm agus tha e a' tòiseachadh a 'gèilleadh, rud a tha math oir tha mi a' feuchainn gun a bhith ag èigheach. Às deidh a h-uile càil, tha nàbaidhean againn agus bha sinn An uairsin cha robh dragh agam an robh iad uile a' coimhead tro na callaidean agus a' clàradh an rud gu lèir oir bha Seòras a' tighinn a-steach orm agus mo chasan a' crathadh san adhar fhad 's a bha mi a' feuchainn ri putadh suas thuige agus am pìos beag mu dheireadh sin fhaighinn. Aig a' cheart àm tha oisean beag de m' inntinn a' faighneachd ciamar a fhuair mi ann an suidheachadh cho gòrach.

"Thuit Seòras air mo mhullach agus dh'fheuch sinn ri ar n-anail fhaighinn. Nuair a dh'fhàs ar cridheachan nas slaodaiche mu dheireadh tha mi a 'smaoineachadh gun do thuig an dithis againn aig an aon àm nach deach alùmanum agus vinyl recliners a dhealbhadh airson càraidean anns na leth-cheudan aca. Mar sin chaidh sinn air adhart chun an tigh, ghabh e fras cuideachd agus chaidh e dhan leabaidh."

"Ach gun a bhith a' cadal, "thuirt Andrea.

"Mu dheireadh," dh'aontaich Julia. An uairsin shuidhich i a caraid le sealladh drùidhteach. "Ceart gu leòr, a-nis dè mu do dheidhinn? Dè an rud a bu sheise a rinn thu leis an duine agad o chionn ghoirid?"

"Chan eil fhios agam am biodh e airidh air' o chionn ghoirid '," fhreagair Andrea gu smaoineachail. "Bha e beagan bhliadhnaichean air ais. Ach thug e a-mach sinn à rut."

Shìn Anndra a-mach. "Bruidhinn," thuirt i.

"Nuair a thionndaidh Màrtainn leth-cheud, uill, chan eil mi ag ràdh gu robh cùisean a' dol sìos an cnoc, ach gu cinnteach bha sinn air an sradag a chall. mi, tha mi an dòchas co-dhiù .

"Bha e air a dhreuchd a leigeil dheth bhon Arm agus bha e a' coimhead airson obair ùr, ach cha robh sin cho cruaidh oir bha sinn mar-thà air tòiseachadh a' togail an dachaigh a bha sinn a-riamh ag iarraidh air an fhearann a thàinig a-nuas thugam bho mo theaghlach. Mar sin bha e caran moping agus chuir mi romham a chàradh."

Rinn Anndra gàire. " Gu dearbh, mus deach a h-uile càil a chuir air dòigh mu dheireadh, bha e air obair a lorg le Roinn an t-Siorraidh ionadail. Tha mi a' magadh air nach urrainn dha seasamh a-mach à èideadh agus gun armachd. Ach chuir e àm gu math inntinneach ris na thionndaidh e. a-mach gur e am feasgar as inntinniche a chuir sinn seachad o chionn ùine mhòr."

"Bha mi air a dhol a-steach don bhaile mhòr agus chaidh an dealbh agam a thogail. Chan eil mi nude, tha mi a 'smaoineachadh aig an aois againn gu bheil sinn a' coimhead beagan nas fheàrr le aodach ON seach a h-uile càil dheth. Mar sin bha teadaidh lace dearg teann orm. Bha an dealbhadair gu math cuideachail agus modhail cuideachd. Bhris e bho dhiofar shuidheachaidhean agus thug e orm na speuclairean agam a thoirt dheth. Mu dheireadh shocraich sinn orm a' coimhead a-steach don chamara fhad 's a bha mi a' sìneadh a-mach air mo thaobh le mo cheann air a chuir suas air aon làimh."

Sheall Andrea an suidheachadh agus chomharraich Julia a cead le bhith a' feadalaich.

" Mar sin bha leth-bhreac no dhà agam air an clò-bhualadh ann am meud 8 le 10 agus ann am frèam aon. Air a cho-là-breith dh'fheitheamh mi gus an robh mi a 'breithneachadh gum biodh e a' falbh ann an timcheall air leth uair a thìde. An uairsin chroch mi an dealbh aig ìre sùla air an doras cùil a 'dol a-steach. Aon uair 's gun do rinn mi sin ruith mi air ais dhan t-seòmar-cadail agus dh'atharraich mi a-steach dhan aon teadaidh sin Rinn mi mo choltas a-null, bhruis mi m' fhalt agus dh'fhuirich mi . an aon suidheachadh ris an dealbh agus na laighe an sin a' coimhead doras an t-seòmar-cadail."

Rinn Anndra gàire. "Oh Julia. Cha chuala mi ach 'Màthair Naomh Dhè' bhon gharaids agus an uairsin chaidh an doras fhosgladh agus chaidh a dhùnadh a-mach agus bha ceumannan a' ruith sìos an trannsa chun an t-seòmar-cadail againn. Bhris Màrtainn tron doras agus sheas e an sin a 'coimhead orm Choimhead mi sìos agus bha a bhriogais èideadh cho mòr 's a chunnaic mi riamh.

"An uairsin bha e a 'toirt dheth a lèine agus a' dannsadh suas is sìos a 'feuchainn ri a bhrògan a thoirt dheth. B' e an t-àm iongantach a bh 'ann nuair a leig e sìos a chrios uidheamachd agus fhuair mi sealladh gu h-obann air a ghàirdean a' leigeil às. A-nis bhiodh sin air a bhith na thlachd. marbhadh.

" Ach cha d' thug, taing mhòr dhuit a Thighearna. Chriochnaich e a chuid aodaich uile a thilgeadh ris na gaoithibh, agus leum e air m' aghaidh, a' roiligeadh air mo dhruim agus a' frasadh phògan dhomh. a' dol a reubadh an teadaidh sin bhuam Cha robh dragh sam bith orm an dèanadh e, bha mi airson gun toireadh e leam mi Bha mi ga iarraidh annam, an uairsin agus an sin, gun a bhith a 'coimhead nas fheàrr na dìreach na pògan fiadhaich sin.

"Bha cnap aig an teadaidh a' ceangal eadar mo chasan. Tapadh le DIA rinn e. Oir eadhon ged a bha mi a 'feuchainn ri mo làmh a thoirt sìos an sin gus a thoirt air falbh, bha coileach Mhàrtainn mu thràth a' sgoltadh, ag iarraidh slighe a-steach. rud sam bith co-cheangailte ri rud sam bith ceart an uairsin, mura dèanainn rudeigin luath bha mi a' dol a thiodhlacadh pìosan de lace dearg fad na slighe suas nam broinn agus is dòcha gum feumainn a dhol don t-Seòmar Èiginn airson an toirt air falbh.

"Dh'fhuasgail mi an snap agus chaidh an stuth a thoirt a-mach às an rathad dìreach mar a tharraing Màrtainn air ais agus smeòrach. Agus nuair a chrìochnaich an t-smeòrach sin bha a choileach gu tur a-staigh orm. Dh'fhaodainn a bhith a 'faireachdainn an ceann a' slamadh an aghaidh an àite bog agam agus na bàlaichean aige a 'slaodadh An aghaidh m' asail phaisg mi mo chasan mu 'n cuairt air 's chroch mi air son mo chaithe-beatha Cha b' e sin a b' urrainn domh a dheanamh Bha Martainn, m' fhear a bha daonnan caoimhneil, caoimhneil, 'na bheathach direach a' gabhail a ghalla, 'S bha mi ' g imeachd air a dhruim le m' tairnean agus a' cur impidh air.

"Cha do ghabh e fada. Bha an dithis againn air ar n-inntinn cho mòr. Bha mi a 'bualadh agus a' sgreuchail agus bha m 'asal gu lèir san adhar oir cha mhòr nach robh e air a bhith a' lùbadh dà uair dh 'fhaodainn a bhith a' faireachdainn gu robh e a 'dol a-steach orm. 's gann a ghluaiseas e an aghaidh a chèile, An sin bha e a' slugadh suas mo sgreadail, agus a' tuiltean mi fad na slighe sìos do chuachan a's doimhne mo bhroinn.

"Cho luath 's a thuit e na aghaidh, leig mi às e agus fhuair mi air a roiligeadh a- null. Cha robh sinn deiseil bha mi diongmhalta. Rinn mi sgùradh air a bharr agus shleamhnaich mi sìos agus thug mi a-steach don bheul agam sa bhad e.

"Bha e a-riamh a 'còrdadh rium a bhith a' toirt obraichean sèididh do Mhàrtainn. Gu dearbh tha e dèidheil air a bhith a 'dol sìos orm cuideachd. Agus faodaidh an duine ithe pussy mar nach eil a-màireach. Bha mi dìreach ga ghoid agus thòisich e a' suirghe.

"Cha robh duilgheadas agam a-riamh leis a' tighinn nam bheul. 'S e slugadh a bh' ann riamh, chan e smugaid. Agus tha mi air a dheoghal às dèidh dha tighinn a-steach orm roimhe. Ach an turas seo bha coltas eadar-dhealaichte air. 'S dòcha gur ann air sgàth 's nach robh mi an dùil toileachas a thoirt dha mar as àbhaist dhomh Cha robh breugan sam bith air an t-slit aige, cha robh teanga a' dannsadh thairis air na bàlaichean aige. bha mi airson gun robh e a' smeòrach gus am biodh e annam a-rithist.

"Cha do ghabh sin fada nas motha. An uair a bha e cruaidh gu leòr, bhreab mi suas agus thàinig mi air tìr ceart air a choileach. A Dhia, dè nam bithinn air droch bhreithneachadh? Bhiodh sin air crìoch a chur air an latha. Ach cha do rinn mi sin agus bha e air ais a-staigh mi fhein 's mi 'g a mharcachd, mo dhruim mu thràth 'na bhogha 's mo lamhan air mo chromagan 's mi breabadh air, Ghabh e mo bhroilleach 'na lamhan 's dh' fhuasgail e iad, cho cruaidh 's a dh' fhaodadh e a bhi air a ghoirteachadh mur biodh e cho math.

"Gu iongantach ge-tà, fhad 's a bha sinn a' cumail a' dol, thòisich mi a' fàs nas slaodaiche. An àite a bhith gam shlaodadh suas is sìos air Màrtainn, lughdaich mi sìos fad na slighe agus thòisich mi a' roiligeadh mo chromagan agus ga fhaireachdain a-staigh orm. Sguir Màrtainn a' brùthadh mo bhroilleach agus thòisich e a bhith a' magadh agus a' dèideag leis na nipples.cha robh sinn a' fucking tuilleadh Bha sinn a' dèanamh gaol a-rithist agus bha e mìorbhaileach.chleachd mi na fèithean a-staigh agam airson a bhrùthadh agus shleamhnaich e meur eadar sinn gus mo chlit a massage gu socair agus mu dheireadh thàinig sinn le chèile còmhla, gu socair, a 'gabhail tlachd às na tuinn agus a' falbh leotha.

Thuit Anndra sàmhach. Bha Julia air beagan fealla-dhà, dìreach mar a bha aig Andrea nuair a dh' innis a companach seòmar a gaol le Seòras.

"A bheil an teadaidh sin agad fhathast?" Dh'fhaighnich Julia mu dheireadh.

"Uill, dè tha air fhàgail dheth co-dhiù. Tha rud no dhà air a bhith nan àite thairis air an dà bhliadhna a dh'fhalbh."

"Is toil le Seòras undies sexy ormsa cuideachd. Càite an d' fhuair thu e leis an t-slighe? Vicky's?"

"Gu dearbh," rinn Andrea gàire. "An tèarmann don bhoireannach a tha ag iarraidh rudeigin bog agus slinky agus dìreach ri taobh a craiceann. Agus gu dearbh rudeigin airson an duine aice a ghluasad beagan chnothan."

"Tha e air a bhith math dhut na dhà nach eil?"

Rinn Anndra gàire. "Mar a tha e air a bhith dhut fhèin agus do Sheòras cuideachd. Cò bhiodh air a bhith a 'smaoineachadh? An dà chaileag òg fiadhaich sin a bha sinn cho fada air ais, gum biodh iad fad ùine mhòr mar mhnathan-pòsta measail agus màthraichean agus seanmhair?"

"Bha sinn rudeigin air ais ceart gu leòr," dh' aithnich am boireannach dubh le gàire.

Sheall Andrea air Julia a-rithist agus choinnich na sùilean aca. Taobh ri taobh, bha an dà charaid a 'coimhead thairis air a chèile mar gum biodh iad a' coinneachadh airson a 'chiad uair. Airson ùine mhòr bha e coltach gun deach e air ais. Dh'fhàs casan is bonn a- rithist làidir agus caol. Chaidh na cuimhneachain seòlta mu ghiùlan chloinne à sealladh. Thug cìochan buaidh air grabhataidh. Cha b 'e mnathan, màthraichean, seanmhairean a bh' annta tuilleadh. Airson an ùine fhada sin thug dà nighean fichead air a chèile a-rithist, a 'cuimhneachadh air na h-amannan, an dìoghras agus eadhon an gaol a bha iad air a roinn cho fada air ais.

Ràinig na corragan a-mach air a chèile agus bhrùth iad.

"Cuimhnich sin a-raoir mus do cheumnaich thu?"

"Mar gum b 'urrainn dhomh a dhìochuimhneachadh gu bràth. Chaidh sinn a-mach agus ghabh sinn dìnnear còmhla ri ar pàrantan. Leis cho mìorbhaileach 's a bha e dhaibh coinneachadh mu dheireadh, cha b' urrainn dhomh feitheamh gus faighinn air falbh agus air ais don t-seòmar againn. Agus an uairsin thàinig am beachd sin air adhart leis !"

Anndra gàire. "Uill, às dèidh na h-uile, 's ann mar a thòisich sinn. Bha mi a' smaoineachadh gun dèanadh e deagh chrìoch."

Fhuair an dithis nighean seallaidhean fad às air an aghaidhean. "Is e sin a bha gu cinnteach," thuirt Julia.

(1987)

Phut Julia doras an t-seòmar-cadail fhosgladh agus choimhead e timcheall. Rinn i osna dhi fhèin. Bha cha mhòr a h-uile dad a bha aig an dithis aca air a phacaigeadh ann am bogsaichean agus pocannan, deiseil airson a luchdachadh a-steach do chàraichean is luchd-tarraing an ath mhadainn. Bha ceumnachadh orra. Bha a' cholaiste seachad. Rinn i osna a-rithist, an turas seo le guth.

Shleamhnaich dà ghàirdean timcheall a meadhan agus tharraing iad air ais i an aghaidh bodhaig na b' àirde. "Tha fios agam, Julia. Tha mi a 'faireachdainn an aon dòigh."

Chòmhdaich Julia làmhan Andrea leatha fhèin. " Cha bhi e mar an ceudna as d' aonais. Tha fios agam nach dealaich sinn gu bràth, ach tha an smuain nach fhaic thu gach latha mì-chofhurtail a ràdh a' chuid a's lugha. Gu mòr na's lugha," rinn an nighean òg dubh ri gàire 's i a' slugadh gu teann. bonn beag an aghaidh a fear-cuid- eachaidh, " Is lugha na sin a bhi agad 'n ar leabaidh."

"Tha fios agam," chuir Andrea a-mach mu amhach a caraid agus a leannan. "Ach chan eil sinn a 'fàgail soraidh slàn gu bràth." Chuir i dàil. "Agus dh' aontaich sinn cho mòr 's a tha sinn a' toirt cùram dha chèile nach e an 'gaol sìorraidh' a tha sinn le chèile an dòchas a lorg aon latha.

"Fathast." Bha an aon fhacal a' giùlan tòrr faireachdainn measgaichte.

"Tha fios agam." Dh'fhuirich an dithis nighean faisg air a chèile . An uairsin rinn Andrea gàire nuair a suathadh Julia a bonn air ais na h-aghaidh.

"Thig air adhart," thuirt an nighean as àirde. "Tha beachd agam."

"A bheil seo gu bith gar toirt ann an uiread de thrioblaid 's a bhios do bheachdan mar as trice?"

"Tha mi'n dòchas gu bheil."

Thug Andrea suas iuchraichean a' chàir aice agus lean Julia a caraid a-mach às an t-seòmar, sìos an talla agus a-steach don ionad-parcaidh. Dhìrich iad a-steach don Dodge a bha ro mhòr aig Andrea. Dh' fhan an dithis sàmhach nuair a dh' fhalbh Andrea far an àrainn agus an uairsin suas rathad lùbach gu àite fosgailte a bha cha mhòr falamh a' coimhead thairis air an sgoil, far an deach iad sìos gu sàmhach gu àite air an robh iad eòlach.

"O mo." Rinn Julia gàire gu fiadhaich. "Cha bhithinn a-riamh air smaoineachadh air seo. Ach tha e foirfe. Dìreach air ais far an do thòisich sinn air an oidhche fhionnar Dàmhair sin o chionn dà bhliadhna gu leth.

"Dìreach."

Andrea a-null agus phòg i Julia. Rinn i gàire agus shleamhnaich i a gàirdean timcheall a companach seòmar agus chùm i faisg oirre. Lean Julia an aghaidh a caraid. Thòisich gàire muffled agus iad a 'dol thairis air an casan thairis air casan a chèile gus an robh iad air am pasgadh còmhla. Chaidh gàirdeanan a phasgadh agus dhlùth-lean an dithis nighean ri chèile fhad 's a bha iad a' pògadh.

Thàinig Andrea suas airson adhair. Bhris i am falt dubh air falbh bho aodann Julia agus phòg i a maoil, an uairsin an dà shùil agus an uairsin a sròn agus a gruaidhean.

" Seo far an do phòg mi thu an toiseach. No phòg thu mi. Chan eil mi cinnteach am b' urrainn dhomh innse."

"Mise an dàrna cuid," fhreagair an nighean Chanèidianach. "Ach gu cinnteach b' tusa a' chiad fhear a thòisich a' suathadh. Nuair a chuir thu do làmh am broinn mo lèine cha b' urrainn dhomh anail a tharraing."

"Thu? Bha an t-eagal orm agus an uiread de dh'iomagain. Julia, nuair a bhrùth mo chorragan do bhroilleach, a' chiad uair a bhean mi ri broilleach nighean eile, shaoil mi gun stadadh mo chridhe."

"Tha mi glè thoilichte nach do rinn. Balach bhiodh duilgheadas agam sin a mhìneachadh."

"Tha thu," rolaig Andrea a sùilean. "Seadh, bhiodh sin air a bhith cho cruaidh dhut. Dìreach air an adhbhar sin tha mi toilichte nach robh agad ri."

"O, is dòcha gu robh adhbhar no dhà eile ann." Choimhead Julia a-steach do shùilean a companach seòmar. Bha freagairt brònach ann bho Andrea. Freagairt leis gun do shleamhnaich Julia a làmh am broinn blobhsa Andrea agus mar as àbhaist cha robh bra air a' ghruagach dhonn . Agus air a mhealladh leis gu robh Julia air a beul a dhùnadh air beul Andrea, a 'mùchadh beachd sam bith a dh' fhaodadh an nighean as àirde a bhith air feuchainn ri dhèanamh. Chan e gu robh Andrea a' feuchainn ri beachd beòil sam bith a thoirt seachad. Phòg i a companach seòmar air ais agus thill i am fàbhar, a' sleamhnachadh a làmh suas fo lèine-t fuasgailte Julia gus an do lorg i cuideachd broilleach bog lom le nipple cruaidh air.

Bha an dithis nighean a' gearan gu socair agus iad a' pògadh agus a' gabhail tlachd air a chèile. Cha do mhothaich an dàrna cuid am miann a dhol nas fhaide. Bha an ceangal neo-labhairteach a bha a' ceangal an dithis ag innse do gach fear dè bha am fear eile a' faireachdainn. Cha b' e àm a bha seo airson gaol dìoghrasach a dhèanamh, b' e àm a bh' ann a bhith a' faighinn a-rithist dìreach airson mionaid de thoileachas a' chiad oidhche sin agus lorg a chèile. Mu dheireadh dhealaich am bilean agus chaidh an làmhan air falbh gus am b' urrainn don dithis nighean a bhith a' cumail a chèile gu dlùth agus a' faighinn blasad den bhlàths a bha eatorra.

Gun fhacal thug iad sùil air na rionnagan agus an uairsin air a chèile. Rinn iad grèim air, Andrea a' toirt a-mach plaide bhon t-suidheachan cùil. plaide a thug a-mach beagan giggles bog bhon dithis nighean. Bha iad air gaol a dhèanamh air a' phlaide sin tòrr a bharrachd na dìreach uair no dhà. Ach a- nochd chòmhdaich e iad agus chùm iad ri chèile iad agus iad a' falbh ann an gàirdeanan a chèile, air ais far an robh iad air tòiseachadh. Cha b' ann gu briseadh an latha a dhùisg iad, a leig iad a-mach a chèile agus a thill iad chun àrainn agus toiseach a' chòrr de am beatha.

(An-dràsta)

Shuidh Julia agus Andrea faisg air a chèile, gàirdeanan timcheall air a chèile.

"B 'e oidhche iongantach a bh' ann."

" Bha iad uile miorbhuileach maille riut."

"Cha robh na làithean dona idir."

Chaidh stad a chur air an t-sàmhchair a leanas nuair a nochd sluagh air an tràigh. Bha dithis fhireannach na bu shine a' caitheamh buidheann chloinne agus lean inbhich nas òige eile às an dèidh. Chaidh leanabh beag no dhà air thoiseach air a' bhuidheann a dh'ionnsaigh an dithis bhoireannach.

"Grammie, Grammie," dh' èigh aon nighean bheag agus i a' dol a-steach do ghàirdeanan sìnte Andrea. "Chunnaic sinn na h-eich fhiadhaich."

"Agus bha leumadairean a-muigh san uisge," thuirt i ann an tòc beag eile fhad 's a bha Julia a' glùinean gus èisteachd aghaidh-ri-aghaidh ri fear de na h-oghaichean aice.

Chaidh an còrr den chinneadh mheasgaichte còmhla ris a' chiad chàraid. Chaidh dubhan a chuir air adhart agus bhruidhinn na guthan togarrach uile aig an aon àm gus innse do Andrea agus Julia mun turas a thug an dà theaghlach timcheall an eilein air a' chosta am feasgar sin. Chruinnich Andrea agus Julia na plaideachan agus an uidheamachd tràigh aca agus chaidh an sluagh gu lèir suas an tràigh chun an t-slighe-bùird a lean chun làrach campachaidh aca. Chuir Julia agus Seòras corragan còmhla. Rinn a' chailleach-dhubh le suathadh liath gàire agus i a' faireachdainn blàths làmh an duine aice agus sheall i suas air agus shèid i pòg air.

"An do chuir iad a-mach thu?"

"Tha mi a' smaointinn gun robh sinn uile a' caitheamh a chèile a-muigh. A-nis a' chlann," chrom Seòras air an cuid chloinne, "Dìreach leig le Màrtainn agus mise ruith às mo chiall leis an fheadhainn bheaga.

Ach bha aca ri pàirt a ghabhail agus cuiridh mi geall gu bheil a h-uile duine a' cadal gu math a-nochd."

Dh' aontaich Màrtainn, a ghàirdean air a phasgadh timcheall Anndra, a bha glaiste na thaobh. "Ach bha e spòrsail agus tha mi an dòchas gun robh feasgar tlachdmhor aig an dithis agaibh leat fhèin."

"Bha," thuirt Andrea agus i na seasamh air a h-òrdagan agus a 'pògadh an duine aice. "Tha sinn mu dheidhinn a h-uile duine a 'bruidhinn."

"An dithis agaibh? Labhair a-mach? Tha mi teagmhach mu dheidhinn."

" O mo thruaighe thu." Bhuail Julia air Seòras le a hip. Rinn an ceathrar gàire agus lean iad an còrr den t-sluagh far na tràghad.

Nas fhaide air adhart air an oidhche sin, às deidh don teine-campa bàsachadh air falbh agus a h-uile duine nan cadal anns na teantaichean aca, ghoid dà fhigear air falbh bhon làrach campachaidh. Gu sàmhach shleamhnaich iad sìos an t-slighe-coiseachd fiodha chun tràigh. Lean giggles muffled mar a bha solas a' frasadh san uisge. Chuir dà fhigear a bha a' sileadh iad fhèin ann an tubhailtean is chuir iad plaide air an robh iad eòlach orra fhèin fhad 's a bha iad nan suidhe air na ceumannan splintered.

"Bha sin FUN." thuirt Anndra.

" O Dhia, ciod ma thàinig neach air an àm so?" Rinn Julia gàire. "Cho tàmailteach' s a bhiodh e o chionn trithead bliadhna, do chuideigin a bhith a' glacadh dà sheanmhair a' dupadh sgith A-NIS..."

"Cha do rinn." Phòg an dithis bhoireannach agus phòg iad a chèile air a' ghruaidh. Dh'èirich Anndra. "Chan eil fios agam mu do dheidhinn ach tha mi a 'fàs fuar. Tha an t-àm ann a bhith a' snuggle suas ris an duine agam."

Chrath Julia agus dh'èirich i gus a caraid a leantainn. Bha solas na gealaich a' frasadh thairis air a' chàraid agus an tràigh a bha iad a' falbh. Thionndaidh an t-seann cheerleader gus sùil eile a ghabhail agus rinn e gàire.

"Uill, feumaidh sinn a bhith air an tràigh aon uair eile," thuirt i gu socair. An uairsin lean i a companach seòmar suas an staidhre agus air ais gu na teaghlaichean aca.

AN ÀM RI TEACHD?

"O gosh tha sin a' faireachdainn math, " shocraich Andrea Martin air an t-sòfa a bha na laighe an aghaidh aon bhalla de sheòmar-suidhe an t-seòmar cluaineis. A 'sreap a slat eadar a casan, phaisg i a làmhan air a' mhullach agus chuir i fois air a smiogaid.

"Pop?" dh'fhaighnich i do Julia Carraux a fear-seòmar uair is uair a-rithist bhon chathair fhurasta aice. A' cumail aon sùil a' tarraing air an holovision choimhead i le sùil cha mhòr air a' bhoireannach aosta eile. "Dè thachair? Am feuch thu ri rèis a dhèanamh air ais bho lòn?"

"Chan eil agus dè thachair dhut? Cha deach thu eadhon."

"Cha robh an t-acras orm."

"Chan eil gnothach aig an acras ris Julia. Feumaidh tu ithe."

"Tha mi a' dol a dh'fhuireach," ars' am fear-gàire uaireigin le aghaidh gu tur dìreach."

Rinn am boireannach eile srann. "Mar IF. Cha robh agad ri daithead na do bheatha a-riamh agus tha mi air a bhith eudmhor riut gu bràth. Gu dearbh is urrainn dhomh mi fhìn a shàsachadh a chionn 's gur e cailleach a th' annad."

"A chailleach? Mar a tha cuimhne agam, agus tha fios agam gu bheil mi ceart mu dheidhinn SEO, tha thu sia mìosan nas sine na mise. Bha thu 92 nuair nach robh mi fhathast ach 91!"

Ghlas an dithis bhoireannach sùilean airson mionaid mus do thòisich iad le chèile a' gàireachdainn.

"Gu fìor dha-rìribh Julia a ghràidh, feumaidh tu ithe mura h-eil ach a' mhòr-chuid de na cungaidhean a tha againn a dhìth air an toirt le biadh. "

Rinn Julia osnaich. A' togail a peann smachd aotrom, bha i ag amas air an t-seam tro dhoras fosgailte an t-seòmar-ionnlaid aca. Mar fhreagairt dh' fhosgail an caibineat leigheis agus chaidh na sgeilpichean a-mach gu fèin-ghluasadach.

"Cungaidhean-leigheis? Tha stòr dhrogaichean againn gu lèir a-staigh an sin. Cha robh an uiread sin aig luchd-reic phoitean air an àrainn sna seann làithean." Rinn a' chàraid gàire.

"Dè fhuair sinn ann an dòigh a 'phuist?" Dh'fhaighnich Andrea nuair a chunnaic i an cruinneachadh de chlò-bhualaidhean coimpiutair air a' bhòrd aca

"Litir bho d' ogha anns an Roinn Eòrpa. Aon bho m' ogha air an oirthir. Tòrr de stuth sgudail. Paidhir de litrichean begging bho chomann nan alumni. Aon dhut fhèin agus fear dhòmhsa," fhreagair Julia.

"Bhithinn na bu dualtach a thoirt seachad mura biodh iad air an seann dorm againn a leagail o chionn bhliadhnaichean," thuirt Andrea ri gearan.

"Uill, bha e a' fàs uabhasach sean agus rickety. Cuimhnich nuair a thadhail sinn air an sin airson an ath-choinneachadh againn aig clas 50mh a thighinn còmhla? Is gann gun robh e na sheasamh an uairsin."

"Tha mi creidsinn. Fhathast," bha guth Andrea mì-thoilichte a-nis. Tha mi a' guidhe dòigh air choireigin gum faodadh iad a bhith air ar seann rùm a shàbhaladh. Tha fios agam," rinn i gàire. "Cha b' urrainn dhuinn a dhèanamh ach bhiodh e air a bhith mìorbhaileach a bhith air a ghiùlan gu àite far am faodadh sinn a bhith air a roinn a-rithist."

"Tha fios agam." Tharraing Julia suas i fhèin le cuideachadh bhon neach-coiseachd aice. Gu faiceallach lorg i a slighe gu taobh Andrea agus shuidh i ri a taobh. Mhothaich am boireannach eile gun robh cèis mhòr dhonn aig a caraid ann an aon làimh.

"Dè tha sin?"

"Chan eil fhios agam," dh'aidich Julia. "Bha mi a' smaoineachadh gun tàinig e le post àbhaisteach ach chan eil seòladh tilleadh no stampaichean air. Agus cò a bhios a' cleachdadh post àbhaisteach tuilleadh? 'S e seirbheis eileagtronaigeach no teachdaire a th' ann. Tha e dìreach ag ràdh 'Andrea Martin and Julia Carraux.'"

"Neo neònach. Chan eil sinn air a bhith "Carraux" agus "Martin" ann an seachdad bliadhna."

"Tha fios agam. Agus chan eil seòladh ann nas motha, dìreach ar n-ainmean. Dè do bheachd a th' ann?"

"Uill fosgail e agus faic," chomhairlich Andrea.

Julia agus dh'fhosgail e an clasp meatailt. "Chan eil e eadhon air a seuladh," thuirt i. Nuair a dh' fhosgladh i, thug i bàrr air a' cheann eile. Chuir an dithis bhoireannach iongnadh air nuair a chùm Julia suas cearcall beag sgeadaichte le itean crochte bhuaithe.

"Is e neach-glacaidh bruadar a th 'ann."

"Tha e nas motha na sin. Is e AR neach-glacaidh aisling a th 'ann."

"Am fear a bha crochte nar seòmar?" Ghabh Anndra iongantas. "Bha mi a 'smaoineachadh gu robh e agad."

"Shaoil mi gun do rinn thu!" Chrath Julia a falt geal sneachda. "Chaidh mi ga thoirt sìos an latha a phacaigeadh sinn," choimhead i air an taobh agus rinn i gàire. "Mus deach sinn a' pàirceadh aon turas eile. Agus cha b' urrainn dhomh a lorg. Bha mi an-còmhnaidh a' smaoineachadh gun robh thu air a chuir a-steach leis an stuth agad."

(Seachdad bliadhna air ais)

Rinn Julia dìreach suas, chuir i a làmhan air a cromagan agus chrom i air ais i. "Gosh, is e obair chruaidh a th 'ann am pacadh."

"Tha sin air sgàth nach do rinn sinn dad dha-rìribh bhon a ghluais sinn a-steach thu an seo o chionn dà bhliadhna gu leth." Rinn Andrea gàire air a companach seòmar.

Mhothaich Julia gu robh coltas beagan èiginn air a' ghàire. Chaidh i tarsainn gu a caraid as fheàrr agus uaireigin leannain agus phòg i i. "Tha fios agam," thuirt i gu socair agus i a 'bualadh air gruaidh na h-ìghne a b' àirde. "Chan urrainn dhomh a chreidsinn gu bheil e seachad."

"Ach tha e air a bhith spòrsail nach eil?" Thog Andrea a ceann, a sùilean a' snàmh beagan le deòir gun rùsg."

"Is fhiach e? Tha e air a bhith nas fhiach e. An spòrs a bh 'againn, na tachartasan a dh' fhalbh sinn, na caraidean a rinn sinn." Rinn Julia gàire. "An gnè." Sheall i gu domhainn a-steach do shùilean a companach seòmar. "An gaol."

Phòg Andrea a caraid as fheàrr agus chuir i às don mhionaid de ghruaim. "Tha thu ceart gu leòr. Tha e air a bhith mìorbhaileach. Tha mi creidsinn gu bheil mi dìreach a' bruadar gum b' urrainn dhuinn a dhèanamh a-rithist."

"Darn ceart!" Phòg am paidhir de cha mhòr ceumnaichean gu cruaidh. Chan fhaca gin dhiubh an neach-glacaidh bruadar a bha Julia air crochadh o chionn bhliadhnaichean ann an aon de na h-uinneagan a rèir coltais a' lasadh airson mionaid.

AN LATHA AN-DIUGH

Julia a' strì ri a casan. "Uill, a-nis gu bheil sinn air ais e tha mi a 'dol a chrochadh a-rithist e." Chaidh i tarsainn an t-seòmair, a' stad le seann phostair a bha a' sanasachadh riochdachadh na colaiste a bha ri thighinn de "Once Upon a Mattress". Fhuair i iasad pìos dhen tac a chùm am postair ris a' bhalla. Ag obair air a slighe gu faiceallach chun na h-uinneige, bhrùth i an tac air an stuth soilleir agus cheangail i an neach-glacaidh bruadar ris.

"Sin!" dh'èigh i gu buadhach. "A-nis faodaidh e aislingean a ghlacadh a-rithist."

Thug Andrea sùil air an sgeadachadh nuair a thòisich Julia na suidheachan.

"A bheil thu a 'smaoineachadh gu bheil aislingean againn fhathast?" Nuair a choimhead Julia oirre le iongnadh rinn i treabhadh air. "Tha ar beatha air ar cùlaibh a-nis. Tha a' chlann sgapte gu ceàrnan an t-saoghail. Tha Seòras agus Màrtainn air falbh. Agus chan e sin an call uile." Ruith deòir sìos a h-aodann rùisgte.

"Tha fios agam." Chuir Julia a gàirdeanan timcheall Andrea agus chùm i i. "Pàrantan, fir-pòsta," ghabh i làmh Andrea agus rug i gu teann e. "A leanabh. Ach an rachadh tu air ais a dh'atharrachadh? Fiù 's nam biodh fios agad air a' bhuil? An rachadh tu air ais 's nach dèanadh tu gaol air Màrtainn an oidhche a dh'fhàs thu torrach, fios agad gun cailleadh tu i nuair a bha i na deugaire?"

Bhuail Anndra agus chrath i a ceann. "Gu dearbh cha robh. Bha an t-aoibhneas daonnan nas motha na a' bhròn. Cha b' urrainn dhomh, cha b' urrainn dhuinn a bhith a' seachnadh tuiteam ann an gaol leis na fir againn ged a bhiodh iad a' dol air thoiseach oirnn, ged a bhiodh fios againn gun robh sin a' dol a thachairt."

"Agus hey, tha ME agad a-rithist. Luchd-seòmar còmhla, luchd-seòmar gu bràth."

"Uaireannan 's e cailleach amaideach a th' annam," dh'aidich Andrea. "B' fhiach e e. Chan urrainn dhut na flùraichean a bhith agad às aonais an uisge. Tha aislingean ann fhathast, a Julia. Aislingean sona nan làithean a dh'fhalbh. Agus bhithinn a 'dèanamh a-rithist e, eadhon fios agad air a h-uile càil. ?"

"Gu dearbh nì mi a-rithist e." ainmeachadh Julia. "A h-uile pìos dheth."

Ghlac an neach-glacaidh bruadar sùilean boireannaich aosta fhad 's a bha e gu h-obann a' deàrrsadh le solas sgoinneil. Dh' fhosgail vortex swirling air a' bhalla fodha. Ann an diogan dh' fhàs e bho àite beag bìodach gu fosgladh a bha cha mhòr a' lìonadh a' bhalla gu lèir. Chaidh an dithis bhoireannach a tharraing thuige. Ghluais iad air adhart agus choimhead iad.

"Is e, is e dorm seòmar na colaiste agad Julia!" ghlaodh Anndra.

"Chan urrainn dha a bhith. Feumaidh gur e mealladh air choireigin a th' ann."

"Tha, gu dearbh, feumaidh gur e sin e." Stad Andrea airson diog. "Chan eil dragh agam. Tha mi a' dol a dh'fhaicinn, uill, ge bith dè a tha seo."

Cheangail Julia a corragan gnarsach ri corragan a caraid. "Chan ann às aonais mise chan eil thu." dh' ainmich i. Chaidh iad a-steach don fhosgladh snìomh. Thuit coisiche agus slat chun an làir. An uairsin dh'fhalbh an dithis agus le "Whoosh" chaidh am vortex à sealladh.

Bha coltas gu robh an saoghal a 'snàmh ron dithis bhoireannach nuair a chaidh iad tron fhosgladh neònach. Bha mothachadh wrenching a' magadh air an dà chorp. Bhris an dithis aca an sùilean. Airson mionaid bha a h-uile dad a 'faireachdainn neònach.

An uairsin rinn Andrea gàire air an nighean a bha na suidhe aig an deasg. "Hey, a bheil thu cho trang 's a tha mi?"

Choimhead Julia suas agus rinn i gàire air a' cheann donn a bha air a bhualadh san doras aice. "Ma tha thu a' faighneachd a bheil ceann-latha agam a-nochd, 's e 'Chan eil' am freagairt. Chan eil ann ach mise agus na leabhraichean matamataigs agam. Dè mu do dheidhinn?"

Chrath Andrea a ceann gu borb nuair a thàinig i a-steach don t-seòmar agus leum i air an leabaidh aig an robh an t-seòmar aig Julia. Thog an lùth-chleasaiche naoi bliadhna deug a ceann suas le aon làimh agus rannsaich i an nighean dubh a bha na suidhe aig an deasg, a cathair air a tionndadh air ais agus a casan tarsainn air a' mhullach. Dh' fhuirich iad ann an sàmhchair chompanach mus do bhris am brunette an t-sàmhchair.

Phut Andrea i fhèin suas agus choimhead i air a caraid. "O, feuch Julia. Cuir do leabhraichean suas agus rachamaid."

"Rach càite?" Dh'fhaighnich Julia, eadhon nuair a dhùin i na leabhraichean aice, sheas i agus shìneadh i.

"Mar sin chan eil cinn-latha againn agus chan eil sinn a' faireachdainn mar phàrtaidh mòr, fuaimneach. Gabhamaid mo chàr, faigh botal fìon agus rachamaid a phàirceadh air an druim. Is urrainn dhuinn èisteachd ri fuaimean suirghe a' dol air adhart agus geasan mu dheidhinn a h-uile duine a chì sinn shuas an sin."

Rinn Julia gàire gu math. "Tha thu air adhart."

Rinn Andrea leisg airson mionaid. Choimhead Julia oirre agus rinn i co-fhreagairt ri faireachdainn meallta a caraid.

"Dè th 'ann?"

"Chan eil fhios 'am. Bha mi a' faireachdainn neònach airson mionaid. Mar gum biodh..."

"Mar ged a tha sinn air seo a dhèanamh mar-thà?" crìochnaich an nighean Chanada a bu ghiorra. "Mise cuideachd."

"Ach chan eil. A bheil?"

"Chan eil."

Dhealaich gruagach aodann na h-òigh bho Dheas. "Mar sin rachamaid ga dhèanamh airson a' chiad uair a-nis."

EPILOGUE

Gu litireil chuir manaidsear an dachaigh cluaineis a làmhan fhad 's a bha i a' bruidhinn ris a 'chàraid de luchd-sgrùdaidh poileis agus iad nan seasamh dìreach taobh a-muigh doras an t-sreath falamh.

"Chan eil mi a' tuigsinn càit an deach iad. Tha glasan magnetach air dorsan a-muigh an togalaich nach gabh fhosgladh ach le cairt-pas. na suidsichean èiginn sin." Chomharraich i fear air balla an trannsa.

"Agus cha deach gin dhiubh sin a chuir an gnìomh? Dh 'fhaighnich an lorgaire as àirde agus e a' dèanamh notaichean anns an leabhar notaichean pailme aige leis an stoidhle dealanach.

msgstr "Chan eil. Nam biodh aon air a bhrùthadh, bhiodh a làrach air clàradh leis an t-siostam coimpiutair sa mheadhan agus bhiodh inneal-rabhaidh air a sheirm."

Thàinig oifigear ann an èideadh sìos an talla. Thionndaidh an dàrna lorgaire thuige.

msgstr "An do rinn thu lèirmheas air na camarathan tèarainteachd?"

"Rinn mi. Chan eil dad. Tha iad a' seatlainn gun tàinig an dithis bhoireannach a-mach aig àm bracaist. Tha diosc eile a' dearbhadh gur ann an sin a chaidh iad. Thill iad dhan t-seòmar aca. Mu mheadhan-latha dh'fhalbh a' Bh-ph. Norton agus chaidh i gu lòn. Dh'fhalbh a' Bh-ph Keagan goirid às dèidh sin ach thionndaidh Tha camara eile a' seatlainn gun deach i chun an deasg aghaidh, chruinnich i a post agus thàinig i air ais mus do thill a' Bh-ph Norton. Chan eil dad às deidh sin. Cho fad 's a tha na camarathan tèarainteachd a' seatlainn, tha iad fhathast ann."

Ràinig èideadh eile, sàirdseant am fear seo, a' crathadh a chinn gu sgìth.

"Leig leam tomhas. Chan eil dad?" thuirt a' chiad lorgaire.

"Chan eil dad. Tha sinn air an togalach gu lèir AGUS na gàrraidhean a rannsachadh. Anns a h-uile àite. Chan urrainn dha na coin dad a lorg." Thug an sàirdeant air falbh an ad aige agus sguab e aodann le a mhuin. " Tha e mar gu'm biodh iad direach air tuiteam bhàrr aghaidh na talmhainn."

"Chan eil sin comasach." Dh'ainmich an dàrna lorgaire.

"Tha mi creidsinn nach eil," dh' aontaich a chompanach. Rinn e sgrùdadh air an t-seòmar a-rithist. "Ach càit an deach iad?"

Nuair a thionndaidh e air falbh ghlac fras solais air a shùil. Thionndaidh e air ais. Ach cha robh innte ach beam air seachran de sholas na grèine a' nochdadh bhon sgeadachadh neònach a bha crochte san uinneig. Shrug e agus a-rithist dha fhèin. "Càit an deach iad?"

Cha do fhreagair am fear-glacaidh aisling, ach nam biodh e comasach, bhiodh e air a ràdh gun deach na aislingean a thugadh dha a thoirt air ais.

(Seo an Deireadh)

(No an e an toiseach a th' ann?)

CRÌOCH

CPSIA information can be obtained
at www.ICGtesting.com
Printed in the USA
BVHW050916211122
652420BV00005B/88